dtv

Reihe Hanser

Ob H&M oder Nokia, Coca-Cola, McDonald's, Adidas oder Aldi, unsere beliebtesten Markenfirmen profitieren in vielfacher Hinsicht von Ausbeutung vor allem in den ärmeren Ländern unserer Welt. Dort schuften Erwachsene und Kinder bei niedrigster Bezahlung für multinationale Unternehmen, deren Produkte wir hier in unseren Shoppingcentern kaufen. Menschenrechte und Umweltschutz bleiben dabei auf der Strecke. Doch auch wir in Europa sind Verlierer einer Entwicklung, die Profit und Machtstreben an die erste Stelle setzt. Dieses Buch erklärt die Zusammenhänge zwischen den Folgen der Weltwirtschaft und unserem persönlichen Alltag. Es erläutert die Ursachen für Armut, Kinderarbeit, Migration, Arbeitslosigkeit und Umweltzerstörung und zeigt zugleich, wie jeder Einzelne von uns der Macht der Multis und einem ungerechten Wirtschaftssystem etwas entgegensetzen kann.

Klaus Werner-Lobo, geboren 1967 in Salzburg, studierte Umweltbiologie, Romanistik und Germanistik in Wien sowie Schauspiel in Rio de Janeiro. Er arbeitete als Pressesprecher des Österreichischen Ökologie-Instituts und als freier Journalist für Tages- und Wochenzeitungen wie *taz, Welt am Sonntag, Falter* und *Der Standard.* Im Deuticke Verlag erschien 2001 sein »Schwarzbuch Markenfirmen« (in Zusammenarbeit mit Hans Weiss), 2005 folgte, ebenfalls im Deuticke Verag, das »Schwarzbuch Öl« (in Zusammenarbeit mit Thomas Seifert). Weitere Informationen gibt es auf seiner Website http://klauswerner.com

Klaus Werner-Lobo

Uns gehört die Welt!

Macht und Machenschaften der Multis

Deutscher Taschenbuch Verlag

Das gesamte lieferbare Programm der *Reihe Hanser*
und viele andere Informationen finden Sie unter
www.reihehanser.de

Aktualisierte Neuausgabe
2010 Deutscher Taschenbuch Verlag GmbH & Co. KG, München

Umschlaggestaltung: Kathrin Schüler, Hamburg
Satz: Greiner & Reichel, Köln
Lithos: Fotosatz Amann
Druck und Bindung: Druckerei C.H. Beck, Nördlingen
Gedruckt auf säurefreiem, chlorfrei gebleichtem Papier
Printed in Germany – ISBN 978-3-423-62452-7

Inhalt

Vorwort

Jeden Tag sterben 100 000 Menschen – ein Viertel davon Kinder – an den Folgen des Hungers. Zwölf Millionen Kinder unter 14 Jahren arbeiten in der Exportindustrie. Ihre Arbeitsbedingungen sind meist katastrophal. Sie stellen Konsumgüter her, wie sie unter anderem von bekannten Markenfirmen mit Milliardengewinnen in der ganzen Welt verkauft werden. Millionen von Menschen sterben in Kriegen, damit große Firmen Waffenhandel betreiben und an wertvolle Rohstoffe gelangen können. Die Globalisierung hat viele reich, doch die Mehrheit der Weltbevölkerung noch ärmer gemacht.

Auch bei uns sind die Folgen eines Wirtschaftssystems zu spüren, das »Geiz ist geil« zu seinem Motto erklärt hat: Arbeitsplätze gehen verloren, weil Unternehmen in Billiglohnländer abwandern. Die Sozialsysteme sind überlastet, weil die Reichen kaum Steuern zahlen. Menschen, die vor dem Elend zu uns flüchten, werden an den Grenzen Europas zurückgewiesen oder in die Illegalität getrieben. Die Umweltzerstörung und der Klimawandel bedrohen das Überleben unseres Planeten.

Wenn wir von globaler Ungerechtigkeit und den Zusammenhängen zwischen Weltwirtschaft und Politik hören, fühlen wir uns oft machtlos. »Das ist viel zu kompliziert«, denken wir und: »Da kann ich nichts machen.«

Beides stimmt nicht. Um Ungerechtigkeiten zu erkennen, braucht es kein Wirtschaftsdiplom, und um aktiv zu werden, kein politisches Amt. Die Behauptung, dass wir etwas nicht kapieren, dient nur dazu, uns möglichst wenig mitreden zu lassen. Tatsächlich ist es sogar relativ einfach, etwas zu tun, wenn wir auf uns selbst vertrauen und merken, dass all diese Probleme miteinander zu tun haben: »It's the economy, stupid«, sagte Bill Clinton, der ehemalige Präsident der USA oft: Es geht um die Wirtschaft, Dummkopf! Hinter Armut und Krieg, Rassismus und Umweltzerstörung, Sozialabbau und Diskriminierung stehen meist wirtschaftliche Interessen. Genauer gesagt: das Interesse, reicher und damit auch mächtiger zu sein als andere.

Dieses Buch ist entstanden, nachdem ich zahlreiche Vorträge zu Themen der Globalisierung in Schulen gehalten und mich auf Workshops mit Jugendlichen ausgetauscht habe. Anstoß und Grundlage für diese Vorträge war das von mir und Hans Weiss verfasste Schwarzbuch Markenfirmen, das 2001 im Deuticke Verlag erschienen war. Darin hatten wir die Machenschaften der großen Konzerne und die Schattenseiten der globalen Wirtschaft recherchiert. 2006 folgte die aktualisierte Ausgabe im UllsteinTaschenbuch. Die Jugendlichen reagierten zumeist wütend und enttäuscht, wenn sie erfuhren, dass für die Herstellung ihrer Lieblingsmarken Kinder geschunden, Kriege finanziert und ganze Lebensräume zerstört werden. Und sie wollten es genauer wissen: Warum handeln große Firmen so skrupellos, dass ihnen Menschenrechte und Umwelt egal sind? Warum machen die Politiker nichts dagegen? Und was können wir selber tun, damit das anders wird?

»Uns gehört die Welt!« ist meine Antwort auf diese Fragen. Im Schwarzbuch Markenfirmen konnten wir zeigen, wie die multinationalen Konzerne die Welt für sich beanspruchen. Weil das leider auch heute noch so ist, sind einige Reportagen aus dem Schwarzbuch in den Text eingeflossen, sofern sie mir nach wie vor aktuell oder besonders brisant erschienen. In diesem Buch geht es aber um mehr: Es soll den Zusammenhang von globalen Problemen wie Armut, Ausbeutung und Korruption, Krieg, Rassismus und Klimawandel mit unserem persönlichen Alltag durchschaubar machen. Für junge Menschen, aber auch für Erwachsene, die sich einen Überblick über ein Thema verschaffen wollen, das die Zukunft von uns allen bestimmen wird.

Wenn es im ersten Kapitel, in dem es um die ungerechte Verteilung von Reichtum geht, gleich einmal ein paar Zahlen hagelt, kann ich euch beruhigen: Diese Zahlen und andere harte Fakten sind nicht zum Auswendiglernen da. Ich möchte sie euch als Belege für die Ungerechtigkeit in unserer Welt an die Hand geben. Wenn ihr sie in Diskussionen nutzen könnt, umso besser.

Viele werden behaupten, dieses Buch sei radikal und einseitig. Das Wort »radikal« kommt vom lateinischen *radix* (Wurzel), und ich versuche tatsächlich, die Dinge von der Wurzel her anzupacken. Wenn es radikal ist zu glauben, dass jeder Mensch auf der Welt das Recht auf ein Leben in Würde hat: Ja, dann ist dieses Buch radikal. Und einseitig: Vielleicht ist es auch das. Weil es sich auf die Seite der Schwächeren schlägt, derer, die unter der Macht der Konzerne und reichen Eliten zu leiden haben. Die wirtschaftlich Mächtigen dominieren ohnehin die öffentliche Meinung. Daher will ich über die Dinge reden, die man in der Werbung, in den Medien und in der Schule nur selten hört.

Ich liefere in diesem Buch keine endgültigen Wahrheiten, denn »die Wahrheit« gibt es meiner Meinung nach nicht. Wir alle haben nur unseren eigenen, höchstpersönlichen Blick auf die Wirklichkeit. Und selbst wer sich um Objektivität bemüht, ist immer von seinen eigenen Interessen geleitet. Mein Interesse ist es, der herrschenden Geiz-ist-geil-Ideologie etwas entgegenzusetzen. Deswegen biete ich hier Tatsachen an, die ich recherchiert habe, belegen kann und deren Quellen für jeden nachprüfbar sind. Mein Ziel ist es, dass ihr euch am Ende selbst eure Meinung bilden und danach handeln könnt.

Frauen werden fast überall auf der Welt wirtschaftlich und gesellschaftlich benachteiligt und sind viel öfter als Männer von Unterdrückung und Missbrauch betroffen. Während ein Großteil der Regierenden und Wirtschaftsführer männlich ist, ist die Armut überwiegend weiblich. Weil Sprache auch Bewusstsein schafft, habe ich mich bemüht, meistens die geschlechtsneutrale Form »KonsumentInnen« oder »PolitikerInnen« zu verwenden.

Die Globalisierung, wie sie sich heute darstellt, ist kein Naturereignis, sie wird von Konzernlobbys und Regierungen aktiv vorangetrieben. Unsere Demokratie, unsere soziale Sicherheit und der Wohlstand eines Großteils der Weltbevölkerung – all diese Werte drohen dabei unter die Räder zu kommen. Doch die Macht der Konzerne ist nur von den KonsumentInnen geborgt. Es geht nicht darum, dass wir nichts mehr kaufen oder einzelne Marken boykottieren. Sondern darum, dass wir uns nicht durch Konsum und Werbung das Leben diktieren lassen. Die Welt ist keine Ware, sie gehört uns allen. Und wir können sie so gestalten, wie sie uns gefällt: Immer mehr Menschen – vor allem Jugendliche und junge Erwachsene – begegnen der Macht der Multis mit Witz und Kreativität. Sie kämpfen für eine gerechtere Globalisierung, indem sie sich und andere informieren und gemeinsam aktiv werden: im Freundeskreis oder in Menschenrechtsgruppen, in Gewerkschaften oder Umweltorganisationen, im Alltag und durch politische Aktionen. Wenn wir dabei auch noch Spaß haben, haben wir schon gewonnen. Wie sagte der indische Unabhängigkeitskämpfer Mahatma Gandhi? »Zuerst ignorieren sie dich, dann lachen sie über dich, dann bekämpfen sie dich, und dann gewinnst du.«

In »Uns gehört die Welt« möchte ich zeigen, wie mächtig wir sind, wenn wir uns nur etwas zutrauen. Den Anfang des Buches bilden Hintergrundinformationen über Reichtum und Armut, Wirtschaft und Krieg sowie über Konsumbereiche wie Mode, Spielzeug, Elektronikartikel, Lebensmittel, Energie und Medikamente. Danach geht es um die Frage, wie eine bessere Welt aussehen könnte und was wir dafür tun können. Am Ende steht eine Auswahl bekannter und beliebter Markenfirmen, die sich durch besondere Profitgier und Missachtung ethischer Grundsätze hervorgetan haben. Weltkonzerne, die dort nicht erwähnt sind, sind allerdings um nichts besser – für eine vollständige Liste bräuchte es wohl eine ganze Bibliothek.

Dieses Buch wird euch zornig machen. Sein Ziel hätte es erreicht, wenn aus diesem Zorn die Lust auf Veränderung und viele neue Ideen entstehen würden. Gerne könnt ihr – mit Quellenangabe – einzelne Seiten aus dem Buch kopieren und verteilen. Wenn ihr eure Ideen im Internet mit anderen teilen und umsetzen wollt, könnt ihr euch auf Facebook in der Gruppe »Uns gehört die Welt« vernetzen oder eure Twitter-Meldungen mit dem *hashtag* »unsdiewelt« versehen. Auf http://unsdiewelt.com findet ihr weiterführende Infos, Links und Hinweise auf Vorträge mit Showcharakter, bei denen ihr mit mir über die Inhalte dieses Buches diskutieren könnt (siehe dazu auch die Kurzvideos auf http://youtube.com/unsdiewelt).

Lassen wir uns nicht verkaufen. Lassen wir uns vor allem nicht für dumm verkaufen. Dann gehört uns die Welt.

Alles Liebe,
Klaus Werner-Lobo

Reicher Mann und armer Mann
standen da und sah'n sich an.
Und der Arme sagte bleich:
Wär' ich nicht arm, wärst du nicht reich.
Bertolt Brecht

Wem gehört die Welt?

Blöde Frage, oder? Die Welt gehört natürlich ... ja, wem eigentlich? Uns allen, sagen manche. Oder niemandem. Dem lieben Gott, sagen die, die an einen Gott glauben. Aber wem gehört sie wirklich? Wem gehört sie, wenn man zum Beispiel die auf der Erde vorhandenen Güter, alle privaten Grundstücke, das private Geldvermögen, alle Häuser und so weiter zusammenrechnet?

Darüber gibt es natürlich keine genauen Angaben. Niemand kann das gesamte Geld der Welt und alle Besitztümer zählen. WissenschaftlerInnen eines Instituts der Vereinten Nationen namens UNU-WIDER haben es trotzdem versucht. Dafür rechneten sie eine Reihe von Daten zusammen, wie sie in einzelnen Ländern registriert sind, zum Beispiel Bankkonten, Immobilien und so weiter. Das Ergebnis ist nicht sehr genau, trotzdem zeigt es aber, wie der Reichtum auf unserer Welt ungefähr verteilt ist: Die reichsten zwei Prozent der erwachsenen Weltbevölkerung besitzen mehr als 50 Prozent des globalen Privatvermögens. Das heißt, sie besitzen mehr als die Hälfte von dem, was der gesamten Weltbevölkerung an Eigentum zur Verfügung steht. Das reichste Zehntel kommt sogar auf 85 Prozent des weltweiten Wohlstandes. Im Gegensatz dazu gehört der ärmeren Hälfte der Weltbevölkerung nur knapp ein Prozent aller Güter der Erde. Das ist so, als müssten sich 50 Menschen das teilen, was eigentlich nur für einen bestimmt ist.

Bill Gates: Ein einziger Mann ist so reich wie die Menschen der 50 ärmsten Länder zusammen.

Grob gesagt bedeutet das: Den Reichen gehört die Welt. Oder fast die ganze Welt. Und es sind relativ wenige, die sich diesen immensen Reichtum teilen. Ein paar von ihnen sind so reich, dass man es sich gar nicht vorstellen kann. Der reichste Mann der Erde ist Microsoft-Gründer Bill Gates. Er besitzt ungefähr 56 Milliarden Dollar (eine Milliarde sind tausend Millionen, also eine Zahl mit neun Nullen). Das ist in etwa so viel, wie alle EinwohnerInnen der 50 ärmsten Länder zusammengerechnet in einem Jahr verdienen. Und weniger als die Hälfte von dem, was auf der ganzen Welt pro Jahr für staatliche Entwicklungshilfe ausgegeben wird.

Die reichsten Deutschen sind die Brüder Karl und Theo Albrecht, die Gründer der Supermarktkette Aldi (in Österreich: Hofer). Gemeinsam besitzen sie rund 37,5 Milliarden Dollar – fast soviel, wie die ärmsten 40 Länder der Welt im Jahr erwirtschaften.

Die 500 reichsten Menschen der Erde haben laut der UNO-Entwicklungsbehörde UNDP ein höheres Jahreseinkommen als die ärmsten 416 Millionen ErdenbürgerInnen zusammen. Und wenn die ärmere Hälfte der Weltbevölkerung alles, was sie in einem Jahr verdient, auf ein Konto legen würde, käme dabei nicht mehr heraus, als die zweihundert reichsten Milliardäre besitzen.[1]

Für die arme Mehrheit bleibt nichts übrig

Fast die Hälfte der Weltbevölkerung muss mit weniger als zwei Dollar am Tag auskommen. Ein Fünftel sogar mit weniger als einem Dollar. Eine Milliarde Menschen haben kein Dach über dem Kopf und keinen Zugang zu sauberem Trinkwasser. Die meisten von ihnen haben keine ärztliche Versorgung und können weder lesen noch schreiben, weil ein Schulbesuch nicht möglich ist. Mehr als 850 Millionen Menschen (darunter 170 Millionen Kinder) leiden an chronischem Hunger. Zum Vergleich: In Deutschland leben etwa 83 Millionen EinwohnerInnen.

Armut ist die schrecklichste Krankheit der Welt: Laut Entwicklungsbericht der Vereinten Nationen sterben jede Stunde 1200 Kinder an Unterernährung oder an heilbaren Krankheiten, weil sie sich keine Medikamente leisten können. Alle drei Sekunden ein Kind – jetzt ein totes Kind – jetzt noch ein totes Kind – jetzt noch ein totes Kind und so weiter, ohne Ende.

Obwohl es der Weltwirtschaft in den letzten Jahren so gut ging wie nie zuvor, sterben jedes Jahr fast elf Millionen Kinder vor ihrem fünften Geburtstag. Auch Krankheiten wie Aids sind vor allem ein Problem der Armen. Viele von ihnen haben keinen Zugang zu Aufklärung, schützenden Kondomen und Medikamenten. Jährlich fordert die Epidemie rund drei Millionen Menschenleben, dazu kommen fünf Millionen Neuinfektionen, ein Großteil von ihnen in den südlichen Ländern Afrikas. Millionen Kinder sind dadurch zu Waisen geworden.

Frauen sind von Armut noch viel stärker betroffen als Männer. Oft ernähren sie die Familie fast allein, gleichzeitig erhalten sie nach wie vor weniger Lohn als die Männer. 70 Prozent der Armen auf der

Obdachloser in Argentinien. Ein Sechstel der Menschheit hat kein festes Dach überm Kopf.

Welt sind Frauen. Alle Frauen gemeinsam beziehen nur ein Zehntel aller Einkommen und besitzen nur ein Prozent – ein Hundertstel – aller Vermögen.

Die UNO schätzt, dass es 300 Milliarden US-Dollar kosten würde, das Einkommen der ärmsten Milliarde Menschen über die Schwelle der extremen Armut anzuheben. Das wäre weniger als ein Sechzigstel des Einkommens der reichsten zehn Prozent der Weltbevölkerung, oder anders ausgedrückt: das, was die reichsten acht Männer der Welt gemeinsam besitzen. Würden die Superreichen also nur einen kleinen Teil ihres Vermögens hergeben, könnte man einen Großteil der schlimmsten Probleme lösen.

Warum tun sie das nicht?

Geiz ist geil!

Der ehemalige Werbespruch von Saturn scheint so etwas wie ein Glaubensbekenntnis vieler Großverdiener zu sein. Die Investmentbank Merril Lynch zeigt im jährlich erscheinenden Weltvermögensbericht (World Wealth Report), wofür die derzeit fast zehn Millionen Menschen, die umgerechnet mehr als eine Million Dollar besitzen, ihren Reichtum ausgeben. Darunter finden sich vor allem Luxusgüter wie teure Autos, Motoryachten und Privatflugzeuge, aber auch viel Schmuck und Edelsteine. Allein in den USA gibt es rund 10 000 Privatjets, von denen manche mehr als 100 Millionen Euro kosten. Viele Superreiche haben eigene Inseln oder leben wie moderne Könige in Schlössern und Villen auf riesigen Landsitzen mit Dutzenden von DienerInnen. Und einige von ihnen beschäftigen kleine private Armeen, um sich und ihren Reichtum zu schützen.

Es gibt unter den Reichen auch solche, die spenden. Elf Prozent der Millionäre und 17 Prozent der Multimillionäre[2] spenden sogar im Schnitt zwischen sieben und zehn Prozent ihres Vermögens. Laut World Wealth Report sind das immerhin 285 Milliarden Dollar für karitative Zwecke. Das ist fast so viel, wie man nach Einschätzung der UNO für die Bekämpfung der extremsten Armut bräuchte. Allerdings kommt ein Großteil dieser »Spendengelder« nicht den Armen zugute. Stattdessen fließt er in Investmentfonds und wird in Konzernaktien angelegt. Damit dient er in Wahrheit vor allem dem Wachstum dieser Konzerne. Die wenigen sozialen Projekte, die von dem Geld gefördert werden – etwa zur Aidsbekämpfung oder für den Klimaschutz – unterliegen keiner öffentlichen Kontrolle. Oft haben die von Armut oder Umweltzerstörung Betroffenen deshalb gar nichts davon.

Microsoft-Gründer Bill Gates hat zum Beispiel die Bill & Melinda Gates Stiftung gegründet, mit der er Krankheiten wie Aids und Malaria in armen Ländern bekämpfen und Bildungsprogramme fördern will. Die Stiftung besitzt 37,6 Milliarden Dollar, und Warren Buffet, der reichste Mann der Welt, hat sogar angekündigt, dieses Vermögen zu verdoppeln. Insgesamt wäre das dann fast so viel Geld, wie alle Staaten der Welt gemeinsam für Entwicklungshilfe ausgeben. Toll eigentlich, oder?

Es klingt gut, doch tatsächlich werden nur rund fünf Prozent der Gates-Stiftungsgelder für gemeinnützige Projekte ausgegeben, was im Schnitt den Erträgen des Stiftungskapitals entspricht. Bisher wurde ein großer Teil dieses Kapitals in Konzerne investiert, die Menschen eher ins Unglück stürzen, als ihnen zu helfen. Während die Stiftung etwa 1,5 Milliarden Euro für den Kampf gegen Aids ausgegeben hat, verdiente sie im Gegenzug ein Vermögen durch Aktien von Pharmafirmen wie Merck und Pfizer. Diese verkaufen ihre Aids-Medikamente so teuer, dass sie für PatientInnen in Afrika und anderen ärmeren Regionen der Welt unerschwinglich sind.

In Nigeria förderte die Gates-Stiftung mit 167 Millionen Euro ein Impfprogramm gegen Kinderlähmung und Masern. Ungefähr doppelt so viel Geld hat die Stiftung in Ölkonzerne wie Shell, ExxonMobil oder Total investiert, die dort die Umwelt zerstören und mit der Verbrennung von Erdöl hunderte giftige Substanzen freisetzen. Dieselben Kinder, die dank der Gates-Stiftung gegen Masern geimpft werden, erleiden dadurch schwerste Atemwegserkrankungen.[3]

Gleichzeitig wehren sich Bill Gates und andere Superreiche mit Händen und Füßen dagegen, für ihre Vermögen und Gewinne Steuern zu zahlen, mit denen öffentliche Sozialprogramme finanziert werden könnten. Zwar sind sie gar nicht in der Lage, ihre vielen Millionen oder Milliarden auszugeben, doch darum geht es nicht. Wichtig ist die Macht, die ihnen der Reichtum beschert, und auf die wollen sie um nichts in der Welt verzichten.

Geld regiert die Welt

Geld bedeutet Macht. Die Milliardäre und Multimillionäre wären nicht so reich, wenn sie nicht so viel Macht und Einfluss hätten. Und diese Macht kaufen sie sich mit dem Reichtum, den sie bereits besitzen. Es beißt sich also die Katze in den Schwanz: Wer viel Geld hat, kann sein Geld relativ leicht vermehren, wer reich ist, kann seinen Reichtum leichter schützen. Ein Großteil des Reichseins besteht darin, noch mehr Besitz anzuhäufen oder zumindest darauf zu achten, dass er nicht weniger wird. Außerdem geht es darum, Privilegien politisch abzusichern, indem Regierungen für die eigenen Zwecke beeinflusst werden.

Früher einmal waren es Könige und Fürsten, die ganze Länder als ihr Eigentum betrachteten und über sie und ihre Untertanen bestimmten. Heute sind es die Milliardäre. Geld regiert die Welt.

Aber wir leben doch in demokratischen Ländern, oder?

Ja – die reichsten Länder der Welt, allen voran die USA und die Länder der Europäischen Union, sind Demokratien. Aber auch hier haben gewählte Parteien und PolitikerInnen nur begrenzte Macht. So ist es fast unmöglich für sie, sich gegen die Interessen der KapitalbesitzerInnen zu stellen. Warum?

Es ist deswegen so schwierig, weil Parteien und PolitikerInnen von WirtschaftsführerInnen und MultimillionärInnen abhängig sind. Spenden werden benötigt für die Wahlwerbung, sie brauchen die Unterstützung der Medien, die wiederum maßgeblich auf Gelder reicher InvestorInnen und Konzerne angewiesen sind, und sie sind schließlich relativ leicht erpressbar, wenn es zum Beispiel um die Schaffung oder Vernichtung von Arbeitsplätzen geht.

Stellen wir uns vor, die Regierung eines demokratischen Landes – nennen wir es Utopia – würde zum Beispiel sagen: »Wir wollen eine so hohe Vermögenssteuer erheben, dass wir damit die Armut in der Welt abschaffen können. Jeder Multimillionär muss ab sofort einen großen Teil seines Reichtums abgeben, und wir geben das Geld den Hungernden dieser Erde.« Die Multimillionäre von Utopia würden wahrscheinlich antworten: »Moment mal! Wer gibt euch das Recht, unsere Millionen zu verschenken?« Vielleicht würden sie drohen: »Wenn ihr die Steuern erhöht, schädigt das die Wirtschaft. Geht's der Wirtschaft gut, geht es allen gut. Wenn ihr euch entscheidet, die

Steuern zu erhöhen, gehen wir eben mit unseren Firmen und unserem Geld in ein anderes Land. Dann verlieren Hunderttausende EinwohnerInnen von Utopia ihre Arbeitsplätze und werden selbst verarmen. Wollt ihr das?« Und die EinwohnerInnen von Utopia würden aus Furcht eine Regierung wählen, die den Reichen nicht allzu viel wegnimmt.

Was ist eigentlich das Problem am Reichsein?

Das kommt darauf an, was man unter Reichsein versteht: Wohlstand im Sinne eines guten Lebens, das nicht auf Kosten anderer oder der Umwelt geht, wäre theoretisch für alle Menschen auf der Erde möglich. Wenn aber wenige ein Vielfaches von dem haben, was eigentlich allen zur Verfügung stehen sollte, dann ist das ein Problem.

Weit mehr als die Hälfte der Weltbevölkerung ist arm, zu einem großen Teil sogar so arm, dass sich die Menschen die Erfüllung vieler elementarer Grundbedürfnisse nicht leisten können. Dazu gehören Essen, Wohnraum, Bildung, Gesundheit, sauberes Trinkwasser, aber auch Dinge wie Freizeit, Sicherheit oder kulturelle Betätigung. Dann gibt es noch immer viele – wir nennen sie die Mittelschicht –, die genug zum Leben haben, aber nicht unbedingt Millionäre sind. Zu ihnen gehört die Mehrheit der Bevölkerung der Industrieländer, also zum Beispiel der Autor dieses Buches und vermutlich die meisten seiner Leserinnen und Leser. Und dann gibt es die Reichen und Superreichen, also Millionäre und Multimillionäre und, ganz am oberen Ende der Skala, die Milliardäre.

Der Unterschied zwischen Arm und Reich wird immer größer: Die 946 Milliardäre der Welt besitzen mit 3,5 Billionen Dollar (das sind 3,5 Millionen Millionen) ein Drittel mehr als noch im Jahr zuvor. Die Menschen in den 20 reichsten Ländern verdienten 1962 noch 54-mal so viel wie die Menschen in den 20 ärmsten Ländern, 2002 war es bereits 121-mal so viel.

Ist das die Schuld der Reichen? Man könnte doch froh sein, dass es

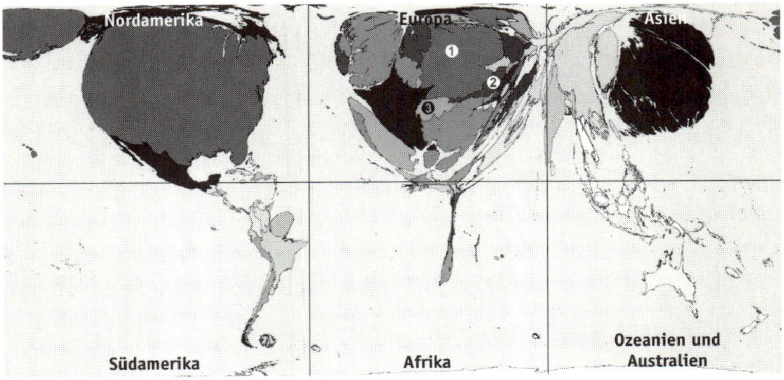

Ungerechte Verteilung: So würde die Welt aussehen, wenn sich das Einkommen der Länder auch in ihrer Größe widerspiegeln würde. Deutlich zu erkennen sind Deutschland (1), Österreich (2) und die Schweiz (3).

wenigstens ein paar Wohlhabende gibt. Schließlich, heißt es, kurbeln sie die Wirtschaft an, wovon alle profitieren. Denn ein Milliardär gibt auch mehr Geld aus, das letztendlich selbst in die unteren sozialen Klassen durchsickert. Wenn zum Beispiel ein reicher Mensch ein Unternehmen gründet oder viel kauft – Waren, die auch produziert werden müssen –, dann schafft er damit Arbeitsplätze und sichert anderen das Einkommen.

Diese Ansicht ist weit verbreitet. Man beruft sich dabei im Allgemeinen auf den Wirtschaftstheoretiker Adam Smith, der im 18. Jahrhundert lebte und als Vordenker der freien Marktwirtschaft gilt. Heute spricht man von diesem Phänomen als Trickle-down-Effekt (von englisch *trickle* = sickern). Er ließe sich bildlich mit einem üppigen Mahl der Wohlhabenden vergleichen, bei dem ein paar Brotkrumen auf den Boden fallen. Davon könnten sich dann die Armen ernähren. Aber wollen wir uns wirklich damit zufriedengeben, dass eine kleine Minderheit üppig speisen kann und die Mehrheit mit den Resten auskommen muss?

Man könnte natürlich auch sagen: »Es ist das Recht der Reichen, reich zu sein. Sie haben sich ihren Reichtum schließlich verdient und niemandem etwas weggenommen.« Aber kann man sich so viel Reichtum wirklich ehrlich verdienen? Wir werden in diesem Buch sehen, dass ein großer Teil des Geldes dieser Superreichen alles andere als ehrlich verdient ist. Häufig stammt es aus Finanzspekulationen oder aus Anteilen an multinationalen Konzernen, die ihr Vermögen mit ausbeuterischen Methoden erwirtschaftet haben.

Als Einzelner kann man nur dann Millionen kassieren, wenn dafür viele andere arbeiten, die nur sehr wenig verdienen. Oder man betrachtet natürliche Ressourcen (zum Beispiel Lebensmittel oder Rohstoffe), die eigentlich von vielen Menschen benötigt würden, schlichtweg als sein Privateigentum. Bliebe noch als letzte Möglichkeit, so viel Kapital anzusammeln (vielleicht durch eine Erbschaft oder besondere Tricks), dass es sich quasi von selbst vermehrt. Auf den sogenannten Finanzmärkten kann man nämlich allein mit Geld noch mehr Geld verdienen, zum Beispiel durch hohe Kreditzinsen oder Spekulationen. Das ist wie ein Spiel, bei dem derjenige, der am meisten hat, die Regeln bestimmt. Und die anderen müssen zahlen.

Reichtum ist nicht für alle möglich, selbst wenn sie sich noch so sehr bemühen. So, wie die Güter der Erde verteilt sind, basiert extremer Reichtum immer auf der Armut anderer. Unser Planet ist nämlich ein System mit begrenzten Ressourcen. Er kann nur eine begrenzte Zahl von Nahrungsmitteln, Energie und Rohstoffen liefern. Trotzdem wäre genug für alle da: WissenschaftlerInnen haben ausgerechnet, dass unsere Erde zwölf Milliarden Menschen ernähren könnte. Wir sind derzeit knapp sieben Milliarden Menschen. Bis zum Jahr 2050 wird die Bevölkerungszahl auf neun Milliarden steigen, danach soll sie etwas sinken, prognostiziert die UNO. Und auch für neun Milliarden Menschen gäbe es immer noch ausreichend Nahrungsmittel. Wir müssten nur rücksichtsvoller mit unserer Umwelt umgehen. Die Überbevölkerung ist also nicht das größte Problem, sondern der verächtliche Umgang der Menschheit mit der Natur und die ungerechte Verteilung ihrer Ressourcen.

Stellen wir uns vor, wir wären zu zehnt in einem Haus eingesperrt, in dem genug Essen und andere lebensnotwendige Dinge für zwanzig Leute vorhanden sind. Der Stärkste von den zehn sagt: »80 Prozent all dieser Güter gehören mir.« Dann bestimmt er vier weitere Personen, die sich nahezu den ganzen Rest teilen können, doch stellt er eine Bedingung: Sie müssen zu ihm halten, wenn sich die übrig gebliebenen fünf zur Wehr setzen. Für die bleibt nämlich fast nichts. Das ungefähr ist die Situation, in der wir heute in unserer Welt leben.

Die meisten von uns hier in Europa – mich eingeschlossen – gehören zu den vier, die zwar nicht so viel wie der Stärkste, aber immerhin noch genug haben. Wir bilden die »Mittelschicht«. Der Stärkste im Haus steht für die Reichen, die großen Konzerne und ihre politischen Verbündeten, diejenigen, die die Regeln machen. Was den Rest betrifft, für den fast nichts bleibt, so spiegelt er die Situation der Mehrheit der Weltbevölkerung wider, die in Afrika, Asien und Lateinamerika und zunehmend auch in unserer unmittelbaren Nähe im Elend lebt. Was würden die vier aus der »Mittelschicht« unseres Beispiels verlieren – und was würden sie gewinnen – wenn sie sich nicht mehr an die Regeln hielten und auf einer gerechten Verteilung bestehen würden?

Der ökologische Fußabdruck

Natürlich ist die Welt sehr viel komplizierter als dieses kleine Gedankenspiel. In der Realität gibt es nicht »die bösen Reichen« oder »die guten Armen«. Den wenigsten Menschen ist bewusst, dass Reichtum und Armut sich gegenseitig bedingen, dass der reichere Teil der Weltbevölkerung auf Kosten der Armen lebt. Vor allem die Industrieländer schädigen die Umwelt erheblich, und erst in letzter Zeit machen wir uns zunehmend Gedanken über die fatalen Folgen, die daraus erwachsen. Der weltweite Klimawandel ist nur ein Beispiel dafür. Wie sehr Umweltzerstörung und Wohlstand zusammenhängen, zeigt eine Aussage des amerikanischen Umweltforschers Stephen Pacala: Er ist der Meinung, dass die 500 Millionen reichsten Menschen der Erde nahezu alleine für den Klimawandel verantwortlich sind.

Tatsache ist, dass in den meisten Fällen größerer Reichtum auch mehr zur Umweltzerstörung beiträgt. Messen kann man das mithilfe des sogenannten »ökologischen Fußabdrucks«, den jeder Mensch auf der Erde hinterlässt. Was heißt das? Wenn man den produktiv nutzbaren Teil der Erde gerecht unter allen Menschen aufteilen würde, dann hätte jeder Mensch ungefähr 1,8 Hektar (18 000 Quadratmeter/ca. zweieinhalb Fußballfelder) zur Verfügung, um alle seine Bedürfnisse abzudecken. Für die Ermittlung des ökologischen Fußabdruckes wird nun der eigene Verbrauch von Energie, von Rohstoffen, Lebensmitteln, Wasser usw. in die Fläche umgerechnet, die für deren Hervorbringung und Produktion nötig ist. Man kann zum Beispiel ausrechnen, wie viel Anbaufläche gebraucht wird, um ein Kilo Getreide herzustellen. Es lässt sich ebenfalls ermitteln, welcher Energieaufwand etwa zur Produktion von einem Kilo Rindfleisch nötig ist oder um eine Wohnung zu heizen. Dieser Energieverbrauch wird nun von WissenschaftlerInnen in Waldfläche umgerechnet. Die Waldfläche ist dann genau so groß, dass sie das Kohlendioxid, das durch die Energieerzeugung freigesetzt wurde, aus der Atmosphäre entfernen kann.

Zurück zum Ausgangspunkt: Theoretisch hätte also jeder 1,8 Hektar für seinen ökologischen Fußabdruck zur Verfügung. Tatsächlich verbrauchen wir aber im Schnitt 2,2 Hektar pro Person. Das heißt, die Menschheit lebt so, als wäre die Erde um ein Viertel größer. Wir haben aber nur diese eine Erde. Je mehr wir verbrauchen, desto schneller machen wir sie kaputt.

Dabei gibt es, wie gesagt, große Unterschiede: Jeder Inder und jede Inderin nutzt nämlich im Durchschnitt weniger als einen Hektar. Wenn alle so leben würden wie die Bevölkerung Indiens, würde uns eine halbe Erde reichen. In Europa beträgt der ökologische Fußabdruck 4,7 Hektar pro Person – bei unserer Lebensweise

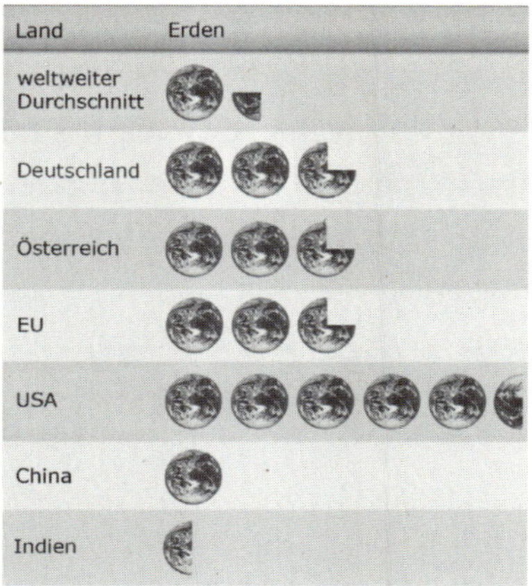

Ökologischer Fußabdruck: So viele »Erden« verbrauchen wir.

bräuchten wir mehr als zweieinhalb Erden, um langfristig überleben zu können. Wäre der Verbrauch überall so hoch wie in den USA, bräuchte die Menschheit fünfeinhalb Erden zur Befriedigung ihrer Bedürfnisse.

Die aus dem ökologischen Fußabdruck berechnete Fläche, die einem einzelnen Flug von Europa nach Indien entspricht, könnte eine dort lebende Familie ein Jahr lang ernähren.

Die Frage der Verteilung des Reichtums ist also im Wesentlichen auch eine Umweltfrage. Würden alle so leben, wie wir es in den reichen Ländern gewohnt sind, wäre die Erde wahrscheinlich innerhalb kürzester Zeit »verbraucht«.

Zusammenfassung

- Relativ wenige Millionäre und Milliardäre besitzen einen Großteil des Weltvermögens. Sie werden im gleichen Maß reicher, wie die große Mehrheit der Armen ärmer wird.
- Reichtum ist nicht neutral: Er schafft Armut, weil Wohlhabende mehr ökologische Ressourcen für sich in Anspruch nehmen und

die Umwelt mehr verschmutzen. Politische Machtinstrumente missbrauchen sie für ihre Interessen.

- Es liegt an uns – der Mittelschicht – zu wählen, ob wir die Interessen einer reichen Minderheit unterstützen wollen oder gemeinsam mit den Benachteiligten für eine gerechte Aufteilung der Reichtümer in unserer Welt eintreten.

Weitere Infos zu diesem Kapitel

www.myfootprint.org

Hier könnt ihr ganz einfach euren ökologischen Fußabdruck ausrechnen.

www.globalrichlist.com

Und hier kann man errechnen, wie reich man selbst im Vergleich zur Weltbevölkerung ist.

www.wemgehoertdiewelt.de

Diese Seite wird von WissenschaftlerInnen betreut, die sich mit der Ungleichverteilung von Reichtum beschäftigen.

hdr.undp.org

Das Entwicklungsprogramm UNDP der Vereinten Nationen veröffentlicht hier den jährlichen »Bericht über die Menschliche Entwicklung«.

So wie der kleine Moritz sich die Politik vorstellt,
ist sie auch wirklich.
Karl Kraus

Die Welt der Konzerne

Die Globalisierung hat multinationale Unternehmen zu den neuen Herren der Welt gemacht. Sie setzen Regierungen unter Druck, profitieren von Ausbeutung, Menschenrechtsverletzungen und Umweltzerstörung und gefährden die Demokratie.

Wenn wir verstehen wollen, warum der Reichtum in der Welt so ungerecht aufgeteilt ist, müssen wir uns ein bisschen mit Wirtschaftstheorie beschäftigen. Seit der Industrialisierung Europas im 18. Jahrhundert ist die kapitalistische Marktwirtschaft das bestimmende Wirtschaftssystem. Güter und Dienstleistungen werden nach Angebot und Nachfrage gehandelt. So kann jeder, der Geld hat, Güter kaufen oder jemanden bezahlen, der für ihn arbeitet und Güter produziert. Da die Güter weiterverkauft werden können, entsteht ein Kreislauf: Kapital bildet sich, mit dem wiederum Güter und Dienstleistungen produziert werden und so weiter.

Die BefürworterInnen von Kapitalismus und Marktwirtschaft sehen darin ein relativ gerechtes System. Schließlich ist es jedem vorbehalten, etwas zu verkaufen und damit seinen Besitz zu vermehren. Bill Gates zum Beispiel hatte zu Beginn seiner Karriere lediglich eine tolle Idee, aber kaum Geld. Er gründete die Firma Microsoft, und diese wurde immer größer, weil viele das von ihm entwickelte Computer-Betriebssystem Windows kaufen wollten. Heute ist Bill

Gates der drittreichste Mann der Welt. Tausende Menschen arbeiten für ihn.

Die Mehrheit der Menschen hat weniger Glück. Sie haben entweder keine ähnlich erfolgreiche Idee oder leben in Bedingungen, die eine solche Karriere unmöglich machen. Wer reich geboren ist, hat gute Chancen, seinen Reichtum später zu vermehren. Wer aber arm geboren ist und keinen Zugang zu guter Schulbildung hatte, wer womöglich selten oder nie genug zu essen hat und keine medizinische Grundversorgung, für den ist es aussichtslos, dem Elend ohne fremde Hilfe zu entfliehen.

Kritik am Kapitalismus

Ende des 19. Jahrhunderts begannen wegen dieser Ungerechtigkeit viele Menschen, den Kapitalismus zu kritisieren. Der Bekannteste unter ihnen war Karl Marx, der seine Kritik in Büchern wie »Das Kapital« und, gemeinsam mit Friedrich Engels, im »Kommunistischen Manifest« niedergeschrieben hat. Marx und Engels strebten eine klassenlose Gesellschaft an, in der alle Güter gerecht verteilt werden sollten. Damals waren es vor allem die zahllosen ArbeiterInnen, die sich von der herrschenden Klasse der Reichen unterdrückt fühlten und gegen sie revoltierten.

Das war die Grundlage für die kommunistischen Revolutionen im 20. Jahrhundert, allen voran in Russland. Aus ihnen ging eine große Zahl sozialistischer Staaten hervor. Der Sozialismus wurde als Vorstufe des Kommunismus angesehen, der das Ideal der klassenlosen Gesellschaft darstellte, also einer Gesellschaft ohne Privateigentum und ohne soziale Unterschiede.

Doch die Realität in diesen Staaten – in erster Linie der Sowjetunion – war alles andere als gerecht. Nach der Revolution gelangten korrupte Politiker an die Macht, die ihre Völker unterdrückten und bespitzelten. Die Geschichte des realen Sozialismus der Sowjetrepubliken und der mit ihnen verbündeten Staaten ist daher eine

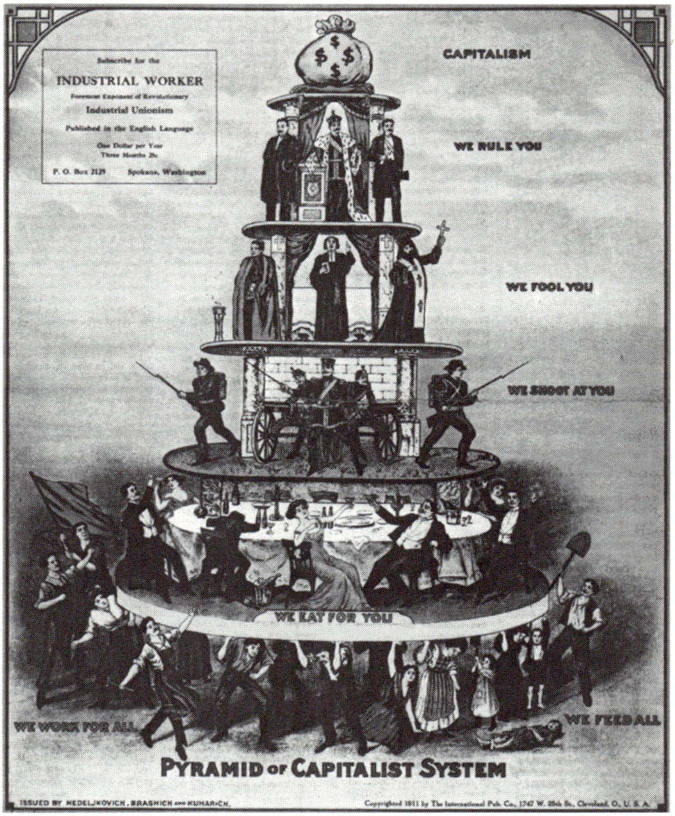

Die Pyramide des kapitalistischen Systems, wie sie 1911 von der internationalen Gewerkschaftsbewegung »Industrial Workers of the World« gesehen wurde.

Geschichte schlimmer Menschenrechtsverletzungen, die in Ländern wie China und Nordkorea bis heute andauert.

Mit dem Fall der Berliner Mauer und dem Zusammenbruch des Realsozialismus ab dem Jahr 1989 hat sich die kapitalistische Marktwirtschaft als System weltweit durchgesetzt. Gleichzeitig begann in den letzten beiden Jahrzehnten des vorigen Jahrhunderts eine neue Ära. Der technische Fortschritt durch Computer und neue Kommunikationstechnologien wie das Internet, schnellere und billigere Transportmittel, aber auch der Abbau politischer Regulierungen im Welthandel (zum Beispiel von Zöllen) führten zu einer enormen Beschleunigung internationaler Verflechtungen vor allem im Bereich der Wirtschaft. Diesen Prozess nennt man Globalisierung.

Die Globalisierung und ihre Folgen

Das Wort Globalisierung bezeichnet die zunehmende weltweite Vernetzung in allen Bereichen wie Wirtschaft, Politik, Kultur und Kommunikation. Das ist an sich etwas Gutes: Ich zum Beispiel habe Freunde und Freundinnen in Brasilien, im Kongo und Australien, mit denen ich in verschiedenen Sprachen fast gratis chatten, E-Mails verschicken und online telefonieren kann. Als Journalist erledige ich einen Großteil meiner Recherchen im Internet, kann auf die Archive der »New York Times« oder einer kleinen indischen Zeitung zugreifen, mir von Menschenrechtsgruppen in Hongkong oder Nigeria Informationen schicken lassen und per Weblog mit Leuten auf der ganzen Welt kommunizieren. Ich lade mir die neuesten Musikfiles internationaler Bands und DJs herunter und sehe mir auf YouTube Filme aus aller Welt an. Außerdem genieße ich fair gehandelten Kaffee aus Bolivien, Schokolade aus Ghana und Bananen aus Costa Rica. Und hin und wieder steige ich in ein Flugzeug, um weit entfernte Regionen zu besuchen, obwohl ich weiß, dass das aus ökologischer Sicht nicht gut ist und es sich nur wenige Menschen leisten können.

Global Village

Das Internet hat die Welt zum »globalen Dorf« gemacht, in dem sich Menschen verschiedener Kontinente zum virtuellen Kaffeetratsch zusammenfinden können. Unser Alltag gleicht allerdings eher einem »globalen Supermarkt«: Unsere Tomaten werden in Holland gepflückt und in Marokko gewaschen, unsere Jeans aus indischer Baumwolle in China genäht und von einer US-Firma verkauft, unsere Handys in Finnland designt und in Taiwan aus Bauteilen zusammengebaut, deren Rohstoffe aus dem Kongo stammen und in Deutschland verarbeitet wurden. Auf Homepages wie www.getfriday.com können vielbeschäftigte Manager sogar eine Sekretärin buchen, die ihnen von Indien aus einen Termin beim Zahnarzt in New York reserviert – das ist mittlerweile billiger, als eine amerikanische Sekretärin zu bezahlen.

Das Problem der Globalisierung ist, dass sie – ähnlich wie beim Kapitalismus – vor allem denen Vorteile bringt, die ohnehin schon relativ reich sind. Ein kleiner Bauer kann seine Produkte beispielsweise nur auf lokalen Märkten verkaufen. Er ist davon abhängig, dass ihm dort Preise gezahlt werden, die ihm und seiner Familie das Überleben ermöglichen. Für einen großen Agrarkonzern ist dagegen die ganze Welt ein einziger Markt: Rohstoffe können dort eingekauft werden, wo sie gerade am billigsten sind, sie werden dann zu niedrigen Kosten weiterverarbeitet und am Ende weltweit zum Verkauf angeboten. Die Transportkosten fallen dabei nicht einmal ins Gewicht, denn die Multis haben die Regierungen unter Druck gesetzt, sie mit hohen Subventionen zu unterstützen. Dass sie nicht allzu viel Steuern zahlen müssen oder durch strenge Gesetze eingeschränkt werden, auch dafür haben sie gesorgt.

Die Macht der Konzerne

Als Konzern bezeichnet man den Zusammenschluss mehrerer Unternehmen zu einer wirtschaftlichen Einheit. Die Globalisierung hat die Bildung von multinationalen Konzernen sehr stark befördert, indem der internationale Austausch von Waren, Kapital und Dienstleistungen erleichtert wurde. Heute profitieren fast alle diese Unternehmen von der Produktion in sogenannten Billiglohnländern – also in ärmeren Ländern mit sehr niedrigen Löhnen. Dort wird günstig hergestellt. Verkauft wird die Ware weltweit mit hohen Gewinnen.

Wenn etwa bis in die achtziger Jahre des vorigen Jahrhunderts in den Fabriken von Adidas im bayrischen Herzogenaurach Schuhe produziert wurden, musste die Firma deutsche Sozial- und Umweltstandards respektieren. Durch die Globalisierung verdient Adidas heute deutlich mehr als früher. Die Turnschuhe werden nun von ArbeiterInnen in China oder Indonesien für umgerechnet ca. 40 Cent pro Paar genäht. Der Verkaufspreis in Deutschland liegt allerdings bei etwa 100 Euro. Ökologisch ist der Transport um die halbe Welt natürlich nicht. Und während die Menschen in ärmeren Ländern für niedrigste Löhne unsere Konsumprodukte herstellen, gehen in den Industrieländern viele hunderttausend Arbeitsplätze verloren. Die Konzerne aber hat die Globalisierung reich und mächtig gemacht.

Zwischen 1980 und 2004 stieg die Gesamtzahl der multinationalen Unternehmen von 17 000 auf über 70 000. Die fünfhundert größten Firmen der Welt kontrollieren heute ungefähr 70 Prozent des globalen Handels. Ihr Umsatz machte 1994 rund 25 Prozent des Bruttoinlandsproduktes der Welt aus, 2005 waren es bereits über 33

Das **Bruttoinlandsprodukt** (Abkürzung: BIP) ist ein Maß für die wirtschaftliche Leistung eines Landes. In Zahlen drückt es aus, was die gesamte Bevölkerung dieses Landes innerhalb eines Zeitraums (zum Beispiel in einem Jahr) an Waren und Dienstleistungen herstellt und verbraucht.

Der **Umsatz** oder Erlös eines Unternehmens umfasst die gesamte Geldsumme, die eine Firma innerhalb eines bestimmten Zeitraumes durch den Verkauf von Waren oder Dienstleistungen erwirbt. Der Umsatz ist nicht zu verwechseln mit dem Gewinn, der nach Abzug der Ausgaben übrigbleibt.

Prozent. Gleichzeitig beschäftigen diese Konzerne aber nur 0,05 Prozent der Weltbevölkerung. Keiner kann also sagen, sie hätten Arbeitsplätze geschaffen. Tatsächlich wurden und werden durch sie unzählige Arbeitsplätze in kleinen und mittleren Unternehmen und in der Landwirtschaft zerstört.

Wenn wir das BIP der reichsten Länder mit dem Umsatz der führenden Konzerne vergleichen, stellt sich heraus, dass unter den hundert größten Wirtschaftsmächten fast ebenso viele Konzerne wie Staaten sind[1]:

Land/Konzern	BIP/Umsatz (in Mrd. US$)	Land/Konzern	BIP/Umsatz (in Mrd. US$)
1. USA	14204	21. Schweiz	488
2. Japan	4909	22. Schweden	480
3. China	3860	23. Saudi-Arabien	468
4. Deutschland	3653	*24. Royal Dutch Shell*	458
5. Frankreich	2853	25. Norwegen	450
6. Vereinigtes Königreich	2646	*26. Exxon Mobil*	443
7. Italien	2293	27. Österreich	416
8. Brasilien	1612	*28. Wal-Mart*	406
9. Russland	1607	29. Iran	385
10. Spanien	1604	*30. BP*	367
11. Kanada	1400	31. Griechenland	357
12. Indien	1217	32. Dänemark	343
13. Mexiko	1086	33. Argentinien	328
14. Australien	1015	34. Venezuela	314
15. Korea	929	35. Irland	282
16. Niederlande	860	36. Südafrika	277
17. Türkei	794	37. Finnland	271
18. Polen	527	*38. Chevron*	263
19. Indonesien	514	39. Thailand	260
20. Belgien	498	40. Portugal	243

Land/Konzern	BIP/Umsatz (in Mrd. US$)	Land/Konzern	BIP/Umsatz (in Mrd. US$)
41. Kolumbien	242	*71. Allianz*	142
42. Total	234	*72. HSBC-Holding*	142
43. ConocoPhillips	231	*73. Gazprom*	141
44. ING Group	226	*74. Daimler*	140
45. Tschechische Republik	216	*75. BNP Paribas*	136
46. Hongkong	215	76. Kasachstan	132
47. Nigeria	216	77. Neuseeland	131
48. Sinopec	208	*78. Carrefour*	129
49. Toyota	204	79. Peru	127
50. Rumänien	200	*80. E.ON*	127
51. Israel	199	*81. PDVSA*	126
52. Japan Post	199	*82. Arcelor Mittal*	125
53. Malaysia	195	*83. Siemens*	124
54. General Electric	183	*84. AT&T*	124
55. Singapur	182	*85. Pemex*	119
56. CNCP	181	*86. Hewlett-Packard*	118
57. Ukraine	180	*87. Valero Energy*	118
58. Algerien	174	*88. Petrobras*	118
59. Chile	169	*89. Banco Santander*	117
60. Pakistan	168	*90. Statoil*	116
61. Volkswagen	167	*91. Bank of America*	113
62. Philippinen	167	*92. Citigroup*	112
63. State Grid	164	93. Kuwait	112
64. Vereinigte Arabische Emirate	163	*94. Samsung*	110
65. Ägypten	163	*95. Berkshire Hathaway*	108
66. Dexia Group	161	*96. Mc Kesson*	107
67. ENI	159	*97. Crédit Agricole*	104
68. Ungarn	155	*98. Société Général*	104
69. General Motors	149	*99. Nippon Tel*	104
70. Ford	146	*100.IBM*	104

Die Zahlen belegen es: Viele Konzerne sind wirtschaftlich stärker als ganze Länder. Die amerikanische Supermarktkette Wal-Mart hat ebenso wie der Erdölkonzern ExxonMobil (bei uns durch die Tankstellen Esso und Mobil bekannt) bereits Österreich und Polen überholt. Die Nachfahren von Wal-Mart-Gründer Sam Walton sind heute mit einem gemeinsamen Vermögen von rund 82 Milliarden Dollar die reichste Familie der Welt.

Wie aber sieht die Macht der Konzerne konkret aus? Die meisten multinationalen Unternehmen haben ihren Sitz in den reichen Industrieländern – allen voran den USA, den Ländern der Europäischen Union und Japan. Ihr politischer Einfluss ist enorm, und das, obwohl alle hier genannten Staaten Demokratien sind, die Macht also vom Volk ausgehen sollte – und nicht von großen Firmen. Auf den nächsten Seiten möchte ich zeigen, dass mein Beispiel vom Phantasieland »Utopia« (Kapitel 1) nicht aus der Luft gegriffen ist. Sehen wir uns zu Beginn einmal die Situation im mächtigsten Land der Welt an.

Konzernmacht in den USA

Die Vereinigten Staaten von Amerika sind, gemessen an ihrem Bruttoinlandsprodukt, das reichste Land der Erde. Trotzdem gibt es auch dort Millionen Arme, denen es teilweise so schlecht geht wie in einem Entwicklungsland. 12,7 Prozent der US-Bevölkerung (das sind 37 Millionen Menschen) leben unter der Armutsgrenze. Viele hausen in Slums, haben keinen Zugang zu guten Schulen oder zu modernen Krankenhäusern. Die reichen US-BürgerInnen führen dagegen ein Leben in Saus und Braus – auf Kosten des Weltklimas: 25 Prozent, also ein Viertel der weltweiten Treibhausgase, stammen aus den USA, dabei macht ihr Anteil an der Weltbevölkerung gerade einmal vier Prozent aus.

Der Grund für die Armut in den Vereinigten Staaten liegt in der extrem ungerechten Verteilung des Reichtums. Denn immerhin sind die USA die Heimat der meisten Milliardäre und Multimillionäre der Welt. Hinzu kommt, dass auch die größten Konzerne der Erde dort ihren Sitz haben. Es scheint, als mache die US-Regierung eher Politik für die Interessen der reichen Minderheit als für die große Masse der Bevölkerung. Auch ihre Außen- und Sicherheitspolitik dient wesentlich mehr den Großkonzernen (zum Beispiel der Waffenindustrie) als dem Schutz menschlicher Werte. So gibt das Land jährlich rund 500 Milliarden Dollar für Rüstung aus. Das Budget für Entwicklungshilfe beträgt lediglich 15 Milliarden Dollar.

Warum ist das so?

In den USA beherrschen zwei Parteien das politische System: die Republikaner und die Demokraten. Seit Mitte des 19. Jahrhunderts gehörten alle Regierungen und alle Präsidenten der USA einer dieser beiden Parteien an. Gemein ist beiden, dass sie sich nicht gegen die Interessen der großen Unternehmen und ihrer EigentümerInnen stellen. Das hat viele Gründe. Um in Amerika einen Wahlkampf zu gewinnen, braucht man viel Geld. Das Wahlkampfteam muss bezahlt, große Veranstaltungen organisiert und Werbung gemacht werden. Da dieses Geld zu einem Großteil von Konzernen und Vermögenden kommt, ist die spätere Regierung in ihrer Politik befangen: Wer zahlt, schafft an. ExxonMobil und andere Erdölfirmen gehörten zum Beispiel zu den größten Wahlkampfspendern für George W. Bush. Wahrscheinlich liegt hierin einer der Hauptgründe, warum die US-Regierung so wenig für den Klimaschutz tut. Würde sie zum Beispiel eine Umweltsteuer auf Benzin einführen, käme es zu Gewinneinbußen bei den Ölkonzernen. Man beißt nicht in die Hand, die einen füttert.

Außerdem kommen viele Regierungsmitglieder selbst aus dem Big Business. Der amerikanische Vizepräsident Dick Cheney war vor seinem politischen Amt Chef der Firma Halliburton, die ebenfalls mit Erdöl ihr Geld verdient. Cheney war einer der größten Befürworter des Irakkrieges, und er sorgte dafür, dass Halliburton im und nach dem Krieg milliardenschwere Aufträge erhielt.

Dazu kommt, dass die meisten großen Medien der USA, vor allem Zeitungen und Fernsehstationen, Eigentum von Großunternehmen sind. Die Konzerne Disney, Viacom, CBS, TimeWarner, News Corp, Bertelsmann und General Electric beherrschen mehr als 90 Prozent der dortigen Medienbranche. Ihr Geld verdienen sie in erster Linie mit teuren Werbeschaltungen. Dass die Auftraggeber dieser Werbung selbstverständlich keine schlechte Publicity oder kritische Berichterstattung über sich wünschen, versteht sich von selbst.

Natürlich gibt es trotzdem kritischen Journalismus, der sich um Objektivität und Seriosität bemüht. Viele der besten Zeitungen der Welt stammen aus den USA. Informationen für dieses Buch habe ich unter anderem aus den Archiven von so angesehenen Blättern wie der »New York Times« oder der »Washington Post« zusammengetragen. Leider erscheinen diese kritischen Berichte aber sehr viel seltener, als es nötig wäre. In den meinungsbildenden Medien spielen sie eine viel zu kleine Rolle. Und gerade die öffentliche Meinung ist es in einer Demokratie, die PolitikerInnen zur Macht verhilft.

Europa der Konzerne

Wie aber sieht es bei uns aus? Europa gilt immerhin als die Wiege der Demokratie, die meisten Länder Europas sind Sozialstaaten. Das prägende Wirtschaftssystem ist auch hier die kapitalistische Marktwirtschaft. Zusätzlich gibt es allerdings eine Reihe von staatlichen Regelungen, die eine gewisse soziale Gerechtigkeit garantieren. Dazu gehören Steuern und Abgaben, mit denen zum Beispiel Schulen und Universitäten, Krankenhäuser, Arbeitslosengeld, Sozialhilfe und Sozialversicherungen finanziert werden. In Deutschland steht das Sozialstaatsprinzip sogar im Grundgesetz (Artikel 20): »Die Bundesrepublik Deutschland ist ein demokratischer und sozialer Bundesstaat.«

Die Entwicklung der letzten Jahrzehnte geht jedoch dahin, dass die Sozialleistungen immer mehr zurückgenommen werden. Dabei waren es gerade diese Sozialleistungen, durch die es gelang, Armut in Mitteleuropa fast vollständig zu überwinden. Heute behaupten viele PolitikerInnen, es sei nicht genug Geld da, um die hohen Sozialausgaben weiter zu finanzieren.

Das ist eine Lüge.

Europa ist in den letzten Jahren immer reicher geworden: 1995 belief sich das Bruttoinlandsprodukt pro EinwohnerIn der heute 27 EU-Staaten auf 15 200 Euro, zehn Jahre später waren es bereits 23 400 Euro[2], also mehr als das Eineinhalbfache. Allerdings ist es auch bei uns so, dass vor allem Wohlhabende und mächtige Konzerne ihren Reichtum vermehren konnten, während die Angehörigen der unteren sozialen Klassen und kleine Firmen immer ärmer wurden. Kleine und mittlere Unternehmen (KMU) zahlen im Vergleich zu Großkonzernen deutlich mehr Steuern und Abgaben. Dabei sind sie es, die Arbeitsplätze sichern: »In den vergangenen Jahren haben KMU bis 500 Beschäftigte netto 5 Millionen neue Jobs geschaffen, während Unternehmen mit mehr als 500 Mitarbeitern 5 Millionen Jobs abbauten«, sagt sogar der Präsident des Europäischen Wirtschaftsbundes, Christoph Leitl.[3]

Die Großen gegen die Kleinen

Die Multis – so nennt man die multinationalen Konzerne – sind in der Regel an der Börse notierte Unternehmen, an denen Menschen oder Institutionen (z. B. Banken) Anteile in Form von Aktien besitzen. Man bezeichnet diese Eigentümer auch als Shareholder. Jeder Konzern muss seinen Shareholdern in möglichst kurzer Zeit möglichst hohe Gewinne bescheren, weil diese sonst Aktien anderer Unternehmen kaufen. Anders als kleinere, lokale Firmen haben die Multis aufgrund ihrer Größe die Möglichkeit, die Regierungen einzelner Staaten unter Druck zu setzen. Sie drohen zum Beispiel, mit der Produktion in Länder mit niedrigen Steuern, Löhnen und Umweltstandards abzuwandern. Auch KapitalbesitzerInnen lagern immer häufiger ihr Vermögen auf anonymen Konten in sogenannten Steueroasen, also in Ländern wie Liechtenstein oder den Bahamas-Inseln, die keine oder nur sehr niedrige Steuern erheben.

Aus Angst vor diesem Szenario senken die meisten Regierungen die Sozial- und Umweltstandards und haben die Steuern auf Vermögen und Gewinne so weit herabgesetzt, dass gerade die Vielverdiener und Wirtschaftsmächtigen fast nichts mehr zur Finanzierung des Staates und der Sozialsysteme beitragen. In Deutschland sind die Gewinne von Unternehmen und die Einkommen aus Vermögen zwischen den Jahren 2000 und 2005 um 31 Prozent gestiegen. Die gezahlten Steuern auf diese Einkommen sind währenddessen um rund zehn Prozent gesunken. Besonders drastisch zeigt sich die Entwicklung, wenn man weiter zurückblickt: Zwischen 1960 und 2006 sind die Steuern auf Unternehmensgewinne und Vermögen von 20 auf 7,1 Prozent gefallen. Zur gleichen Zeit nahm die Lohnsteuerbelastung von 6,3 auf 16,3 Prozent zu. Die viel diskutierte Körperschaftssteuer, mit der Unternehmensgewinne besteuert werden, sank EU-weit zwischen 1980 und 2007 von 45 auf 24 Prozent. Der Spitzensteuersatz auf sehr hohe Einkommen fiel im gleichen Zeitraum von 62 auf 48 Prozent. Ist es das, was wir wollen?

Denn auf der anderen Seite zahlen »normale« Menschen und kleine Firmen immer mehr Steuern und Abgaben, obwohl sie immer weniger von den Vorzügen unseres Sozialsystems profitieren. 1980 betrug die Summe der Steuern und Abgaben auf Arbeitseinkommen etwa das Dreifache der Steuern auf Kapital, 2003 sogar schon das Sechsfache.[4] Eine Lehrerin oder ein Arbeiter kann nämlich nicht so einfach sagen »Na, dann gehe ich halt in ein anderes Land, wo ich weniger Steuern zahle«.

Die 55 Milliardäre Deutschlands besitzen gemeinsam ein Vermögen von rund 180 Milliarden Euro. Diese Summe reicht fast schon an die Höhe des deutschen Bundeshaushalts heran, also das Geld, das der Staat in einem Jahr für Ausgaben zur Verfügung hat: Im Jahr 2006 waren das etwa 260 Milliarden Euro. Für Arbeit und Soziales

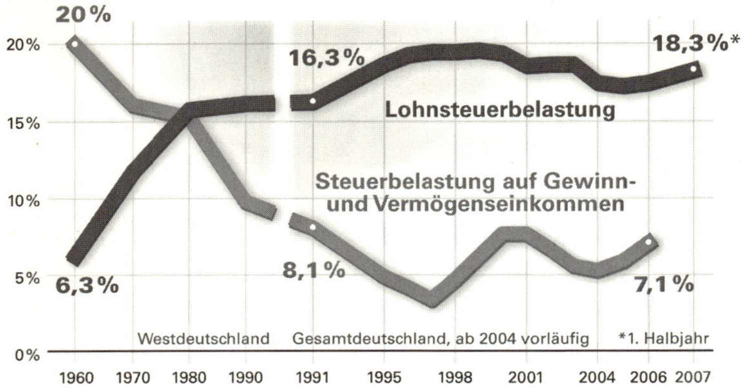

Steuerschere weiterhin geöffnet.

gab Deutschland 2006 rund 120 Milliarden Euro aus, für Bildung 8 Milliarden und für Entwicklungshilfe 4 Milliarden Euro. Die Kosten für sogenannte »Hartz-IV«-EmpfängerInnen lagen im selben Jahr bei unter 30 Milliarden Euro – wobei ein »Hartz-IV«-Empfänger mit monatlich 345 Euro auskommen musste.

Und wie sieht der Einfluss der Konzerne und KapitalbesitzerInnen auf die europäische Politik konkret aus?

Der Einfluss der Wirtschaftslobbys

Großunternehmen und ihre EigentümerInnen haben mächtige Interessenvertretungen, in Deutschland zum Beispiel den Deutschen Industrie- und Handelskammertag (DIHK), in Österreich die Wirtschaftskammer oder die Industriellenvereinigung, in der Schweiz die economiesuisse. Diese versuchen, direkten Einfluss auf die Regierungen zu nehmen oder mithilfe von Medien auf die öffentliche Meinungsbildung einzuwirken. Man nennt das Lobbyismus.

Lobbyismus ist nichts grundsätzlich Schlechtes: Alle gesellschaftlichen Gruppen, auch ArbeitnehmerInnen, die in Gewerkschaften organisiert sind, Umweltvereine, Menschenrechtsorganisationen oder VertreterInnen von Minderheiten betreiben Lobbyismus, um ihren Anliegen Gehör zu verschaffen.

Allerdings haben die Interessenvertretungen der Wirtschaftseliten aufgrund ihrer finanziellen Macht sehr viel mehr Möglichkeiten, Druck auf PolitikerInnen oder Medien auszuüben. Der langjährige Lobbyist Daniel Guéguen warnt, dass »in Zukunft immer schärfere Lobbystrategien« angewendet würden, die »vermutlich Praktiken wie Manipulation, Destabilisierung und Desinformation beinhalten«.[5]

Ein Großteil der wirtschaftspolitisch relevanten Entscheidungen in Europa wird heute in Brüssel getroffen. Dort sind zurzeit etwa 15 000 LobbyistInnen tätig. Problematisch ist, dass die »Regierung« Europas – die Europäische Kommission – im Grunde keine demokratische Legitimation hat, denn de facto wird sie nicht von der Bevölkerung der EU-Länder gewählt, sondern vom Kommissionspräsidenten ernannt. Dieser wiederum wurde von den Staats- und Regierungschefs der einzelnen Mitgliedsländer bestimmt. Der Einfluss der Wirtschaftslobbys auf die Kommission ist enorm, und er fällt umso mehr ins Gewicht, als der Europäischen Kommission weitreichende Rechte bei der Schaffung und Umsetzung der EU-Gesetze zukommen. Außerdem ist vielen EU-ParlamentarierInnen die Mitarbeit von Interessenvertretungen sehr willkommen, da das Arbeitspensum hoch ist und über eine Vielzahl von Gesetzestexten entschieden werden muss. So ist eine große Zahl von EU-Gesetzen fast wortwörtlich von dem abgeschrieben, was die VertreterInnen der Konzerne in ihren Wunschlisten an die PolitikerInnen formuliert haben. Aber sind EU-Kommission und Parlament nicht eigentlich zum Wohle der Bevölkerung eingesetzt?

Ein bezeichnendes Beispiel für Lobbyismus ist das Verhalten von Ölkonzernen wie ExxonMobil, aber auch von deutschen Automobilherstellern wie BMW, Daimler und Porsche, die durch aggressives Gebaren zu verhindern versuchen, dass die EU verbindliche Maßnahmen zum Klimaschutz durch CO_2-Reduzierung ergreift. Ihre Motivation ist einfach zu erklären: Höhere Umweltstandards würden die Profite dieser Unternehmen mindern. Ein weiteres Beispiel ist der Versuch der Konzernlobbys, strenge Gesetze für Softwarepatente durchzusetzen. Patente erlauben es dem Erfinder und Entwickler, zwanzig Jahre lang als Einziger das Produkt zu vermarkten. Das umfasst auch die Methode, die zu dem Produkt führt, denn auch sie ist geschützt. Würde man das auf die Literatur übertragen, so könnte zum Beispiel jemand ein Patent auf eine bestimmte Situation in Krimis anmelden, etwa: »Der Gärtner ist der Mörder.« Niemand anderes hätte dann das Recht, diese Konstellation in seinem Kriminalroman zu verwenden, es sei denn, er zahlt dem angeblichen Erfinder Patentgebühren.

Das klingt absurd? Sicher, aber in der Wirtschaft ist es Realität. Microsoft hat zum Beispiel so einfache Dinge wie den Doppelklick mit der Maus patentieren lassen. Natürlich kann es sich kein Programmierer, der für seine Software den Doppelklick verwendet, leisten, Microsoft Lizenzgebühren zu zahlen. Solche Trivialpatente haben vielmehr das Ziel, lästige Konkurrenz einfach auszuschalten. Zum Glück sind die absurdesten Auswüchse des Patentrechts bis jetzt am Widerstand des Europäischen Parlaments gescheitert. Das ändert aber nichts an der Tatsache, dass Mitglieder der EU-Kommission weiterhin versuchen, die Interessen der Konzerne durchzusetzen.

Die EU-Politik tut häufig genau das, was sich die Wirtschaftsmächtigen wünschen: Sie kümmert sich zum Beispiel um eine industriefreundliche Landwirtschaftspolitik oder den Ausbau von Schnellstraßen im Interesse von Industrie und Transportunternehmen. Dass sie eigentlich die sozialen und ökologischen Anliegen der EU-BürgerInnen verteidigen sollten, verlieren viele EU-PolitikerInnen aus den Augen. So wurde Österreich im November 2007 gezwungen, den Import gentechnisch veränderter Lebensmittel zuzulassen, obwohl nicht nur die überwiegende Mehrheit der Bevölkerung, sondern sogar die österreichische Regierung dagegen auftrat.

Die Schere im Kopf der JournalistInnen

Damit die WählerInnen solche Entscheidungen dennoch akzeptieren, müssen die Konzerne auch Einfluss auf die öffentliche Meinung ausüben.

Das fällt ihnen allerdings relativ leicht, da auch in Europa die meisten Medien wirtschaftlich von den Multis abhängig sind. Die großen Verlage und Rundfunkanstalten befinden sich im Eigentum von Konzernen mit Milliardenumsätzen wie Bertelsmann, Springer, Holtzbrinck oder der WAZ-Gruppe. Außerdem kann fast keine Zeitung und kein Fernsehkanal ohne die Millionen aus der Werbung überleben. Wie schwierig es für engagierte JournalistInnen und ChefredakteurInnen ist, einen kritischen Artikel oder Rundfunkbeitrag zu veröffentlichen, zeigt ein Beispiel, das mir aus der Redaktion der angeblich »unabhängigen« Wiener Wochenzeitung »Format« zugetragen wurde. Firmen, die dort Anzeigen schalten, können mit besonders freundlicher Berichterstattung rechnen. Im November 2007 lobte ein Vorstandsmitglied der Raiffeisenbank, die Miteigentümerin der Zeitung ist, die Redaktion für ihre »positiven Wirtschaftsgeschichten«. Gleichzeitig betonte der Herr, dass er bei jedem kritischen Artikel über Firmen, die Kunden der Bank seien, empörte Anrufe bekomme. Man frage ihn, wie er so etwas zulassen könne.

Für »Format« arbeiten hervorragende JournalistInnen – doch wie in anderen Medien wissen sie spätestens nach solchen Aussagen, dass kritische Berichte über Konzerne nicht erwünscht sind. Dafür braucht es keine gesetzliche Zensur mehr, die meisten haben die Schere bereits im Kopf.

Sollen wir also aufhören, Medien zu konsumieren? Nein, das wäre der falsche Weg. Ganz im Gegenteil: Wir brauchen die Medien, aber wir sollten uns bewusst machen, dass hinter Informationen oft Wirtschafts- und Machtinteressen stehen. Deswegen ist es so wichtig, sich möglichst vielseitig zu informieren und verschiedene Quellen zu nutzen. Wenn wir dann auch noch mit anderen diskutieren und uns austauschen, sind wir der Berieselung durch Werbung und populistische Parteien nicht mehr hilflos ausgesetzt und können uns unsere eigene Meinung bilden. Vielleicht ist dieses Buch schon einmal ein guter Anfang.

Die neoliberale Globalisierung

Die Globalisierung der Konzerne ist kein Naturereignis, dem Regierungen und Gesellschaften hilflos ausgeliefert sind. Vor allem die reichen Industrieländer haben dem Druck der Multis schon sehr früh nachgegeben und ihnen große Freiheiten eingeräumt, anstatt sie zum Schutz von Umwelt und Menschenrechten zu verpflichten. Man nennt diese Politik neoliberal (von lat. *liberalis* = freiheitlich). Im Unterschied zum politischen Liberalismus, der die Freiheit aller Mitglieder einer Gesellschaft zum Ziel hat, bezieht sich der Neoliberalismus lediglich auf die Freiheit des Marktes. In der Folge können Menschen und Unternehmen unbeschränkt Handel treiben. Ob der zum Wohle unserer Gesellschaft ist und unserem Planeten nutzt oder schadet, spielt dabei keine Rolle.

In der Praxis hat das dazu geführt, dass vor allem große Firmen und besonders reiche Menschen die Globalisierung für ihre Zwecke missbrauchen und durch Ausbeutung, Kriege, Umweltzerstörung oder Finanzspekulationen noch reicher werden. Es gibt praktisch kaum Gesetze, die sie daran hindern. Selbst in lebensnotwendigen Gütern wie Wasser, Grundnahrungsmitteln und Energie, aber auch in menschlicher Arbeitskraft sehen Konzerne nur eine Ware, mit der man Profit machen kann. Der Neoliberalismus wünscht sich nicht die mündige Gesellschaft. Die Bevölkerung und auch PolitikerInnen sollen sich möglichst aus der Wirtschaft heraushalten, um die freien Kräfte des Marktes nicht zu stören. Am liebsten wäre es den AnhängerInnen des Neoliberalismus, wenn alle Güter und Dienstleistungen privates Eigentum wären. Staatseigentum wollen sie abschaffen, und es soll nichts mehr geben, was allen gehört oder auch niemandem. Für sie ist die Welt schlichtweg ein Handelsgut, mit dem man Geld verdienen kann.

Mehr privat, weniger Staat

Schulen, Universitäten, Krankenhäuser, die Post, die Müllabfuhr, öffentliche Verkehrsmittel und Straßen, aber auch die Versorgung der Bevölkerung mit Trinkwasser, Strom und Gas – all das ist oder war bis vor kurzem in den meisten Ländern Aufgabe des Staates. Man wollte sicherstellen, dass für alle BürgerInnen der Zugang zu diesen grundlegenden Gütern und Dienstleistungen gewährleistet ist. In den letzten Jahren allerdings gibt es immer intensivere Bestrebungen hin zu mehr Privatisierung. Zunehmend werden staatliche Unternehmen an Firmen verkauft, die nun marktwirtschaftlich orientiert ihre Dienste anbieten.

Was bedeutet das?

Privatunternehmen haben vor allem ein Ziel: Sie wollen hohe Gewinne machen. Das gelingt einer Firma aber nur dann, wenn sie ihre Produkte und Dienstleistungen möglichst billig herstellt, um sie dann teuer zu verkaufen. Bei Luxusartikeln, die wir ja nicht unbedingt brauchen, wie etwa bei Sportschuhen oder Schokolade, ist das für die KonsumentInnen vielleicht noch verschmerzbar: Wenn die Qualität eines Produktes nicht zusagt oder der Preis zu hoch ist, entscheidet man sich einfach gegen den Kauf. Bei Trinkwasser, Wohnungen, Heizung, Bildungs- und Gesundheitseinrichtungen oder öffentlichen Verkehrsmitteln ist das Problem dagegen offenkundig: Wir sind abhängig von diesen Waren und Dienstleistungen. Und wir sind darauf angewiesen, dass sie allen Mitgliedern der Gesellschaft, auch den ärmeren, in ausreichender Qualität und zu fairen Preisen zur Verfügung stehen. Das gilt zumindest dann, wenn wir in einer halbwegs gerechten Gesellschaft leben wollen, in der keiner hungert, jedes Kind zur Schule gehen kann und Krankheiten unabhängig vom Einkommen des Patienten mit den bestmöglichen Mitteln behandelt werden. Deswegen ist es so gefährlich, wenn Regierungen diese wichtigen Aufgaben des Staates an Privatunternehmen abgeben, die damit Profite machen wollen. Leider ist gerade das aber in den letzten Jahren fast überall auf der Welt geschehen: Die Privatisierung öffentlichen Eigentums wurde vorangetrieben, obwohl sich kaum ein Politiker oder eine Politikerin heute als neoliberal bezeichnen würde.

Angefangen haben damit vor allem der amerikanische Präsident Ronald Reagan und die britische Premierministerin Margaret Thatcher in den achtziger Jahren des 20. Jahrhunderts. In Großbritannien wurde beispielsweise die Trinkwasserversorgung und später die Eisenbahn privatisiert. Das führte dazu, dass die Preise enorm stiegen, während der Service immer schlechter wurde: Bei der Bahn fuhren immer weniger Züge, und die KundInnen mussten große Verspätungen in Kauf nehmen. Da das Schienennetz nicht mehr ausreichend gewartet wurde, kam es sogar zu schweren Unfällen mit vielen Toten.

In Bolivien, einem der ärmsten Länder der Welt, verkaufte man die Trinkwasseranlagen der Stadt Cochabamba an den amerikanischen Konzern Bechtel. In der Folge sank die Wasserqualität, wieder stiegen die Preise, und die ärmere Bevölkerung konnte sich nun gar kein Wasser mehr leisten. Nach heftigen Protesten mussten allerdings viele Privatisierungen wieder zurückgenommen werden.

Trotz der für die meisten Menschen desaströsen Folgen drängen die Konzerne und ihre Lobbyvereinigungen auf weitere Liberalisierungen des Marktes. Dabei haben sie mächtige Verbündete. Die einflussreichsten von ihnen sind drei internationale Organisationen, die die neoliberale Globalisierung aktiv vorangetrieben haben: die Weltbank, der Weltwährungsfonds (IWF) und die Welthandelsorganisation (WTO).

Weltorganisationen im Dienste der Konzerne

Gegründet wurden diese drei globalen Organisationen, um die wirtschaftliche Situation ihrer Mitgliedsländer beziehungsweise der gesamten Welt zu verbessern: Die Weltbank soll weniger entwickelten Ländern helfen, die Armut zu bekämpfen, der Währungsfonds ist dazu da, diesen Ländern bei Finanzschwierigkeiten unter die Arme zu greifen, und die Welthandelsorganisation will die internationalen Handelsbeziehungen verbessern.

Das sind große Ziele.

Die Erfahrungen haben aber gezeigt, dass es den drei Institutionen vor allem um eines geht: um die Liberalisierung und Privatisierung insbesondere in den ärmeren Ländern unserer Welt. Damit handeln auch sie im Sinne der multinationalen Konzerne.

Warum?

Es ist zwar richtig, dass diese Organisationen fast alle Länder der Erde vertreten, tatsächlich haben aber die reichen Industriestaaten dort wesentlich mehr zu sagen als ärmere Länder. Eine demokratische Kontrolle der drei Institutionen gibt es nicht: Wer dort die Entscheidungen trifft, wurde nicht demokratisch gewählt, sondern von den einzelnen Regierungen ernannt. Verhandlungen finden unter Ausschluss der Öffentlichkeit statt, und wichtige Dokumente werden geheim gehalten. Das öffnet natürlich dem Einfluss von WirtschaftslobbyistInnen Tür und Tor. Alle drei Organisationen, die wegen ihrer Bedeutung für die Wirtschaft deutlich mächtiger sind als die Vereinten Nationen, haben mit ihrer konzernfreundlichen Politik die Lebensbedingungen für Hunderte Millionen Menschen verschlechtert. Die Multis haben sie noch reicher gemacht.

Die machtlose UNO

Aber was ist eigentlich mit den Vereinten Nationen, die ja mit ihren 192 Mitgliedsländern die größte und wichtigste internationale Organisation sind?

Die UNO samt ihren Unterorganisationen spielt eine wichtige Rolle, wenn es um das Zusammenleben der fast sieben Milliarden Menschen auf unserem Planeten geht. Sie postulierte bereits 1948 die Allgemeine Erklärung der Menschenrechte und hat einen wesentlichen Anteil an der Schaffung und Sicherung von Frieden sowie der Bekämpfung von Armut, Krankheit, Ausbeutung und Umweltzerstörung. Doch mit der neoliberalen Globalisierung durch die Konzerne verlor auch sie an politischem Einfluss. Denn Geld regiert die Welt – und Weltbank, Währungsfonds und Welthandelsorganisation verfügen über wirtschaftliche Machtinstrumente, die die Vereinten Nationen nicht besitzen.

Dazu kommt, dass im mächtigsten Gremium der UNO, dem UN-Sicherheitsrat, nichts ohne die fünf ständigen Mitglieder China, Russland, Frankreich, Großbritannien und die USA geht. Ohne ihren Willen können weder militärische noch wirtschaftliche Sanktionen beschlossen werden, wenn irgendwo auf der Welt schwere Menschenrechtsverletzungen begangen werden. Und jedes dieser fünf Länder legt regelmäßig dann ein Veto (also Einspruch) gegen solche Sanktionen ein, wenn es seine eigenen wirtschaftlichen Interessen – oder die seiner Konzerne – bedroht sieht.

Es gab und gibt auch Versuche, die Multis direkt zur Einhaltung von Menschenrechten, sozialen Mindeststandards und Umweltschutz anzuhalten. So unterschrieben viele bekannte Großkonzerne den sogenannten Global Compact der UNO, um die Globalisierung sozialer und ökologischer zu gestalten. Doch dieser Vertrag ist das Papier nicht wert, auf dem er steht, da er lediglich freiwillige Vereinbarungen enthält. Der Vertrag sieht keinerlei Strafen für den Fall vor, dass ein Unternehmen die selbst gesteckten Ziele nicht erfüllt. Von daher konnten ihn auch zahlreiche Konzerne unterzeichnen, die nachweislich von schwersten Menschenrechtsverletzungen profitieren. Ihr Ziel: in der Öffentlichkeit als tolle Firma dazustehen, die sich um Menschenrechte und Umweltschutz kümmert, ohne auch nur die geringste Verpflichtung einzugehen.

Seit 2003 gibt es einen neuen Vorschlag der UNO, diesmal um verbindliche Regeln für multinationale Konzerne zu schaffen: die »Norms on the Responsibilities of Transnational Corporations and Other Business Enterprises with Regard to Human Rights« mit 18 relativ konkreten Forderungen. Sie wurden gemeinsam mit Menschenrechtsorganisationen und KonzernvertreterInnen erarbeitet. Die Konzerne und ihre Lobbyverbände haben sich allerdings schnell wieder gegen das Vertragswerk gestellt, als sie nämlich erkennen mussten, dass man dieses Mal auf die Einhaltung der Beschlüsse pochen würde.

Die Weltbank Die Weltbank wurde 1944 zur Finanzierung des Wiederaufbaus von Europa nach dem Zweiten Weltkrieg gegründet und hat sich mittlerweile der Armutsbekämpfung vor allem in Asien, Afrika und Lateinamerika verschrieben. Ihre Eigentümer sind die 185 Mitgliedsstaaten. Das Stimmrecht ist nach der Höhe der Anteile gewichtet und damit mehrheitlich in der Hand reicher Länder – allen voran der USA, Japans, Deutschlands, Frankreichs und Großbritanniens.

Die Weltbank verleiht viel Geld an Entwicklungsländer, gibt ihnen also Kredite. Mit ihnen werden vor allem Großprojekte finanziert, an denen multinationale Konzerne gut verdienen, aber die einheimische Bevölkerung und die Umwelt leiden. Dazu zählen zum Beispiel Riesenstaudämme für Wasserkraftwerke oder Erdölpipelines. Dass dadurch Hunderttausende Menschen gezwungen werden, ihre Heimat zu verlassen und häufig ihre Lebensgrundlage verlieren, schert die Mächtigen der Weltbank nur wenig. Selbst Wünsche von Diktatoren wie der Bau riesiger Regierungspaläste wurden von ihr erfüllt. Die Schaffung demokratischer Strukturen war die längste Zeit kein Kriterium für die Vergabe von Krediten.

Statt dessen knüpft die Weltbank die Geldvergabe seit Anfang der achtziger Jahre an strenge wirtschaftspolitische Bedingungen. Man spricht von »Strukturanpassungsprogrammen«, mit denen die staatlichen Infrastrukturen der »Bittstellerländer« an die Anforderungen der freien Marktwirtschaft angepasst werden sollen: Gehälter müssen gekürzt, öffentliche Einrichtungen privatisiert und Sozialausgaben radikal zurückgefahren werden. In der Folge haben viele dieser Staaten kein Geld mehr für Schulen und Gesundheitseinrichtungen und sind zur Privatisierung gezwungen. Das wiederum freut die Konzerne, die nun privat solche Einrichtungen betreiben können – natürlich nur für Reiche, denn schließlich sollen ja möglichst hohe Profite dabei herausspringen.

www.worldbank.org

Der Internationale Währungsfonds (IWF) Der IWF arbeitet seit seiner Gründung im Jahr 1946 eng mit der Weltbank zusammen. Er besteht ebenfalls aus 185 Mitgliedsstaaten, wobei auch hier die reicheren Länder höhere Stimmenanteile haben. Gegründet wurde er, um stabile Wechselkurse zwischen den unterschiedlichen Währungen und einen geordneten Ablauf internationaler Geschäfte mit Devisen (ausländischen Währungen) zu gewährleisten. Außerdem soll er das weltweite Wirtschaftswachstum fördern und dafür sorgen, dass Länder mit hohen Schulden diese auch bezahlen können.

Ärmere Länder sind nämlich meistens stark verschuldet, und zwar insgesamt mit rund 2600 Milliarden Dollar. Das hat viele Ursachen. Allesamt haben sie aber nichts damit zu tun, dass die Bevölkerungen dieser Länder über ihre Verhältnisse gelebt hätten. Im Gegenteil, diese Menschen haben schon immer draufgezahlt.

So müssen etwa die 60 Millionen KongolesInnen heute Schulden zurückzahlen, die die belgischen Kolonialherren bis 1960 und danach der grausame Diktator Mobutu Sese Seko mit Unterstützung durch westliche Regierungen angehäuft haben. Milliarden der von Mobutu geraubten Gelder lagern heute noch auf Schweizer Konten, während ein Großteil der Bevölkerung Hunger leidet. In Brasilien ließen die Militärdiktatoren, die dort bis 1984 herrschten, mithilfe des Siemens-Konzerns und deutscher Banken Atomkraftwerke bauen und verursachten einen Schuldenberg, der heute noch abbezahlt wird. Gleichzeitig sind 50 Millionen BrasilianerInnen von Hunger betroffen.

Allein die Zinsen, die ärmere Länder für ihre Schulden zahlen sollen, betragen jährlich etwa 125 Milliarden Dollar. Das ist fast das Vierfache von dem, was jedes Jahr an staatlicher Entwicklungshilfe aufgebracht wird. Damit dieser sogenannte Schuldendienst geleistet werden kann, leiht der IWF gefährdeten Ländern vorübergehend Geld, doch knüpft er daran wie die Weltbank Bedingungen: Die kreditnehmenden Staaten sollen dafür Sorge tragen, dass ihre Ausgaben für öffentliche Dienst- und Sozialleistungen sinken. Das führt wiederum zu Privatisierungen, von denen die multinationalen Konzerne profitieren.

Dem IWF wird auch vorgeworfen, dass durch seine Währungspolitik ganze Länder wie Argentinien oder Indonesien, Südkorea und Thailand in schwere Wirtschaftskrisen stürzten, wodurch Millionen von Menschen verarmten. Zudem hält die Organisation viele Länder dazu an, ihre Kreditzinsen möglichst hoch zu halten. Damit ist das Geschäft vor allem für ausländische Investoren sehr lukrativ. Für die weniger wohlhabende Bevölkerung dieser Staaten ist es dagegen praktisch unmöglich, Kredite aufzunehmen, auch wenn sie dringend gebraucht werden. Warum ist das so? Will zum Beispiel eine Brasilianerin ein Unternehmen gründen und dafür

Geld von der Bank leihen, so muss sie fast 20 Prozent an Kreditzinsen im Jahr zahlen. So viel kann sie mit dem Unternehmen im Normalfall gar nicht verdienen. Wer aber bereits Geld hat oder in reichen Ländern niedrigere Zinsen zahlen muss, der kann dieses Geld in Brasilien profitabel investieren.

www.imf.org

Die Welthandelsorganisation (WTO) Die WTO (englisch *World Trade Organization*) ist unter den drei großen Globalisierungsinstitutionen diejenige, die sich am aggressivsten für die Interessen multinationaler Konzerne einsetzt. Dazu gehört auch, internationale Vorschriften zum Schutz von Menschenrechten und Umwelt zu bekämpfen, wenn diese die Profite schmälern könnten.

Gegründet wurde die WTO 1995. Ihren Sitz hat sie in Genf in der Schweiz. IWF und Weltbank sind in Washington (USA) beheimatet. Im Gegensatz zu den beiden anderen großen Organisationen gilt in der WTO ein Gleichstimmigkeitsprinzip: Jedes der derzeit 151 Mitglieder verfügt über eine Stimme. Dennoch fallen die meisten Abstimmungen zugunsten der reichen Industrieländer aus. So ist es vielen armen Ländern aus finanziellen Gründen gar nicht möglich, an den zahlreichen Ausschuss-Sitzungen in Genf teilzunehmen. Dort aber werden die meist sehr umfangreichen Vorschläge für die WTO-Abkommen erarbeitet. Auch wenn die endgültigen Beschlüsse dann erst auf der ca. alle zwei Jahre stattfindenden Konferenz der Wirtschafts- und Handelsminister getroffen werden, so sind doch die Vertreter der armen Länder in einer ungünstigen Position. Auf Einzelheiten der zur Abstimmung stehenden Verträge können sie nämlich auf der Konferenz längst keinen Einfluss mehr nehmen. Noch problematischer ist, dass sich die sogenannten Entwicklungsländer aufgrund ihrer vielfältigen Abhängigkeiten von den Industrieländern häufig nicht trauen, sich gegen deren Entscheidungen aufzulehnen.

Ziel der WTO ist es, durch internationale Verträge die Interessen von KapitaleigentümerInnen und Unternehmen im globalen Handel zu schützen. Diese Verträge kann sie mithilfe von Handelssanktionen weltweit durchsetzen: Wenn sich ein Land nicht daran hält, muss es seine Gesetze ändern oder empfindlich hohe Strafen zahlen. Dadurch ist es der WTO möglich, auch dann den Konzernen zu ihrem »Recht« zu verhelfen, wenn sie sich dabei gegen den demokratischen Willen der Bevölkerungen ihrer Mitgliedsländer stellt.

Beispiel gefällig? Die große Mehrheit der EuropäerInnen ist gegen die Verwendung der Gentechnik bei Lebensmitteln und in der Landwirtschaft. In der EU hatte man sich deshalb darauf geeinigt, gentechnisch veränderte Organismen vorläufig nicht in den Verkehr zu bringen. Daraufhin behaupteten die USA, dass ihre Konzerne jährlich 500 Millionen Dollar weniger verdienen würden, wenn Gentech-Produkte in Europa nicht verkauft werden dürften. Sie verklagten die EU vor dem WTO-Gericht, das folgendes Urteil fällte: Die EU müsse den Multis entgegenkommen, andernfalls drohten hohe Strafen. Wie die Bevölkerung entscheiden würde, war wurscht.

Es gibt aber auch Beispiele, wo sich die WTO nicht durchsetzen konnte. Mit dem »Allgemeinen Dienstleistungsabkommen« (GATS) versucht sie seit geraumer Zeit, möglichst alle Dienstleistungen in den WTO-Mitgliedsländern zu liberalisieren und so dem Wettbewerb des freien Marktes zu unterwerfen. Als globalisierungskritische Organisationen wie Attac und Gewerkschaften von den geheimen Plänen der Welthandelsorganisation erfuhren, informierten sie sofort die Öffentlichkeit. Es folgten Proteste aus aller Welt, vor allem von Jugendlichen, und die Verhandlungen mussten, wenn auch vorläufig, abgebrochen werden. Wir sind also nicht machtlos. Wir müssen uns nur gut informieren.

Was es bedeutet, wenn der Staat Schulen oder Krankenhäuser an private Konzerne verkauft, habe ich in Ländern wie Brasilien mit eigenen Augen gesehen: Dort können nur die Kinder wohlhabender Eltern gute und teure Privatschulen besuchen, während ärmere Kinder in völlig überfüllten Klassen mit schlecht ausgebildeten LehrerInnen sitzen und selbst mit 15 Jahren noch nicht richtig schreiben können. Wer kein Geld für eine teure Privatversicherung hat, muss im Krankheitsfall in Spitäler gehen, die so schlecht ausgestattet, unhygienisch und unterbesetzt sind, dass ich auch meinem ärgsten Feind einen Besuch dort nicht wünschen würde. Ich war dort: Da warten Schwerstkranke und Notfall-PatientInnen in langen Schlangen stunden- und tagelang auf eine Behandlung, die Räume sind dreckig und überfüllt, es stinkt nach Exkrementen, Blut und Toten. Kommt man dann endlich dran, haben die ÄrztInnen oft nicht mal die notwendigen medizinischen Geräte oder Medikamente. Wer arm ist, stirbt eben früher.

Ähnliche Folgen hat das WTO-Abkommen über geistige Eigentumsrechte (TRIPS). Es regelt das Patentrecht und gibt Firmen die Möglichkeit, ihr technisches Know-how weltweit schützen zu lassen. Damit muss jeder, der dieses Wissen anwendet, dafür teures Geld bezahlen. Patentierte Medikamente kosten beispielsweise bis zu 30-mal mehr als sogenannte Generika. Generika sind Medikamente mit den gleichen Wirkstoffen wie das Originalmedikament, stammen aber von anderen Firmen. Mit ihnen könnten Krankheiten wie Aids kostengünstig bekämpft werden. Patente auf Pflanzen und Saatgut verhindern, dass Bäuerinnen und Bauern Samen aus ihrer eigenen Ernte aufbewahren, anbauen oder weiterzüchten können, sobald sie einmal patentiertes Saatgut verwendet haben.

Die Chemiekonzerne Monsanto und Bayer, um nur zwei zu nennen, besitzen viele Patente auf Pflanzen und Heilmittel. Darunter sind allerdings auch solche, die seit Jahrhunderten von traditionellen Gesellschaften verwendet werden, nur haben diese Gesellschaften ihr Wissen nie patentieren lassen. Auf die Idee wären sie gar nicht gekommen, und schließlich sollen ja die Heilmittel für alle da sein. Man spricht in solchen Fällen von Bio-Piraterie: Große Konzerne schicken ihre Leute in Gebiete wie den Amazonas-Urwald, um die uralten Heilpflanzen der dort lebenden Indianervölker ausfindig zu machen. Anschließend werden die Heilstoffe der Pflanzen patentiert, und nun müssten sogar die indigenen Völker Lizenzgebühren zahlen, wenn sie ihre eigenen Produkte vermarkten wollten.

www.wto.org

Zusammenfassung

- Die kapitalistische Globalisierung hat vor allem die Macht und den Reichtum wirtschaftlicher Eliten und multinationaler Konzerne vermehrt.
- Viele Konzerne beeinflussen Regierungen und internationale Institutionen für ihre Zwecke. Sie manipulieren die öffentliche Meinung und höhlen die Demokratie aus.
- Die Akteure der neoliberalen Globalisierung treiben die Privatisierung öffentlicher Güter und Dienstleistungen sowie den Abbau verbindlicher sozialer, ökologischer und menschenrechtlicher Regeln voran (man nennt das Deregulierung und Liberalisierung).

- Sie zählen dabei auf einflussreiche Lobbys und mächtige globale Institutionen, allen voran die Weltbank, den Internationalen Währungsfonds und die Welthandelsorganisation (WTO).

Weitere Infos zu diesem Kapitel

www.attac.de (.at/.ch)

Bei diesem internationalen Netzwerk für eine gerechte Gestaltung der Globalisierung kann jeder mitmachen.

www.bpb.de/globalisierung

Zahlen und Fakten zum Thema Globalisierung von der deutschen Bundeszentrale für politische Bildung.

www.sourcewatch.org

Hier kann man recherchieren, ob »unabhängige« WissenschaftlerInnen, Vereine etc. womöglich in Wahrheit zu Konzernlobbys gehören.

www.weed-online.org

Hier findet ihr kritische und aktuelle Infos zu den Themen Weltwirtschaft, Ökologie und Entwicklung.

www.kritischeaktionaere.de

Die Kritischen AktionärInnen kämpfen gegen das Diktat des »Shareholder Value« und decken die Verbrechen zahlreicher deutscher Konzerne auf.

Als zum ersten Mal das Wort »Friede« ausgesprochen wurde, entstand auf der Börse eine Panik. Sie schrien auf im Schmerz: Wir haben verdient! Lasst uns den Krieg! Wir haben den Krieg verdient!
Karl Kraus

Krieg für unsere Handys

Die Globalisierung der Konzerne ist nichts anderes als eine Fortsetzung der Ausbeutung, wie sie in den finstersten Kolonialzeiten herrschte. Ein Beispiel unter vielen: Wie ich zum illegalen Rohstoffhändler wurde und damit dem Bayer-Konzern nachweisen konnte, dass er den größten Krieg unserer Zeit mitfinanziert.

Es war Zufall, dass ich Ende des Jahres 2000 auf einen Artikel in der Berliner »tageszeitung« (taz) über den Krieg in der Demokratischen Republik Kongo stieß. Ich war gerade von Wien nach Berlin gezogen und schrieb am »Schwarzbuch Markenfirmen«, das ein Jahr später erscheinen sollte. Ich wollte wissen, welche großen Marken – wie etwa Nike, McDonald's oder Nestlé – an Kinderarbeit und anderen Menschenrechtsverletzungen verdienten, und war auf der Suche nach neuen Hinweisen.

Der taz-Artikel[1] interessierte mich sofort: Dort stand, dass eine Untersuchungskommission der Vereinten Nationen soeben herausgefunden hatte, dass der illegale Handel mit einem geheimnisvollen Material namens Tantal einer der Hauptgründe für den Krieg im Kongo sei. Tantal, war dort zu lesen, ist ein Edelmetall, das besonders tolle chemische Eigenschaften hat und deshalb für die Herstellung von elektronischen Bauteilen notwendig ist, die man vor allem für Handys, Computer und Spielkonsolen braucht. Und weil immer mehr

Aus kongolesischem Coltanerz wird Tantal für unsere Handys gewonnen.

Leute Handys haben wollen, brauche man immer mehr Tantal – ein großer Teil davon werde aus einem Erz namens Coltan (Colombo-Tantalit) gewonnen. Dieses Coltan, so stand da, werde im Kongo von Rebellen abgebaut, die damit einen Krieg gegen die Regierung finanzierten, der Millionen von Menschenleben gekostet hat.

Armer reicher Kontinent

Wenn bei uns von Afrika die Rede ist, denken wir meistens an Naturkatastrophen, Trockenheit, Hunger, Elend und Bürgerkrieg. Oft wird dabei vergessen, dass Afrika nicht gleich Afrika ist. Denn die 52 afrikanischen Länder sind untereinander ebenso unterschiedlich wie die Länder Europas: Niemand würde sagen, dass etwa in Griechenland und Schweden die gleiche Kultur oder die gleichen Lebensbedingungen herrschten. Wenn man sich näher über die Länder Afrikas informiert, ist man erstaunt, wie viel reicher selbst als

In kongolesischen Tantalminen schuften auch Kinder unter Einsatz ihres Lebens.

Europa die meisten von ihnen eigentlich sind: In Ländern wie dem Kongo, Angola oder Nigeria gibt es bedeutend mehr Bodenschätze als in Deutschland, so zum Beispiel Gold, Diamanten, Erdöl, wertvolle Metalle und Edelhölzer. Auch die Landwirtschaft hat in vielen Regionen bessere Bedingungen als in Europa – im Kongo etwa scheint fast immer die Sonne, es regnet fast täglich, die Böden sind fruchtbar. Die gesamte Bevölkerung könnte dort in Wohlstand und Zufriedenheit leben.

Trotzdem hungern die meisten.

Warum?

Je reicher ein Land an Rohstoffen ist, desto höher ist auch die Gefahr, von anderen ausgebeutet zu werden. Und je mehr Menschen sich für diese wertvollen Rohstoffe interessieren, desto höher ist die Wahrscheinlichkeit von Kriegen, um sie in Besitz zu nehmen. Den Bevölkerungen der reichsten Länder Afrikas geht es genau aus diesem Grund oft am schlechtesten. Wenn wir von blutigen »Stammesfehden« und Bürgerkriegen lesen, dann stehen nicht selten internationale Wirtschaftsinteressen dahinter. Völker werden mit Waffen beliefert und aufeinander losgehetzt, bis Rohstofffirmen als lachende Dritte deren Reichtümer kassieren.

Teile und herrsche

Dieses Prinzip gilt auch für den Kongo. Die Demokratische Republik Kongo ist das drittgrößte Land Afrikas und damit so groß wie ganz Westeuropa. Unter dem Diktator Mobutu hieß das Land Zaïre. Erst nach der Diktatur erhielt der Staat seinen heutigen Namen, doch »demokratisch« war er damit noch lange nicht. 1998 begann im Kongo ein Krieg zu toben, an dem auch die Nachbarländer Ruanda und Uganda beteiligt waren. Mehr als fünf Millionen Menschen fielen ihm zum Opfer. Von Ruanda und Uganda aus wurden bewaffnete Rebellengruppen im Osten des Kongo unterstützt, die die Regierung zu stürzen versuchten. Die Kriegsparteien kämpften unter anderem um den Zugang zu Rohstoffminen, vor allem auch solchen, in denen das begehrte Tantal abgebaut wurde. Durch den Verkauf des Tantalerzes über Zwischenhändler an westliche Konzerne konnten die Rebellen Waffen finanzieren, um den Krieg fortzusetzen. Damit haben sich internationale Unternehmen am Krieg im Kongo mitschuldig gemacht.

Wer aber waren diese Konzerne?

Der Großteil des weltweit geförderten Tantals – etwa 60 Prozent – wird von einem deutschen Unternehmen verarbeitet: der Firma H. C. Starck aus Goslar. Bis Anfang 2007 gehörte H. C. Starck dem deutschen Chemie- und Pharmakonzern Bayer an. Bayer ist vor allem durch Medikamente wie Aspirin bekannt. Während des Krieges im Kongo profitierte der Konzern nicht nur von billigen Rohstoffen aus dem Rebellengebiet, sondern wurde zu einem der wichtigsten Geldgeber im Umfeld der Konfliktparteien.

Zum Zeitpunkt meiner Recherchen in den Jahren 2000 und 2001

wusste ich davon natürlich noch nichts. Niemand wusste von den gefährlichen Geschäften des Bayer-Konzerns.

Strengste Geheimhaltung

Weil H. C. Starck aber der Weltmarktführer für Tantal war, beschloss ich einfach, dort anzurufen und zu fragen, woher die Firma eigentlich ihre Rohstoffe beziehe. Der verantwortliche Pressesprecher von H. C. Starck erklärte: »Dazu sagen wir nichts.« Das war ein bisschen wenig Information. In meiner Recherche stoppte mich das aber nicht: Ich telefonierte und mailte jetzt in der ganzen Welt herum, kontaktierte deutsche und amerikanische Rohstoff-Institute sowie Firmenvertretungen und sprach mit Kongo-ExpertInnen. Trotzdem stieß ich auf keine konkreten Fakten. Dann aber hatte ich Glück: Ein kongolesischer Journalist erzählte mir, dass nach seinen Informationen jeden Monat ungefähr 200 Tonnen Tantalerz aus dem Kongo exportiert würden. Die Käufer seien zum großen Teil Zwischenhändler, die das Erz dann in der ganzen Welt weiterverkauften.

Der Handel mit dem Kongo dürfte also auch während des Krieges geblüht haben – unter strengster Geheimhaltung selbstverständlich. Weil ich aber noch immer nicht wusste, wer das tödliche Erz kaufte, entschied ich mich, selbst ins schmutzige Geschäft einzusteigen. Ich wurde, wenn auch nur virtuell, Rohstoffhändler, genauer gesagt: Tantalhändler.

Was? Wie das geht? Ganz einfach: Jeder von uns kann sich im Internet in wenigen Minuten eine neue Identität zulegen. Man geht auf eine der vielen Webmail-Homepages und legt sich einen Account mit einem Phantasienamen an. Innerhalb von Minuten ist man jemand anderes und kann mit dieser Identität E-Mails versenden. Ich könnte mich zum Beispiel als george.bush@gmx.net für den Irakkrieg oder als papst.benedikt@hotmail.com dafür entschuldigen, dass die Kirche wegen ihres Kondomverbotes die Mitschuld an Millionen Aidstoten trägt.

Vermutlich würde mir das allerdings niemand glauben. Für meine Tantal-Recherchen wählte ich deshalb einen unverfänglicheren Namen: Robert Mbaye Leman. Das klang irgendwie cool und ein bisschen afrikanisch.

Ein unmoralisches Angebot

Im Internet hatte ich das Wort »Tantal« in Google eingegeben und gesehen, dass zahlreiche Rohstoffhändler den wertvollen Rohstoff über Online-Handelsbörsen kauften oder verkauften. Nun wollte ich wissen, ob es mir gelingen würde, kongolesisches Tantal über Zwischenhändler dem Bayer-Konzern anzubieten. Ich formulierte eine E-Mail. Darin behauptete ich, Robert Mbaye Leman, in Ostafrika zu leben und über gute Kontakte zu den kongolesischen Rebellen zu verfügen. Ich könne deshalb 40 Tonnen feinstes Tantalerz zu einem sagenhaft günstigen Preis beschaffen: 10 000 Dollar verlangte ich für die heiße Ware.

Natürlich war das Geschäft vorgetäuscht, denn ich hatte ja kein Tantal und war auch nicht in Afrika, sondern saß in meiner gut geheizten Berliner Wohnung vor dem Computer, als ich am Abend des 31. Januar 2001 mein unmoralisches Angebot an ein Dutzend Rohstoffhändler sandte, deren Adressen ich im Internet gefunden hatte.

Ich musste nicht lange warten: 16 Minuten nach dem Drücken des »Send«-Buttons war die erste Antwort in meinem E-Mail-Postfach. Ein potenzieller Kunde wollte wissen, wie hoch der Anteil an Tantal, Niob, Uran und Thorium im von mir angebotenen Tantalerz sei.

Das war eine gute Frage. Ich muss gestehen, dass ich nicht die geringste Ahnung von Chemie habe. Zwar hätte ich als Jugendlicher fast einmal meine Schule in die Luft gejagt, weil ich es liebte, gefährliche Flüssigkeiten zusammenzumischen, aber chemische Formeln waren mir schon immer ein Rätsel. Dafür bin ich umso besser in der Internetrecherche: Ich schickte also an ein paar Firmen, die online

Tantalerz zum Verkauf anboten, eine Mail, in der ich nun selber fragte, wie hoch der Anteil der betreffenden Elemente in ihren Rohstoffen sei. Mein Trick war erfolgreich. Ich erhielt so genaue Angaben wie »Ta_2O_5: 30 %, Nb_2O_5: 25 %, Th: 10 %«. Verstehen musste ich das ja nicht. Aber ich konnte es kopieren und in die Antwortmails an meine »Kunden« einfügen.

Wie sich herausstellte, hatte ich offenbar gute Qualität angeboten, denn die potenziellen Käufer zeigten sich interessiert. Dadurch ermutigt, mailte ich am 1. Februar 2001 sämtliche Einkaufsabteilungen des weltweit agierenden Bayer-Konzerns an. Die Adressen fand ich im Internet. Noch in derselben Nacht kam die erste Antwort. Sie stammte von der Bayer-Filiale in Thailand: »Lieber Herr Leman, wir sind generell interessiert, alle Arten von Ta-Rohmaterial zu kaufen. Bitte lassen Sie uns die Analysen, eine repräsentative Probe der 40 Tonnen und Ihre Preisvorstellungen zukommen. Sobald wir diese Informationen haben, werden Sie unsere baldige Antwort erhalten. Mit freundlichen Grüßen, Dr. B.« Nun hatte ich den Beweis. Bayer war bereit, Tantalerz aus dem Ostkongo zu kaufen, obwohl dem Konzern zu diesem Zeitpunkt bereits bekannt war, dass der illegale Rohstoffhandel laut UNO der Hauptgrund für den Krieg war.

Eine »repräsentative Probe« des Tantals konnte ich natürlich nicht schicken, nur die chemischen Analysen. Da ich keine weitere Antwort mehr von Herrn Dr. B. erhielt – vielleicht war der Konzern nach den Medienberichten vorsichtig geworden –, versuchte ich es weiter mit den Zwischenhändlern, die mir geantwortet hatten. Ich wollte von ihnen wissen, an wen sie das Zeug denn weiterverkaufen würden. Die zeigten sich allerdings zugeknöpft und verwiesen auf die Geheimhaltungspflicht gegenüber ihren Kunden. Da zog ich ein weiteres Ass aus dem Ärmel: Ich könne das Tantalerz nur dann verkaufen, wenn ich die Kunden kenne. Mit unbekannten Kunden hätte ich zu viele schlechte Erfahrungen gemacht.

Meine Dreistigkeit wirkte: Ein Dr. K. von einer Firma namens »Bvs Ltd. Germany« schrieb nun: »Der Käufer ist H. C. Starck aus

Von: Robert Leman [mailto:lerobe@[redacted]
Gesendet: Donnerstag, 1. Februar 2001 16:26
An: [redacted]b@bayer-ag.de
Betreff: Tantalite ore

Dear Mr. B[redacted]

i can offer you a larger amount of tantalite ore (approximately 40 tonnes) which i currently have on stock in Bukavu (Democratic Republik of Congo). I can sell it at an extremely good price, if the business is done quite soon.

With best regards

Robert Mbaye Leman
Barter Trade
Arusha - Tanzania

Von: [redacted]b@bayer-ag.de [mailto:[redacted]b@bayer-ag.de]
Gesendet: Freitag, 2. Februar 2001 03:52
An: - *lerobe@[redacted]
Betreff: Re: Tantalite ore

Dear Mr. Leman,

we are generally interested to buy all kind of Ta-raw materials. Please let
us
have the analysis, one representative sample from the 40 t lot and your
price
idea. After having these information, you will receive our quick response!

Best regards
Dr. B[redacted]

E-Mail des Bayer-Konzerns: Interesse am blutigen Tantalum

Deutschland mit seiner Einkaufsabteilung für Rohstoffe am Hauptsitz Goslar.« Wow! Jetzt hatte ich es schwarz auf weiß. Beim Verkauf gab es allerdings einen Haken. K. meinte nämlich, dem Konzern komme mein extrem billiges Angebot verdächtig vor: »Irgendwas muss da faul sein.«

War es auch. Ich bin nämlich nicht nur schlecht in Chemie, sondern auch schlecht in Mathe. Bei meiner Recherche über Tantalpreise hatte ich Pfund mit Kilogramm verwechselt und so ein viel zu günstiges Angebot gemacht. Dafür brauchte ich nun eine gute Erklärung.

Der Bayer-Lieferant und die Mafia

Im UNO-Bericht über die illegale Ausbeutung der Rohstoffe im Kongo hatte ich gelesen, dass die Rebellen den Tantalhandel vor allem in die Hände einer Art Mafia-Firma namens Somigl gelegt hatten. Diese Information beschloss ich für mein Geschäft zu nutzen und ging aufs Ganze. Ich schrieb an meinen Interessenten: »Die Somigl überlässt jeden Monat eine bestimmte Menge Erz an Händler wie mich, die ihr wiederum helfen, gewisse andere internationale Geschäfte zu tätigen. Wie Sie wissen, ist die Region politisch instabil, und da braucht man immer Import-Export-Deals, die nicht auf offiziellem Weg passieren können. Bitte nehmen Sie zur Kenntnis, dass das hier Afrika ist und dass das Business hier ein bisschen anders läuft als in Europa.«

Diese Formulierung war eindeutig. Meinen potenziellen Kunden bat ich daher um Geheimhaltung, schließlich wusste jeder in der Branche, dass mit »gewissen Geschäften« auch Waffenhandel gemeint sein konnte. Doch der Lieferant des Bayer-Konzerns ließ sich davon nicht abschrecken, im Gegenteil, er versicherte mir, dass »Geheimhaltung eines unserer Prinzipien ist«. Und noch mehr: Er habe die Angelegenheit bereits mit dem Kunden Bayer besprochen, der an dem Geschäft äußerst interessiert sei: »Sie können auf H. C. Starck als starken und zuverlässigen Partner zählen.« Wenige Tage später machte K. dann doch einen Rückzug. Grund waren nicht moralische Bedenken: »Das Hindernis war der Preis, den Sie genannt haben.«

In der Zwischenzeit hatte mir auch ein anderer Zwischenhändler namens Ralf D. gemailt. Er wolle das Tantal kaufen, die Bayer-Tochterfirma H. C. Starck habe bereits Interesse daran bekundet. »Wie immer«, fügte er hinzu. Auch ihm gegenüber hatte ich behauptet, dass ich das Tantal nur wegen meiner Kontakte zur Rebellenfirma Somigl so billig liefern könne. Daraufhin schrieb er mir, er hätte Erfahrungen mit deren Geschäftsführerin Aziza Kulsum. Diese ehrenwerte Dame ist in ganz Ostafrika als Mafiachefin und Waffenschmugglerin bekannt.

Damit war klar, dass der Bayer-Konzern nicht davor zurückschreckte, seine Rohstoffe aus mehr als zweifelhaften Quellen zu beziehen. Ich wollte aber noch mehr wissen.

Meine E-Mail-Geschäftskontakte brach ich ab und setzte mich in das nächste Flugzeug nach Kigali, der Hauptstadt von Ruanda. Dort angekommen, zwängte ich mich gemeinsam mit zwölf Einheimischen und einigen Bündeln Bananen in einen Kleinbus und fuhr durch die ruandische Hügellandschaft bis über die kongolesische Grenze. Wir erreichten Goma, die Hauptstadt der Rebellen.

Was ich hier wolle, fragten mich die schwer bewaffneten Soldaten an der Grenzstation. Von meinen verdeckten Rohstoffgeschäften erwähnte ich natürlich nichts. Ich war ja nicht lebensmüde. »Ich bin Journalist, und ich möchte etwas über das Tantal erfahren«, sagte ich wahrheitsgetreu. Dann schwindelte ich schon wieder: »Ich habe gehört, dass ihr hier mit dem Tantalhandel Dinge wie Schulen und Krankenhäuser finanziert, und will darüber schreiben.« Das hatte den Rebellen, die für ihre Brutalität bekannt waren, noch keiner »vorgeworfen«. Sie fühlten sich offenbar geehrt, drückten mir ihren Rebellenstempel in den Pass und ließen mich passieren.

Kalaschnikows und Kindersoldaten

Februar 2001. Doktor Ngabo eilt von Raum zu Raum und öffnet alle Schrank- und Zimmertüren, als wolle er den Mangel im Innenhof zum Appell versammeln: im Medikamentenschrank ein paar halb leere Packungen. Im Operationssaal eine Art Klappsessel mit ein paar Lampen darüber, sonst nichts. Zwei Toiletten, zwei Duschen in einem Holzverschlag. Keine Desinfektionsapparate, nicht einmal eine Waschmaschine gibt es im Krankenhaus »Mütterliche Barmherzigkeit« in Goma, in dem Doktor Ngabo gemeinsam mit zwei weiteren Ärzten hundert PatientInnen versorgt. In einem dunklen Zimmer sitzt Faida Mugangu[2] und starrt auf die graue Zimmerwand.

Doktor Ngabo berührt vorsichtig ihre Hand. Sie reagiert nicht. Fest, fast ein bisschen zu fest umklammert die etwa dreißigjährige Frau das Baby, das neben ihr auf dem Bett liegt. Laut Krankenbericht hat sie Gastritis, erzählt der Arzt.

Nachdem wir das Zimmer verlassen haben, sagt Doktor Ngabo auch, was ihr wirklich fehlt: Vor ein paar Wochen hat sie fast ihre ganze Familie verloren. Um vier Uhr morgens musste sie mit ansehen, wie Soldaten ihren Mann erschossen und drei ihrer Kinder mit der Machete hinrichteten. Sie selbst konnte mit dem jüngsten Sohn im Schutz der Dunkelheit in die Bananenstauden flüchten. Die Leiche ihres Mannes und die zerstückelten Körperteile ihrer zwei Töchter und des älteren Sohnes hat Faida Mugangu am nächsten Tag in der weichen Lavaerde verscharrt. Dann konnte sie eine, zwei, drei Wochen, keiner weiß, wie lange, nichts essen. Irgendwann stand sie dann, das Baby im Tragetuch um den Rücken gewickelt, vor dem eisernen Tor des Diözesankrankenhauses, körperlich und seelisch am Ende. Seitdem hat Faida Mugangu kaum ein Wort gesprochen. »Niemand weiß, wer die Täter sind«, sagt Doktor Ngabo, dem sie ihre Geschichte damals anvertraute.

Die Täter, das können hier im Osten der Demokratischen Republik Kongo eigentlich alle sein. Keiner kann mehr genau sagen, wer hier für wen kämpft. Milizen, Banditen, rivalisierende Volksgruppen, aber auch die Armeen der großen Kriegsparteien selbst foltern, morden, vergewaltigen und plündern im Schutz der Wälder und im Schatten der großen Fronten.

Seit August 1998 tobt hier der »Erste Weltkrieg Afrikas«, ein in Europa fast unbekannter Krieg, der kaum jemanden hinter dem Ofen hervorlockt. Afrika ist weit weg, und die Afrikaner sind bekannt dafür, dass sie früh sterben. Fünf Millionen Menschenleben hat dieser Krieg gefordert. Ein Drittel der Opfer waren Kinder. Dazu kommen 16 Millionen Hungernde und Kranke. Claude Jibidar, Leiter der Hilfsorganisation »World Food Program« im Ostkongo, erzählt, dass es mittlerweile mehr unterernährte Erwachsene als unterernährte Kinder gibt. »Warum? Schlicht und einfach weil die Kinder tot sind.« Der Sicherheitsrat der Vereinten Nationen spricht von »einer der schlimmsten humanitären Krisen des Planeten«.

Unvorstellbare Grausamkeiten

Massentötungen, außergerichtliche Hinrichtungen und illegale Verhaftungen seien im Kongo die Regel, liest man in einem UNO-Bericht. Als Beispiel wird ein Massaker an mehr als zweihundert Menschen beschrieben: »Die Mehrheit der Opfer waren Zivilisten, unter ihnen Frauen und Kinder. Einige wurden mit Macheten getötet, manche geköpft. Leichen wurden in offene Latrinen geworfen.«[3]

Frauen sind am schlimmsten betroffen: »An ihnen werden alle erdenklichen Grausamkeiten des Krieges begangen. Sie werden von Soldaten gejagt, erniedrigt und vergewaltigt, manchmal vor den Augen ihrer Ehemänner oder Kinder.« Dabei laufen sie ein »extrem hohes Risiko, sich mit HIV/Aids zu infizieren«.

In der Residenz des Rebellenchefs

Auch Adolphe Onosumba Yemba ist Arzt. Er führte einst eine gut gehende Praxis in Südafrika. Doch seit November 2000 hat Onosumba einen anderen Beruf: Er ist der Anführer der RCD-Rebellen, deren Einflussgebiet sich im Osten des Kongo über eine Region von der Größe Mitteleuropas erstreckt. Dabei hat der 34-Jährige so gar nichts von einem Buschkämpfer an sich, wie ich bei meinem Besuch in seiner schwer bewachten, weitläufigen Residenz am Stadtrand von Goma feststelle. »Ich glaube nicht, dass Sie hier außer uns noch andere Rebellen mit Krawatte und Laptop finden werden«, bemerkt der höfliche junge Mann lächelnd und zieht die Gardinen zu, als wir

Kindersoldat im Kongo: Schon früh zum Töten gezwungen.

sein Büro betreten. Aus Sicherheitsgründen. Schließlich würden wir bei offenen Vorhängen ein gutes Ziel für Scharfschützen abgeben.

Der smarte Rebellenchef erzählt mir nichts, was ich nicht ohnehin schon über den Tantalhandel weiß. Dafür erteilt er mir die Genehmigung, mich in Goma frei zu bewegen. Ich nutze das, um mich ein bisschen umzusehen.

Goma war einst eine blühende Stadt, doch nun leben viele Menschen in Wellblechhütten und unter Plastikplanen. An den Häusern im Stadtzentrum bröckelt der Putz, die meisten Geschäfte stehen leer, ihre Türen sind verbarrikadiert und die Fenster zerbrochen. In den staubigen Straßen patrouillieren von den Rebellen rekrutierte Kindersoldaten. Viele von ihnen wurden auf dem Heimweg von der Schule von Soldaten entführt, in Ausbildungslager gesteckt und mit

Drogen für den Krieg gefügig gemacht. Am Abend nach meiner Ankunft in Goma kommen drei uniformierte Halbwüchsige auf mich zu. Einer, vielleicht vierzehn Jahre alt, richtet den Lauf seiner Kalaschnikow gegen meine Brust und bittet mich höflich um Geld und Zigaretten. Seine Augen glänzen gelblich, die Pupillen sind von Drogen geweitet. Ich frage mich, wie lange er den Finger am Abzug ruhig halten kann, versuche die Nerven zu behalten und gebe ihm ein paar Dollar. Als ich am nächsten Abend wieder vorbeikomme, grüßt er mich freudig, als wären wir alte Bekannte.

Kindersoldaten Weltweit sind internationalen Schätzungen zufolge mehr als 250 000 Kinder in knapp 30 bewaffneten Konflikten als SoldatInnen im Einsatz. Sie werden meist von offiziellen Armeen oder Rebellenverbänden zwangsweise rekrutiert und zum Krieg gezwungen. Kindersoldaten kämpften für bewaffnete Kriegsparteien in Afghanistan, Angola, Burma, Burundi und in der Demokratischen Republik Kongo, in der Elfenbeinküste, in Guinea, Indien, dem Irak, in Israel und Palästina, in Indonesien, Kolumbien und Liberia, auf den Philippinen, in Russland, Ruanda, Sri Lanka und Somalia, im Sudan und in Uganda. Auch als Spione und Minensucher werden sie in Kriegsgebieten missbraucht. Vergewaltigungen durch Vorgesetzte, vor allem von Mädchen, passieren regelmäßig. Viele der Kinder werden zu Gewalttaten gegen die Zivilbevölkerung und sogar ihre eigenen Verwandten gezwungen. Auch das ist eine Strategie: Sie schämen sich danach meistens so, dass sie nicht mehr heim flüchten wollen.

Sogar Großbritannien schickte laut einer Meldung des Nachrichtenmagazins »Focus« vom Frühjahr 2007 Minderjährige in den Irakkrieg. Der damalige Verteidigungsminister Adam Ingram erklärte dazu, die Entsendung sei irrtümlich geschehen.

Während meiner zweiten Reise in den Kongo im Jahr 2002

führte ich ein Interview mit einem Kindersoldaten. Der damals 16-Jährige erzählte mir, er sei acht Tage vor seinem 11. Geburtstag gemeinsam mit seiner neunjährigen Schwester auf dem Heimweg von der Schule von Rebellen entführt und in ein Ausbildungslager gebracht worden. »Oft gab es in der Nacht Fluchtversuche. Wenn solche Flüchtlinge erwischt wurden, wurden wir geweckt. Einer der Soldaten sagte dann: ›Du da!‹, und derjenige von uns musste dann den Jungen oder das Mädchen erschießen. Da konnte es auch passieren, dass man den eigenen Bruder töten musste. Wer sich weigerte, war selber dran.«

Nach wenigen Wochen, so erzählte mir der Junge, hätte man sie in den Krieg geschickt: »Da habe ich zum ersten Mal getötet. Ich hatte Angst, obwohl man uns Marihuana zum Rauchen gegeben hatte, gegen die Angst. Als unser Bataillon das Feuer eröffnete, habe ich ungefähr fünf Minuten lang nicht geschossen. Die Freunde schießen, schießen, schießen, und ich … nichts. Es fiel mir schwer, auf den Abzug zu drücken. Nach fünf Minuten habe ich, mehr zufällig, abgedrückt. Dann ging's los.«

Und danach?

»Nichts. Gar nichts. Meine Mutter fehlte mir. Wir hatten nichts zu essen. Ich konnte nicht schlafen. Wir waren wie aus dem Nest gefallene Vögel. Und dann ist, leider, meine kleine Schwester gestorben. Ich wache am Morgen auf, sie ist nicht mehr da. Ich schaue auf die Seite, sie ist nicht da. Ich suche sie, da sagt mir ein Freund: Deine Schwester ist in der Nacht unglücklicherweise getötet worden. Sie hat sich geweigert zu kämpfen, deswegen hat ihr ein Kommandant in den Kopf geschossen. Ich konnte nicht mehr tun, als sie selbst zu begraben. Ich habe ein paar Steine aufgeschichtet, das war's. Wir sind einfach weitergezogen.«

Jahre später konnte er mit Unterstützung des UNO-Kinderhilfswerks Unicef die Armee verlassen. Sein größter Wunsch: zu seinen Eltern zurückzukehren. »Doch ich weiß nicht einmal, ob sie noch leben. Und ob sie mir verzeihen könnten, was ich getan habe.«

Weiterführende Infos: www.kindersoldaten.info

»Unsere Kinder sterben für eure Profite«

Wen immer man in den Straßen von Goma fragt, jeder gibt den Rebellen die Hauptschuld an der verzweifelten Lage im Kongo. Doch nicht nur die seien verantwortlich für das Unglück, sagt ein arbeitsloser Lehrer, der am Hauptplatz traditionelle Masken an die wenigen Ausländer verkauft, die hier vor allem in Hilfsorganisationen und bei der UNO tätig sind: »Es sind Europäer und Amerikaner, die das Tantal kaufen und Waffen bringen. Sie beuten die Reichtümer unseres Landes aus und lassen unsere Kinder in den Minen für ihre Profite sterben.« Er deutet zum Horizont. Dort ragen die Masisi-Berge in den Himmel, wo die größten Tantalvorkommen liegen: »Dort schicken sie unsere Kinder in den Tod.«

Der Junge neben ihm hat selbst einmal sein Glück in den Minen versucht: »Du sitzt im Dreck und hast dauernd Angst, dass die Erde über dir zusammenbricht. Ständig wird irgendwo geschossen. Du wirst von Soldaten bewacht, die dir das Zeug abnehmen. Wenn du Glück hast, kriegst du dafür ein paar Dollar. In Goma kriegt man das Zehnfache, aber wenn sie dich hier mit Tantalerz erwischen, dann ...« Er setzt mir Zeigefinger und Mittelfinger an die Stirn: »Peng!«

Der größte Händler ist ein Deutscher

Eines Abends holt mich ein Auto vom Hotel ab. Im Schutz der Dunkelheit fahren wir an einen geheimen Ort, an dem mir ein freundlicher Herr verspricht, mir mit Informationen weiterzuhelfen. Wie fast alle meiner Gesprächspartner besteht er darauf, dass ich seinen Namen nicht nenne. Zu viele sind schon verhaftet worden oder gar für immer verschwunden, nachdem sie mit Ausländern gesprochen hatten. Die Angst vor den Rebellen ist groß.

Er erzählt mir einiges über die Hintergründe des mörderischen Tantalhandels. Und nennt mir einen Namen: Karl-Heinz A. Der deutsche Geologe sei der wichtigste private Händler des begehrten Minerals. Ich solle doch versuchen, mehr über ihn herauszufinden.

Am nächsten Tag fahre ich wieder zurück nach Ruanda, um dort in den Flieger nach Berlin zu steigen.

Der Lieferant des Bayer-Konzerns

Zurück in Deutschland erfuhr ich, womit Karl-Heinz A. sein Geld verdiente und wofür er es ausgab: Der Geologe besaß eine Rohstofffirma. Den Rebellen im Kongo zahlte er monatlich 300 000 US-Dollar, damit sie seine Minen beschützten. Ob er wohl mit mir sprechen würde? Nach allem, was ich bisher über ihn gehört hatte, erwartete ich eine ähnlich zugeknöpfte Reaktion wie die des Konzernsprechers von H. C. Starck. Dann wählte ich die Telefonnummer in Nürnberg, die ich in Erfahrung gebracht hatte. Und siehe da, Karl-Heinz A. gab mir bereitwillig Auskunft.

Er rühmte sich sogar, der mit Abstand wichtigste private Tantalexporteur zu sein. Abgewickelt würde der Handel mit dem Erz über seine Firma Masingiro. Die war mir bereits durch einen UNO-Bericht über die illegale Ausbeutung der Rohstoffe im Kongo bekannt. Die UNO führt Masingiro als Beispiel für den »Profitrausch einiger ausländischer Firmen« an, »die bereit waren, trotz Gesetzwidrigkeiten und Unregelmäßigkeiten Geschäfte zu machen«.

»Insgesamt werden aus der Region etwa 200 Tonnen Erz im Monat exportiert«, erzählte mir A. am Telefon. Das entsprach dem, was mir ein kongolesischer Journalist bereits zu Beginn meiner Recherche gesagt hatte.

Und wie viel davon ging auf das Konto des Deutschen? »Wir liefern 100 bis 150 Tonnen pro Monat«, kam die Auskunft. Das war die Hälfte bis drei Viertel der Gesamtexporte!

Und an wen?

»Den Großteil davon liefern wir an H. C. Starck.«

Ich schluckte. Natürlich wusste ich bereits aus meinen vorangegangenen Recherchen, dass man bei H. C. Starck keine Skrupel hatte, durch zwielichtige Geschäfte den Krieg im Kongo mitzufinanzieren. Aber was mir Karl-Heinz A. da ohne jede Regung erzählte, bedeutete nichts anderes, als dass die Bayer-Tochter der führende Tantalkäufer der Krisenregion war.

Wie lange gehe das schon so?

»Die haben immer schon kleinere Mengen gekauft«, vermutete A., »aber im großen Stil seit sechs bis sieben Jahren, seit wir da aktiv sind und die Versorgung sicherstellen können.«

»Was sind denn Menschenrechtsverletzungen?«

All das erzählte mir der Deutsche in der ungeduldigen, leicht überheblichen Art, die manchen Fachexperten und vielen weit gereisten Menschen zu eigen ist. A. ist beides, und das ließ er mich auch spüren, als ich ihn fragte, wie das denn sei dort im Kongo, mit Menschenrechtsverletzungen und so. Ich tat, als hätte ich nicht die geringste Ahnung.

»Menschenrechtsverletzungen? – Ja, was sind denn bei Ihnen Menschenrechtsverletzungen? Das müssen wir mal definieren!«

»Na ja, Kinderarbeit zum Beispiel ...«

»Also passen Sie mal auf, Kinderarbeit: Das ist in Afrika eine gaaanz andere Geschichte. Kinderarbeit. In Afrika. Grundsätzlich.« Das buchstabierte er fast. Kinder würden ja auch auf Feldern arbeiten.

»Aha.« Ich versuchte, mein »Aha« so glaubwürdig wie möglich in den Hörer zu hauchen. Dass ich gerade erst aus Afrika kam, wusste A. ja nicht.

»Und im Tantalabbau, arbeiten da Kinder?«

»Also jedenfalls nicht, dass ich welche gesehen hätte. Ausschließen möchte ich das nicht. Obwohl ... Kinder sind zu schwach für die Arbeit. Das bringt nix.« Dass Kinder für die Erzgewinnung nicht geeignet waren, daran hatte ich keine Zweifel, genauso wenig wie jene Menschen in Goma, die mir von Jungen und Mädchen im Alter von acht, neun Jahren berichtet hatten, die in den Abbaugebieten über alle Kräfte hinaus schufteten.

Immerhin sichere der Bergbau dort Arbeitsplätze, meinte A.: »Zehntausende von Menschen arbeiten dort im Tantalabbau. Den Leuten geht's gut! Glauben Sie mir! Ich meine, die arbeiten alle auf eigene Rechnung.«

»Und wie viel verdienen sie da?«

Beim Thema Geld sah sich der deutsche Industrielle genötigt, weiter auszuholen.

»Der Afrikaner« ist anders als wir

»Bei den Afrikanern ist das nicht wie bei uns«, erklärte mir Herr A. nun wortwörtlich. »Der Afrikaner kann kein Geld behalten, der gibt das sofort aus. Keine Ahnung wohin. Wenn Sie einem Afrikaner hunderttausend Dollar in die Hand geben, verschleudert er das in ein paar Tagen. Dann ist er wieder arm wie eine Kirchenmaus. Aber ich habe den Eindruck, dann fühlt er sich ohnehin wohler. Wenn die ihr Bierchen und ein bisschen Musik zum Tanzen haben, dann sind die bestens zufrieden.«

Das kam mir bekannt vor: Der Afrikaner lässt sich gerne ausbeuten, der Afrikaner ist mit ein bisschen Hüftwackeln zufrieden, und vermutlich stirbt der Afrikaner gerne. Diese rassistischen Vorurteile kannte ich aus der Literatur, nämlich aus Büchern über die Kolonialzeit des 19. Jahrhunderts. Damals betrachtete König Leopold II. von Belgien den Kongo als sein Privateigentum, und Millionen Menschen starben in der Sklaverei für die Kautschukgewinnung.

Damals war der Gummireifen erfunden worden, was zu einer weltweiten Nachfrage an Kautschuk geführt hatte. Der englische Abenteurer Henry Morton Stanley, der im Auftrag des Königs die Ausbeutung im Kongo vorantrieb, hielt die einheimische Bevölkerung ohnehin nicht für richtige Menschen, wie er sinngemäß in seinen Tagebüchern notierte. Die müsse man erst zivilisieren, also zur Arbeit zwingen und notfalls auch töten.

Heute führt die Erfindung der Handys zu einem weltweiten Bedarf an Tantal. Millionen Menschen sterben deswegen, und Karl-Heinz A., der für den Bayer-Konzern die Bevölkerung im Kongo ausbeutet, erklärt lapidar, dass diese Menschen eben anders seien als wir.

Ich war oft in Afrika und habe die verschiedensten Länder dieses Kontinents bereist: Die Menschen haben dort keine anderen Bedürfnisse als in Europa. Sie wollen wie jeder andere von uns in Frieden und Würde leben. Sie wollen arbeiten und von dieser Arbeit eine Familie ernähren können. Eine kongolesische Mutter weint über den Tod ihres Kindes genauso wie eine deutsche Mutter. Afrikanische Männer, Frauen und Kinder träumen genauso von Freiheit, Sicherheit und Liebe wie europäische Männer, Frauen und Kinder. Niemand (außer ein paar von multinationalen Konzernen hochgepäppelte Diktatoren) verschleudert dort hunderttausend Dollar. Die meisten wären schon froh, hätten sie hundert Dollar im Monat zum Überleben.

König Leopold II. von Belgien setzte nie einen Fuß auf den Boden des Kongo. Vielleicht waren auch die Manager und AktionärInnen des deutschen Bayer-Konzerns nie in dem afrikanischen Land. Die führenden Etagen des Unternehmens halten sich mit rassistischem Unsinn, wie ihn Herr A. von sich gibt, zurück. Die Drecksarbeit lassen sie andere machen und beschmutzen sich nicht ihre Finger. Vergewaltigte Kongolesinnen haben sie nie gesehen, auch nicht die leeren Blicke der zu Mördern gemachten Kinder. Es kann ihnen also egal sein. Hauptsache, die Profite stimmen.

Bayer vertuscht und dementiert

Als im August 2001 meine Recherchen an die Öffentlichkeit kamen, wies Bayer »die im sogenannten ›Schwarzbuch Markenfirmen‹ erhobenen Anschuldigungen mit aller Entschiedenheit zurück«. Es sei »absurd, den Konzern mit Verstößen gegen Menschenrechte in Verbindung zu bringen«. Konkret behauptete die Firma, »keine illegal abgebauten Tantalrohstoffe aus dem Bürgerkriegsgebiet im Osten des Kongos« zu beziehen, sondern Tantal »aus Zentralafrika ausschließlich aus legalen Abbaugebieten«[4] zu gewinnen. Dass es die im östlichen Kongo zu der Zeit gar nicht gab – die gesamte Region befand sich im Krieg und war von Rebellen besetzt – berücksichtigten die Sprecher von Bayer dabei nicht. Die UNO sprach in diesem Zusammenhang von »illegaler Ausbeutung der Ressourcen«.

Dafür behauptete Bayer: »Mit dem Erwerb dieses Materials wird die dortige Bevölkerung unterstützt. Das Geschäft trägt dazu bei, dass Maßnahmen zur Entwicklung einer verbesserten Infrastruktur seit vielen Jahren vorgenommen werden konnten.« Zynischer kann man nicht sein. Versteht die Leitung von Bayer etwa unter »verbesserter Infrastruktur« zerstörte Schulen, Krankenhäuser und Straßen oder die Tatsache, dass jedes zweite Kind mit einer Kalaschnikow in der Hand herumläuft?

Außer der UNO bestätigte auch die wirtschaftsliberale »Financial Times« meine Recherchen und verdächtigte Bayer, »indirekt kriegführende Rebellen zu unterstützen«[5]. »Zu diesem Zeitpunkt war H. C. Starck die Problematik nicht bekannt«, behauptete das Unternehmen im August 2001 gegenüber der Zeitung. »Wir sind erst durch den Bericht der Vereinten Nationen Mitte April auf die besondere Situation in dieser Region aufmerksam geworden.« Das stimmt nicht: Ab November 2000 hatte die Berliner »tageszeitung« regelmäßig über den Zusammenhang zwischen Tantalhandel und Krieg berichtet. Der Konzernsprecher kannte die Artikel. Ich selbst hatte ihn darauf angesprochen.

Im Mai 2002 reagierte Bayer erneut: Der Konzern ließ in einer

Pressemeldung mitteilen, seit August 2001 kein Material mehr aus Zentralafrika zu kaufen. Ein Jahr später konnte die Öffentlichkeit in einem neuen Bericht der UNO dazu Folgendes lesen: »Die Untersuchungskommission besitzt Dokumente, die das Gegenteil beweisen. In derselben Pressemeldung behauptet H.C. Starck, dass sein Tantalerz nicht von Rebellengruppen stamme. Allerdings existiert in der östlichen Demokratischen Republik Kongo kein Tantalerz, von dem nicht entweder die Rebellengruppe oder ausländische Armeen profitieren.«[6]

Bayer dementierte dennoch weiter. Log also die UNO?

Dafür griff mich nun der Konzern direkt an. Als die deutsche Wochenzeitung »Die Kirche« über einen meiner Vorträge berichtete, erhielt der Chefredakteur prompt Post aus der Firmenzentrale: »Die von Herrn Werner verbreiteten Aussagen sind infam und stehen in deutlichem Widerspruch zu dem weltweiten gesellschaftlichen Engagement des Bayer-Konzerns.« Die Redaktion fand darauf die richtigen Worte: »Wie Sie vermutlich wissen, müsste eine Änderung in dem Buch juristisch leicht zu erwirken sein, wenn die im Buch erhobenen Vorwürfe falsch sein sollten.« Eine Klage hat es aber nie gegeben – bis heute nicht. Das Bayer-Management weiß sehr gut, dass die »infamen Aussagen« wahr waren.

Kolonialismus mit anderem Namen

Im Januar 2007 verkaufte Bayer schließlich seine Tochterfirma H.C. Starck an eine Gruppe amerikanischer Finanzinvestoren. In der Demokratischen Republik Kongo schloss Rebellenchef Adolphe Onosumba Yemba Frieden mit der Regierung und wurde zum Verteidigungsminister ernannt. Im Osten des Landes kämpfen nun neue Kriegsherren um das Tantalerz. Eine endlose Geschichte?

Ich weiß es nicht. Ich bin nur zufällig auf die Verwicklungen des Bayer-Konzerns gestoßen. Leider ist das deutsche Unternehmen nur ein Beispiel unter Hunderten. Die meisten Multis stellen ihre

Profitinteressen über die Regeln der Menschlichkeit. Wie weit sie dabei gehen, zeigt Bayer. Mein Eindruck ist, dass die gesamte Globalisierung nichts anderes ist als eine Fortsetzung der ausbeuterischen Kolonialgeschichte unter anderem Namen. Jahrhundertelang haben europäische Herrscher die Länder Afrikas, Asiens und Lateinamerikas ausgebeutet, deren Bevölkerungen versklavt und unter dem Deckmantel der Zivilisierung und Missionierung Völkermord und Zerstörung betrieben. Zum Teil ganz offiziell.

Hierin liegt vielleicht auch der Unterschied. Damals konnte jeder wissen, was König Leopold II. im Kongo anrichtete. Journalisten und Menschenrechtsorganisationen klagten diese Verbrechen öffentlich an. Heute dagegen bin ich als Journalist gezwungen, mich an den Rand der Illegalität zu begeben, will ich die Machenschaften der Konzerne aufdecken. Ich musste mir dafür eine falsche Identität schaffen und mich als korrupter Rohstoffhändler ausgeben. Die Menschenrechtsverstöße der Global Player in unserer Zeit geschehen im Verborgenen, abgeschirmt von jeder Öffentlichkeit.

In unseren Geschichtsbüchern und Medien erfahren wir, dass Länder wie der Kongo heute unabhängig sind. Dass Multis dort je nach Bedarf Rebellen und Diktatoren finanzieren und dabei sogar auf die politische Unterstützung ihrer Herkunftsländer zählen können, lesen wir dagegen selten. Dieser Vorwurf trifft auch die deutsche Bundesregierung, die nie einen ernsthaften Schritt unternommen hat, Bayer zur Einhaltung der Menschenrechte zu zwingen.

Nach meinen Recherchen im Kongo habe ich mich gefragt, was eigentlich der Unterschied zwischen den finsteren Kolonialzeiten vergangener Jahrhunderte und der kapitalistischen Globalisierung des 21. Jahrhunderts ist. Vielleicht ist es nur der: Die Ausbeutung ist anonymer geworden. Sie ist geheimer geworden. Und schneller, dank moderner Technologien. Davon profitiert nicht nur die Firma Bayer, sondern alle in diesem Buch genannten Konzerne. Und Hunderte mehr, sodass man sie gar nicht alle aufzählen kann.

Zusammenfassung

- Viele Länder Afrikas sind wesentlich reicher an Bodenschätzen als die meisten Länder Europas. Ihre Bevölkerungen sind arm, weil diese Reichtümer von den Industrieländern ausgebeutet werden. Internationale Konzerne schrecken selbst vor Kriegsfinanzierung nicht zurück, wenn sie dadurch billiger an Rohstoffe gelangen.
- Für elektronische Bauteile in Handys und Computern braucht man ein Edelmetall namens Tantal, das unter furchtbaren Bedingungen in der Demokratischen Republik Kongo abgebaut wird. Der profitable Verkauf des Erzes war lange der Hauptgrund für den größten Krieg der Welt nach 1945.
- Hauptprofiteur dieses illegalen Rohstoffhandels im Kongo war eine Tochterfirma des deutschen Chemiekonzerns Bayer.
- Das Internet hat dazu beigetragen, dass der internationale Handel anonymer, geheimer und schneller geworden ist. Damit entziehen sich die Profiteure globaler Ausbeutung der öffentlichen Kontrolle und machen sich selbst die Finger nicht schmutzig.
- So gesehen ist die Globalisierung der Konzerne nichts anderes als eine beschleunigte, anonymisierte und weniger offensichtliche Form der Kolonialisierung ärmerer Länder.

Weitere Infos zu diesem Kapitel

www.cbgnetwork.org

Die Coordination gegen Bayer-Gefahren informiert laufend über die ungeheuerlichen Machenschaften des deutschen Chemiekonzerns.

www.kongo-kinshasa.de/taz

Archiv und aktuelle Artikel von taz-Redakteur Dominic Johnson über den Kongo.

www.suedwind-magazin.at

Das Südwind-Magazin bringt monatlich interessante Berichte aus Afrika, Asien und Lateinamerika.

www.buko.info

Die Bundeskoordination Internationalismus ist ein unabhängiger Dachverband von Gruppen, die für die Rechte ärmerer Länder kämpfen.

Die soziale Verantwortung der Wirtschaft
ist es, ihre Profite zu vergrößern.
Milton Friedman

Geiz ist nicht geil

Klamotten, Sportschuhe, Spielzeug, Elektronikgeräte – fast alle unsere Konsumprodukte werden in sogenannten Billiglohnländern hergestellt. Während die großen Markenfirmen Unsummen für die Werbung ausgeben, verdienen diejenigen, die für sie arbeiten, fast nichts und schuften unter menschenunwürdigen Bedingungen.

Ende Oktober 2007 erschütterte ein Fernsehbericht des WDR die KundInnen der Modemarke GAP: In zahlreichen versteckten Hinterhof-Fabriken in Indien hatten Journalisten Kinder unter 14, teilweise sogar unter zehn Jahren, entdeckt, die für internationale Markenfirmen wie SklavInnen arbeiteten. In dem Film war auch ein etwa elfjähriger Junge zu sehen, der ein Oberteil aus der Kinderkollektion der Firma GAP mit Perlen bestickte. Er saß auf dem Boden. Der Raum um ihn war mit Exkrementen beschmiert.

Die Kinder waren gezwungen worden, 16 Stunden am Tag Kleidungsstücke mit der Hand zu nähen. Bezahlung bekamen sie keine. Wenn sie weinten, wurden sie geschlagen, und man stopfte ihnen ölgetränkte Tücher in den Mund, um sie zum Schweigen zu bringen. Die meisten der Kinder stammten aus armen Regionen Indiens oder aus angrenzenden Ländern wie Bangladesh. Sie waren ihren Eltern von professionellen Menschenhändlern unter falschen Versprechungen für wenige Euro abgekauft worden, um sie dann in einem 30-stündigen Transport hungernd zu ihren »neuen Besitzern« zu bringen.

Warum verkaufen Eltern ihre Kinder? Viele Eltern in den ärmsten Ländern der Welt verdienen nicht genug, um ihre Kinder zu ernähren. Kommt dann jemand, der behauptet, er werde den Mädchen oder Jungen eine bessere Zukunft bieten, lassen sich manche in ihrer Verzweiflung zu einem Verkauf überreden.

GAP sagte auf die Vorwürfe, man sei sich nicht bewusst gewesen, dass die Produkte, die für das Weihnachtsgeschäft gedacht waren, von einem Subunternehmen unter diesen Bedingungen angefertigt worden wären. Unter keinen Umständen sei es akzeptabel, dass Kinder ihre Kleidung herstellten.

Ausbeutung und Kinderarbeit sind die Regel

Ein Einzelfall? Keineswegs. Bereits im Jahr 2004 musste GAP zu Fällen von Kinderarbeit und unwürdigen Arbeitsbedingungen bei seinen Zulieferern Stellung beziehen. Andere Unternehmen verfolgen ähnliche Geschäftspraktiken: Seit den neunziger Jahren weisen immer mehr Menschenrechtsorganisationen und kritische JournalistInnen auf die Verbrechen der Multis hin. Die Firmen kostet das Millionen, denn zahlreiche KonsumentInnen entscheiden sich aufgrund solcher Nachrichten, ihre Produkte lieber woanders zu kaufen. Ob sie es dort besser treffen, ist zweifelhaft.

Als im Jahr 2001 das »Schwarzbuch Markenfirmen« erschien, konnten wir beweisen, dass fast alle großen und bekannten Marken von Ausbeutung, Kinderarbeit, Waffenhandel, Tierquälerei und Umweltzerstörung profitieren. Die Wochenzeitung »Spiegel« schrieb damals: »Das Buch attackiert die Konzerne an ihrer empfindlichsten Stelle: ihrem Ruf.« Die Firmen wussten, dass unsere Vorwürfe stimmen – schließlich hat uns kein einziges Unternehmen verklagt.

Es geht ums Image

Wenn wir uns als Käufer für eine Marke entscheiden, geht es uns nicht allein um die Qualität oder den Preis des Produktes. Wir kaufen auch eine Art Lebensgefühl ein. Ihr kennt das sicher: Manche Marken sind gerade »angesagt«, und wer sie hat, kann damit sein Ansehen steigern. Wird von einer Firma dagegen bekannt, dass sie ihr Geld mit schmutzigen Geschäften verdient, dann ist das schlecht fürs Image.

Die Konzerne sehen sich deshalb gezwungen zu reagieren. Als zum Beispiel das schwedische Möbelhaus Ikea für die Ausbeutung von Kindern in seinen Zulieferbetrieben kritisiert wurde, informierte das Unternehmen im Ikea-Katalog[1] seine Kunden: Kinderarbeit sei »ein nicht zu akzeptierender Teil der heutigen Realität und leider auch in einigen unserer Herstellerländer verbreitet«. Mittlerweile arbeite man mit dem UNO-Kinderhilfswerk Unicef zusammen, um Kinderarbeit zu verhindern. Auf Nachfrage erklärte mir dazu Dietrich Garlichs, der damalige Geschäftsführer von Unicef Deutschland: »Ja, Ikea finanziert Projekte von Unicef. Das heißt aber nicht automatisch, dass bei der Herstellung von Ikea-Produkten keine Kinder mehr arbeiten.« Das lasse sich nämlich nur schwer kontrollieren. Urban Johnson, der Unicef-Regionaldirektor für Ost- und Südafrika, war deshalb auch »nicht sehr begeistert«, dass sich der Konzern mit dem Namen seiner Organisation schmücke: »Selbst wenn Ikea nicht mehr in Kinderarbeit herstellen sollte – na und? Ich bedanke mich ja auch nicht bei einem Dieb dafür, dass er nicht mehr stiehlt.«[2]

Corporate Social Responsibility (CSR)

Von A wie Adidas bis Z wie Zara bekennen sich heute so gut wie alle großen Konzerne zur »Sozialen Unternehmensverantwortung«, der sogenannten »Corporate Social Responsibility«, Abkürzung: CSR. Sie stecken Millionen in Werbekampagnen, die beweisen sollen, dass das eigene Unternehmen zu seiner sozialen und ökologischen Verantwortung steht. Ganze Abteilungen werden beschäftigt, um sich um Menschenrechts- und Umweltangelegenheiten zu kümmern. Da werden Straßenkinder unterstützt, Kinderspielplätze angelegt und manchmal sogar Schulen und Krankenhäuser in ärmeren Ländern gebaut. Große Firmen betonen, »ein verantwortungsbewusster Teil der Gesellschaft« zu sein, und erklären die »nachhaltige Wirtschaftsweise« zu ihrem obersten Ziel. Meistens haben sie auch einen »Code of Conduct«, einen Verhaltenskodex. Darin stehen Dinge wie das Bekenntnis zu Arbeits-, Gewerkschafts- und Menschenrechten, zum Umweltschutz und gegen Kinderarbeit.

Das klingt gut.

Aber was steckt wirklich dahinter? Warum investieren Unternehmen heute Millionen in aufwendige Werbeprospekte und Nachhaltigkeitsberichte, um zu betonen, wie moralisch sie handeln?

Die Antwort ist leicht. Durch die freiwillig auferlegte »Unternehmensverantwortung« wollen Konzerne verhindern, dass man sie mit global gültigen Gesetzen zur Einhaltung menschenrechtlicher Auflagen zwingt. »Wir brauchen keine Gesetze«, argumentieren sie, »wir betreiben CSR.« Ebenso gut könnte man sagen: »Schaffen wir doch überhaupt alle Gesetze ab. Wir fahren freiwillig nicht bei Rot über die Kreuzung und begehen auch keinen Banküberfall.« Ob das funktionieren würde?

Ein anderer Grund für die teuren Werbekampagnen liegt bei den KonsumentInnen. Die wollen nämlich heute »mit gutem Gewissen« einkaufen. Auch viele Menschen, die ihr Erspartes in Aktien anlegen, möchten damit nicht Kinderarbeit oder Waffenhandel finanzieren. Also investieren sie lieber in »Ethik-Fonds«, die ihren KundInnen versprechen, moralische Kriterien bei der Auswahl ihrer Aktienpakete zu berücksichtigen.

Mit den CSR-Kampagnen entstand in der Öffentlichkeit der Eindruck, es hätte ein Umdenken in den Konzernzentralen stattgefunden und man könne wieder reinen Gewissens deren Produkte kaufen.

Soziale Unternehmensverantwortung – ein Fortschritt?

Jeff Ballinger war einer der Ersten, die Ende des 20. Jahrhunderts globale Konzernverbrechen aufdeckten und an die Öffentlichkeit brachten. Im Oktober 2007 besuchte ich den 53-jährigen Amerikaner in seiner Wohnung in Wien. Ich wollte wissen, ob sich seit damals wirklich etwas verbessert hat.

»Überhaupt nichts«, sagt der grauhaarige freundliche Mann, während sein Sohn am Computer mit seinen Freunden in den USA chattet. »Im Gegenteil: Die Konzerne geben ihr Geld nun für teure CSR-Kampagnen aus, statt endlich faire Löhne zu bezahlen und die Situation in den Produktionsländern zu verbessern. Und für uns ist es schwieriger geworden, diese furchtbaren Zustände zu kritisieren, weil viele KonsumentInnen und Medien den Firmen ihre CSR-Lügen glauben.«

Das liegt nicht daran, dass die Leute etwa zu doof sind. Vielmehr sind die Handelsbeziehungen einzelner Firmen kaum noch kon-

Näherinnen in Bangladesh: In den Sweatshops schuften sie für Hungerslöhne.

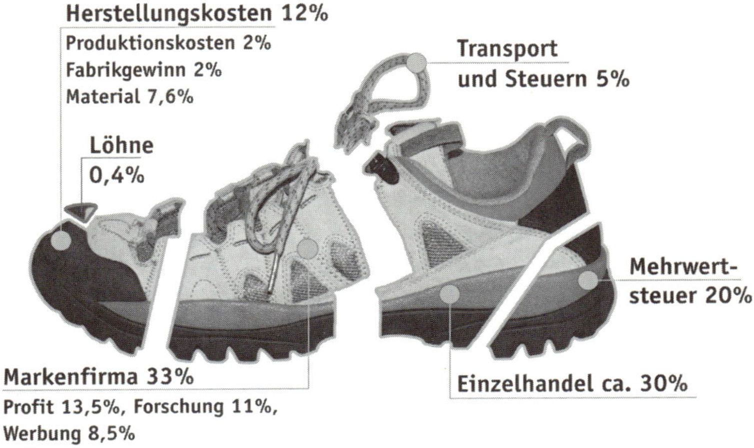

Wer bekommt die 100,– Euro für meine Sportschuhe?

trollierbar. Auch das ist eine Folge der Globalisierung. Heutzutage betreibt fast kein Markenunternehmen mehr eigene Fabriken. Die meisten unserer Konsumprodukte werden in Zulieferbetrieben sogenannter Billiglohnländer hergestellt, in denen die ArbeiterInnen nicht nur extrem schlecht bezahlt sind, sondern in der Regel auch unter aller Menschenwürde behandelt werden. Man nennt diese Betriebe »Sweatshops« – frei übersetzt: Schweißbuden. Und es gibt sie in allen Bereichen, in denen man mit billigen Arbeitskräften produzieren kann: Bekleidung, Spielzeug, Sportartikel, Computer, Handys und andere Elektrogeräte, Autos etc.

Geht einmal in ein x-beliebiges Shoppingcenter und seht euch die Etiketten der einzelnen Labels an: Made in China, Vietnam, Indonesia, Mexico, Bulgaria und so weiter. Eine Jeans legt zum Beispiel locker mal 20 000 Kilometer zurück, ehe sie in den Laden kommt: Die Baumwolle stammt aus Kasachstan, wird in der Türkei zu Garn gesponnen und in Taiwan zu einem Stoff gewebt. Der wird in Indien mit chinesischen Farbstoffen gefärbt, um dann in Honduras zu einer

Jeans genäht, in Griechenland mit Bimsstein behandelt und bei uns verkauft zu werden.

Hungerlöhne für Markenprodukte

In fast all diesen Ländern sind die Löhne sehr niedrig. Oft so niedrig, dass sich die ArbeiterInnen davon nicht einmal die einfachsten Dinge des täglichen Lebens leisten können: eine Wohnung, Essen, Bekleidung, Medikamente. Von dem Lohn eine ganze Familie zu ernähren ist unmöglich. Schuld an der Situation tragen aber nicht nur die dortigen Regierungen, sondern vor allem auch internationale Organisationen wie die Welthandelsorganisation, die Weltbank oder der Währungsfonds. Sie üben nämlich auf arme Länder Druck aus, um die wirtschaftlichen Interessen der Multis durchzusetzen (siehe Kapitel »Die Welt der Konzerne«).

Wenn diese in schicken CSR-Kampagnen behaupten, sie würden gesetzliche Mindestlöhne zahlen oder sogar noch mehr (was übrigens auch nicht immer stimmt), muss man dabei Folgendes beachten: Die Konzerne wirken auf die Gestaltung der Mindestlöhne mit ein. Sie beeinflussen Regierungen dahingehend, die Löhne möglichst niedrig zu halten. In der Realität reichen sie dann oft kaum zum Überleben aus.

Einem großen Teil der Beschäftigten in den Zulieferbetrieben der Multis bleibt daher gar nichts anderes übrig, als möglichst viele Überstunden zu machen. Einen Anspruch auf Wochenende oder Ferien haben nur wenige. Viele ArbeiterInnen sehen sich außerdem gezwungen, neben der Fabrikarbeit nach zusätzlichen Verdienstmöglichkeiten zu suchen. Reicht selbst das nicht aus, müssen auch die Kinder mitarbeiten, egal, ob sie 14 oder erst sieben Jahre alt sind. Es geht also nicht nur darum, die Kinderarbeit in Zulieferbetrieben abzuschaffen. Ebenso wichtig ist es, dass Eltern mit ihrem Lohn die Familie ernähren können. Sonst müssen die Kinder schuften, und dann spielt es keine Rolle, ob sie das in »Sweatshops« oder auf der Straße tun.

Kinderarbeit Die Internationale Arbeitsorganisation (International Labour Organization, ILO) schätzt, dass allein in Entwicklungsländern rund 190 Millionen Kinder zwischen fünf und 14 Jahren zur Arbeit gezwungen werden. Davon leben rund 122 Millionen in Asien, 50 Millionen in Afrika und 6 Millionen in Lateinamerika. Viele von ihnen arbeiten unter Bedingungen, die ihre körperliche, geistige oder emotionale Entwicklung gefährden.

Die schlimmsten Formen der Kinderarbeit sind die sexuelle Ausbeutung und die Sklaverei. Zur erstgenannten gehört die Prostitution und die Produktion von Kinderpornografie. Nach Schätzungen des UNO-Kinderhilfswerks Unicef praktizieren weltweit etwa 3 bis 4 Millionen Kinder und Jugendliche Prostitution. Kindersklaverei umfasst auch die Schuldknechtschaft, bei der Kinder angebliche oder tatsächliche Schulden ihrer Eltern ableisten müssen.

Die Mehrheit der Kinder arbeitet ohne formelle Anstellung: zum Teil in der eigenen Familie, in der Landwirtschaft oder im eigenen Betrieb, aber auch in fremden Haushalten oder auf der Straße, zum Beispiel als SchuhputzerInnen. Laut ILO sind mindestens zehn Prozent der Beschäftigten im Tourismus Kinder. Davon wird laut Unicef etwa eine Million sexuell ausgebeutet. Man schätzt, dass sich jährlich etwa 200 000 Sextouristen an Kindern und Jugendlichen vergreifen. Der geringere Teil der arbeitenden Kinder ist in der Industrie beschäftigt. Insgesamt geht man davon aus, dass rund 12 Millionen Kinder unter 14 für den Weltmarkt produzieren.

Die ILO definiert Kinderarbeit prinzipiell als Erwerbstätigkeit bis zum Alter von 18 Jahren. Doch nur für Kinder bis 13 soll ein generelles Arbeitsverbot gelten. Arbeit zu Ausbildungszwecken – zum Beispiel in der Lehre – gibt es ja auch bei uns, und das ist natürlich nichts Schlechtes. Im Alter zwischen 13 und 15 bzw.

bis zur Beendigung der Schulpflicht dürfen Minderjährige nur für leichte Arbeiten beschäftigt werden, die die Ausbildung nicht beeinträchtigen. Bis zum vollendeten 18. Lebensjahr gelten dann strenge Vorschriften in Bezug auf Arbeitszeiten und Arbeitsbedingungen – etwa das Verbot von Nachtarbeit.

Infos: www.ilo.org, www.unicef.de

Menschenunwürdige Zustände

Julia Esmeralda arbeitete jahrelang in der Fabrik »Formosa« in El Salvador. Dort nähte sie Shirts für Nike und Adidas. Für fünf Euro am Tag. Die Hälfte des Geldes musste sie fürs Kantinenessen ausgeben: zum Frühstück Bohnen und Kaffee, mittags ein Stück Hühnerfleisch mit Reis. Für die zwölf Quadratmeter große Wohnung, die Julia gemeinsam mit ihrer Mutter und ihrer dreijährigen Tochter bewohnte, gingen Monat für Monat noch einmal 35 Euro vom Lohn ab. Der Bus zum Arbeitsplatz kostete 80 Cent. Weil ihr eines Tages das Geld dafür fehlte und sie deshalb zu spät kam, wurde die 22-Jährige gefeuert. Auf der Stelle. Und ohne den restlichen Lohn zu erhalten. »Wir müssen uns Geld leihen, um zu überleben«, erzählte die junge Frau den Mitarbeitern einer Menschenrechtsorganisation. Sie wusste nicht mehr, wie sie ihre Schulden bezahlen sollte. Dabei hätte sie gerne etwas zusammengespart, damit ihre Tochter einmal eine Schule besuchen kann.

»In der Fabrik ist es sehr heiß«, beschrieb sie die Situation bei Formosa. »Die Belüftung ist schlecht. Man schwitzt und trocknet aus. Der Staub verstopft die Nase. Um Wasser zu trinken oder auf die Toilette zu gehen, braucht man eine Erlaubnis. Dort überprüfen Sicherheitskräfte den Firmenausweis, da man nicht öfter als ein- oder zweimal täglich austreten darf. Die Anlagen sind verschmutzt, es gibt kein Toilettenpapier. Auch das Trinkwasser ist nicht gereinigt. Beim

Verlassen der Fabrik mussten wir entwürdigende Durchsuchungen über uns ergehen lassen. Die weiblichen Sicherheitskräfte, die uns Frauen durchsucht haben, fassen dich überall an.«

Jede angestellte Frau musste Schwangerschaftstests machen – und selbst bezahlen. »Ist sie schwanger, fliegt sie raus. Wir bezahlen auch Sozialversicherung, aber man kriegt nicht frei, um in die Klinik zu gehen.« Gewerkschaften waren bei Formosa nicht erlaubt. »Sobald sie wüssten, dass du einer Gewerkschaft angehörst, würden sie dich rauswerfen. Alle haben Angst.«

Sexuelle Belästigung

Etwa die Hälfte der Arbeiterinnen bei Formosa war laut der Menschenrechtsorganisation »Kampagne für Saubere Kleidung« jünger als 18 Jahre. So wie die 15-jährige María, die zwölf Stunden am Tag hinter der Nähmaschine stand. Wie viele andere der Mädchen war sie von ihren Chefs sexuell bedrängt worden. Das kommt natürlich auch in Europa vor, in den Zulieferbetrieben der Multis in ärmeren Ländern unserer Welt ist Missbrauch von Frauen – und manchmal auch von Kindern – allerdings fast schon die Regel. Der Grund: Die Beschäftigten müssen sich dort mehr gefallen lassen. Sie sind völlig von ihren Arbeitgebern abhängig, weil sie Angst haben, arbeitslos zu werden und sich schlicht nicht mehr ernähren zu können. Die Näherin Marlene Vega erzählte dem Magazin »Stern« zum Beispiel die folgende Geschichte: »Zwei Männer packten mich und zerrten mich in Richtung des Wagens von Mr. Sharp«, dem Sohn des Formosa-Betriebsleiters. »Jimmy will dich. Das ist keine Bitte. Das ist ein Befehl«[3], sagten die Männer. Das Mädchen schaffte es, sich zu befreien. Am nächsten Morgen wurde es entlassen.

Adidas versprach damals, die Vorwürfe zu untersuchen und bei Formosa für bessere Arbeitsbedingungen zu sorgen. Den Beschuldigten konnte am Ende jedoch nichts nachgewiesen werden. Die Opfer berichteten, dass sie nicht einmal befragt worden waren. 2005 wurde die Fabrik schließlich geschlossen – den ArbeiterInnen schuldete sie noch rund 800000 Dollar an Entschädigungszahlungen. Das Unternehmen Adidas, dessen Gewinn zuletzt über 550 Millionen Euro betrug, zahlte gerade einmal 36000 Dollar an die Betroffenen.

Made in China

Seit den neunziger Jahren berichten Menschenrechtsorganisationen immer häufiger über menschenunwürdige Zustände in den Zulieferfabriken der großen Konzerne. Am Hauptproblem, den niedrigen Löhnen, hat sich seitdem allerdings trotzdem nichts geändert. Play Fair, ein weltweiter Zusammenschluss von Gewerkschaften und Nichtregierungsorganisationen (NGOs) sprach zum Beispiel im Jahr 2007 mit zahlreichen ArbeiterInnen der offiziellen Produktionsfirmen für die Olympischen Spiele 2008 in Peking, darunter auch mit solchen aus einem Betrieb im chinesischen Shenzhen. Laut firmeneigener Homepage produzierte man dort unter anderem Taschen für internationale Konzerne wie Disney, Nike, Reebok, Wal-Mart, Burberry und Dell[4]:

Play Fair stellte fest, dass dieses große und erfolgreiche Unternehmen seinen Beschäftigten nur 35 Prozent des gesetzlich vorgeschriebenen Mindestlohnes bezahlte. Die tägliche Arbeitszeit lag bei 13 Stunden, und die ArbeiterInnen hatten nur wenige oder gar keine freien Tage im Monat. Ihr Verdienst betrug dabei im Durchschnitt nur 778 Yuan pro Monat – das sind weniger als 80 Euro. Davon kann man auch in China nicht leben, geschweige denn eine Familie ernähren. Wie das Untersuchungsteam mitteilte, hätten diese Zustände in Shenzhen schon geherrscht, bevor das Unternehmen offizieller Lizenznehmer für Olympia-Produkte wurde. Bei Kontrollen habe man dort erhebliche Anstrengungen unternommen, um zu verheimlichen, welche Hungerlöhne der Betrieb zahle. Auch die Gesundheit und Sicherheit der ArbeiterInnen wurde in der Firma nicht geschützt: Die Luft in den Werkstätten war mit Staub, Baumwoll- und Leinenfasern so verschmutzt, dass das Atmen schwerfiel. Das Belüftungssystem konnte die Materialien nicht herausfiltern, und Atemmasken, die Schutz hätten bieten können, gab man den Beschäftigten nicht. In den Webereien waren sie außerdem gefährlichen Färbemitteln ausgesetzt, die schmerzhafte Wunden an ihren Händen verursachten.

Mutterschaftsurlaub, wie das Gesetz ihn vorschreibt, wurde verweigert. Schwangere Arbeiterinnen konnten nur unbezahlten Urlaub beantragen. Außerdem gab es – wie in China üblich – keine Möglichkeit, sich gewerkschaftlich zu organisieren, um gemeinsam für eine Verbesserung der Arbeitssituation einzutreten.

Im Sommer 2007 mussten rund 20 Millionen verkaufte Spielsachen aufgrund von überhöhtem Bleigehalt und anderer gefährlicher Inhaltsstoffe zurückgerufen werden. Firmen wie Mattel (bekannt durch Barbiepuppen etc.), Toys"R"Us und Wal-Mart waren gezwungen, ihren Kunden das Geld rückzuerstatten, da die Substanzen für Kinder gefährlich und gesundheitsschädlich waren. Die Spielsachen stammten alle aus Produktionsstätten in China.

Die chinesische Regierung ließ dazu verlautbaren: Bei dem dramatischen Anstieg chinesischer Exporte sei es nur normal, dass es Sicherheitsprobleme gebe.

China ist mit 1,3 Milliarden EinwohnerInnen das bevölkerungsreichste Land der Erde. Die ChinesInnen leben in einer Diktatur, die sich kommunistisch nennt, längst aber den Kapitalismus als Wirtschaftssystem etabliert hat. Nach Schätzungen der Menschenrechtsorganisation Human Rights Watch werden dort jährlich etwa 7500 Menschen hingerichtet – mehr als in der gesamten restlichen Welt zusammen.

Für multinationale Konzerne ist China dagegen ein Paradies: Unabhängige Gewerkschaften sind verboten, und die Polizei greift hart durch, sobald ArbeiterInnen ihre Rechte einfordern. Vorschriften für Sicherheit und Umweltschutz existieren in den Fabriken kaum, dafür gibt es Millionen von Menschen, die noch für die niedrigsten Löhne bereit sind zu arbeiten. Viele davon übrigens in der Spielzeugindustrie. Firmen wie Mattel, Toys"R"Us, Chicco und Disney sind die Abnehmer, aber auch McDonald's lässt seine Happy-Meals-Spielfiguren, die es in den reichen Industrieländern an Kinder verschenkt, gerne in China herstellen. Vier Fünftel aller Spielwaren weltweit sind »Made in China«. Die neueste Entwicklung nun geht hin zu einer Produktion in Vietnam. Dort sind nämlich die Löhne noch niedriger – zur Freude vieler Multis. So findet ein wahrer Wettlauf um die schlechtesten Löhne und furchtbarsten Arbeitsbedingungen statt, während die Konzerne gleichzeitig bei uns von »Corporate Social Responsibility« reden. Als die chinesische Regierung im Oktober 2006 die Arbeitsbedingungen verbessern und Gewerkschaften stärken wollte, legten die Konzernlobbys Protest dagegen ein. Manche drohten sogar mit dem Abzug ihrer Investitionen.

Das Argument, die Globalisierung schaffe in den ärmeren Ländern Arbeitsplätze und trage so zur Verminderung der Armut bei, stimmt deswegen nicht. Millionen von Menschen, die früher von einer kleinbäuerlichen Landwirtschaft leben konnten, sind in Folge der Globalisierung in die Städte gezogen. Heute leben sie in deren Slums, schuften für die Multis und haben ihre Lebensgrundlage und oft auch ihre Würde verloren.

75 Cent mehr pro Schuh statt CSR

Für einen Sportschuh, der bei uns hundert Euro kostet, erhält eine Näherin in China oder Vietnam rund 40 Cent. »Wenn jede Arbeiterin 75 Cent mehr bekäme, wäre das Problem gelöst«, sagt Jeff Ballinger. »Doch das würde Konzerne wie Nike 210 Millionen Dollar kosten. Stattdessen zahlen sie lieber zehn Millionen, damit ihre CSR-Leute von Konferenz zu Konferenz reisen und ihre Firma als verantwortungsvolles Unternehmen präsentieren können.« Der Globalisierungsexperte Christian Felber spricht aus, was davon zu halten ist:

»Globale Konzerne schmücken sich in Hochglanzbroschüren mit wohltätigen Projekten abseits ihrer regulären Geschäftstätigkeit und verfolgen diese mit unveränderter sozialer Rücksichtslosigkeit weiter.«

Mit ihrem zynischen Werbespruch »Geiz ist geil« definiert die Handelskette Saturn unsere Moralvorstellungen neu. Warum nicht gleich »Mord ist Mode« oder »Killen ist cool«? Der Spruch bringt die Sache auf den Punkt: »Geiz ist geil« scheint das Motto aller Multis zu sein, die es uns als normal verkaufen wollen, dass Menschen ärmerer Länder wie Maschinen behandelt werden, damit die Gewinner der kapitalistischen Globalisierung weiterhin Milliardenprofite erzielen können.

Zusammenfassung

- Fast keine große Markenfirma stellt ihre Waren heute noch selbst her. Produziert wird in rechtlich eigenständigen, aber wirtschaftlich von den Konzernen abhängigen Zulieferbetrieben in sogenannten Billiglohnländern.
- Die Arbeitsbedingungen dort sind häufig menschenunwürdig. Gewerkschaftliche Organisation wird unterdrückt, es kommt zu extrem langen Arbeitszeiten, während die Löhne unter dem Existenzminimum liegen.
- Unabhängige Gewerkschaften und Betriebsräte sind nötig, um die Interessen von Beschäftigten gemeinsam und solidarisch zu vertreten und gegebenenfalls auch mit Streiks oder Boykottaktionen durchzusetzen.
- Mit der Drohung, einfach in anderen Ländern zu investieren, üben viele Konzerne und ihre Lobbys Druck auf ärmere Staaten aus, keine gesetzlichen Regelungen in Bezug auf Arbeits- und Menschenrechte, Umweltschutz oder Mindestlöhne einzuführen.

- Stattdessen setzen die Konzerne auf freiwillige Vereinbarungen und »Soziale Unternehmensverantwortung« (CSR) ohne jede Verbindlichkeit. Wohltätigkeitsprojekte sind meist reine Werbemaßnahmen zur Imageverbesserung, während die Ausbeutung unverändert fortgesetzt wird.

Handlungsmöglichkeiten

- Soweit sie angeboten werden, solltet ihr Produkte aus lokaler oder wenigstens europäischer Herstellung verwenden. Das ist ökologischer und sichert Arbeitsplätze mit halbwegs funktionierenden Sozialstandards.
- Viele Produkte werden bei uns allerdings kaum mehr hergestellt, und es gibt nur wenige Alternativen, die zum Beispiel faire Löhne und Gewerkschaftsfreiheit garantieren. Am besten ist es deshalb, nur das zu kaufen, was man wirklich braucht, und sich nicht alle paar Monate neue Sportschuhe oder ein neues Handy zuzulegen.
- Eine gute Alternative sind oft Secondhandwaren; viele Produkte sind noch in gutem Zustand, andere lassen sich reparieren. Manchmal ist es auch sinnvoll, Produkte gemeinsam zu nutzen.
- Durch Infoveranstaltungen und gemeinsame Protestaktionen – zum Beispiel in Einkaufsstraßen – könnt ihr die Öffentlichkeit auf die Missstände der Produktionsbedingungen aufmerksam machen. Dafür könnt ihr gerne einzelne Seiten aus diesem Buch – mit Quellennachweis – kopieren und verteilen.

Weitere Infos zu diesem Kapitel

www.sauberekleidung.de, www.cleanclothes.at(.ch)

Die Kampagne für Saubere Kleidung deckt Missstände in der globalen Textilindustrie auf.

www.kidz-at-work.net

Infos für Kinder über ausbeuterische Kinderarbeit und den fairen Handel.

www.labournet.de

Kritische Meldungen über das Arbeitsleben und Gewerkschaften aus Deutschland und der ganzen Welt.

www.einkaufsnetz.org, www.marktcheck.at

Infos und Datenbank von Greenpeace über fair und ökologisch gehandelte Produkte.

www.oeko-fair.de, www.label-online.de

Die Verbraucher-Initiative bietet praktische Konsuminfos und Orientierung im Dschungel der Güte-, Fairtrade- und Umweltzeichen.

Erst kommt das Fressen, dann kommt die Moral.
Bertolt Brecht

Prost Mahlzeit!

Hunderte Millionen Menschen leiden Hunger, obwohl es in ihren Ländern im Grunde genug zu essen gäbe. Doch ihre Lebensmittel werden in die reichen Länder exportiert. Viele Nahrungsmittelkonzerne nehmen dabei Kinderarbeit, Sklaverei, Tierquälerei und Umweltzerstörung in Kauf. Die Alternative: Ökologisches Essen aus der Region, weniger Fleisch und fairer Handel.

Die Schlagzeile zum Tag: Gestern sind 100 000 Menschen an den Folgen des Hungers gestorben. 24 000 von ihnen waren Kinder. Habt ihr von dieser Katastrophe heute schon in der Zeitung gelesen? Wahrscheinlich nicht. Vorgestern waren es nämlich genauso viele. Und heute und morgen und übermorgen werden es ebenso viele sein. Woher ich das weiß, wo ich doch dieses Buch lange vor dem Zeitpunkt geschrieben habe, an dem ihr es lest?

Weil die Folgen des Hungers – wie zum Beispiel Krankheiten durch Mangelernährung – laut dem Welternährungsbericht der Vereinten Nationen Tag für Tag 100 000 Menschenleben kosten. Das ist mehr als ein Todesopfer pro Sekunde. »Der Körper braucht zuerst die Zucker- und dann die Fettreserven auf. Dann setzt der Zerfall des Immunsystems ein, die Person wird lethargisch. Dann kommen die Durchfälle, die Auszehrung, die Mundparasiten, die Infektionen der Mundpartien, der Atemwege. Das verursacht dann schreckliche

Schmerzen. Dann beginnt der Raubbau an den Muskeln. Und dann kommt der Tod.« So beschreibt Jean Ziegler, ehemaliger UNO-Sonderbeauftragter für das Recht auf Nahrung, das grausame Leiden dieser Menschen. Und er weist gleichzeitig darauf hin, dass dieses tägliche Massensterben, von dem wir kaum einmal in der Zeitung lesen, weder mit Überbevölkerung noch mit dem Mangel an Lebensmitteln zu tun hat: Unser Planet könnte problemlos 12 Milliarden Menschen ernähren, auch ohne Gentechnik und ohne Raubbau an der Natur zu betreiben. Das sind immerhin fast doppelt so viele Menschen, wie derzeit auf der Welt leben. Jedes Land der Erde – ausgenommen vielleicht Stadtstaaten wie der Vatikan – könnte seine Bevölkerung mit dem, was die eigene Landwirtschaft ermöglicht, problemlos mit genügend Nahrungsmitteln versorgen.

Seit 2009 ist zum ersten Mal in der gesamten Geschichte der Menschheit mehr als eine Milliarde Menschen von Hunger betroffen, das heißt fast ein Sechstel der Weltbevölkerung – mehr als je zuvor – hat nicht genug zu essen. Die Hälfte von ihnen sind Kleinbauern, deren Landflächen und finanzielle Mittel es nicht erlauben Saatgut zu kaufen und sich ausreichend zu ernähren. Weitere 20 Prozent sind LandarbeiterInnen ohne eigenes Land, 20 Prozent leben in städtischen Elendsvierteln, die restlichen zehn Prozent sind FischerInnen und ViehzüchterInnen. Auf der anderen Seite leiden dagegen 300 Millionen Menschen an krankhafter Fettleibigkeit.

Hunger ist kein Schicksal, Hunger wird gemacht

Wenn die Nahrungsmittel der Erde gerecht verteilt wären, gäbe es keinen Hunger. Der Wirtschafts-Nobelpreisträger Amartya Sen hat festgestellt, dass es in keiner funktionierenden Demokratie jemals zu einer Hungersnot gekommen ist. Dort nämlich haben alle Menschen Zugang zu den Reichtümern ihres Landes. »So gesehen kann man auch sagen: Ein Kind, das heute an Hunger stirbt, wird ermordet«, kommentiert der prominente Menschenrechtsaktivist Jean

Ziegler diese Tatsache. Hunderten Millionen von Menschen wird ihr Essen sprichwörtlich weggenommen.

Von wem?

Ein Großteil der landwirtschaftlich nutzbaren Flächen in sogenannten Entwicklungsländern ist heute für die Produktion von Exportgütern bestimmt. So werden dort Pflanzen angebaut, die nicht der Versorgung der Bevölkerung dienen, sondern an internationale Nahrungsmittelkonzerne verkauft werden. Außerdem nutzt man in letzter Zeit mehr und mehr Felder, um Kraftstoffe aus Lebensmitteln wie Zucker oder Mais herzustellen. Diese finden dann als Ersatz für das immer teurer werdende Erdöl Verwendung. Der »Biosprit«, den man schließlich erhält, ist allerdings alles andere als »Bio«. Für seine Produktion werden riesige Agrarflächen gerodet und anschließend unter hohem Düngemitteleinsatz bewirtschaftet. Mit hundert Hektar Land kann ein Kleinbauer 35 Menschen ernähren. Stellt man die Fläche auf Zuckerrohr um, sind es nur mehr zehn Personen

In Brasilien zum Beispiel ist etwa ein Viertel der Bevölkerung von Hunger bedroht. Dabei herrschen in weiten Teilen des riesigen Landes optimale landwirtschaftliche Bedingungen: viel Sonne, viel Regen, gute Böden. Doch die fruchtbaren Ländereien gehören einer kleinen Elite von Großgrundbesitzern, und diese produzieren vor allem für den Export. Da nämlich können sie höhere Gewinne erwirtschaften.

Fleisch für die Reichen statt Brot für die Armen

Die brasilianischen Großgrundbesitzer bauen neben Zuckerrohr für Treibstoffe häufig auch Soja an. Verkauft wird es an multinationale Konzerne, die es dann nach Europa und in die USA verschiffen. Als Tierfutter dient es den reichen Industrieländern dazu, ihren Fleischkonsum zu decken. Ein Fünftel der brasilianischen Ackerfläche wird bereits für den Anbau von Tierfutter für die EU-Länder verwendet. »Die Rinder der Reichen essen das Brot der Armen«, lautet deshalb ein Spruch, der die Situation realistisch beschreibt.

1,3 Milliarden Rinder werden auf der ganzen Welt für die Fleischgewinnung gemästet. Rund die Hälfte des weltweiten Getreideanbaus ist der Viehfutterproduktion vorbehalten – das sind jährlich 600 Millionen Tonnen. Würde man dieses Getreide nicht für die Fleischgewinnung, sondern als Lebensmittel nutzen, könnten damit zehnmal mehr Menschen ernährt werden als derzeit. Man bräuchte also lediglich ein Zehntel der landwirtschaftlichen Fläche, um genauso viele Menschen täglich satt zu machen.

Der Fleischkonsum in den reichen Industrieländern ist die Hauptursache für den Hunger der Armen. Größter Fleischverbraucher weltweit ist ein bekanntes Unternehmen: die Fastfoodkette McDonald's. Seit den achtziger Jahren wurde McDonald's immer wieder dafür kritisiert, dass dem Bedarf an Weideland für seine Rinderherden riesige Flächen Regenwald im Amazonas zum Opfer fielen. Zahlreiche Angehörige indigener Völker wurden dadurch vertrieben.

In Brasilien eignen sich Farmer mitunter illegal Land an, um es für die Soja- und damit Tierfuttermittelproduktion zu nutzen. Nach der Brandrodung kommen dann häufig ArbeiterInnen zum Einsatz, die wie SklavInnen unter Gewaltandrohung bis zu 16 Stunden am Tag arbeiten und unter Plastikplanen hausen müssen. Die brasilianische Polizei befreit jährlich Tausende solcher Menschen – und das, obwohl Sklaverei in Brasilien offiziell bereits 1888 abgeschafft wurde.

Allein McDonald's Deutschland verbraucht nach eigenen Angaben rund 39000 Tonnen Rindfleisch jährlich. Heute kommt das Fleisch zwar überwiegend von heimischen Rindern und Hühnern, für deren Futtermittel wird allerdings immer noch Regenwald gerodet.

Rinderfurze heizen das Weltklima an

Unser Fleischkonsum ist nicht nur für das Hungerproblem verantwortlich, sondern auch Mitursache des Klimawandels und der Erderwärmung. Dabei ist der Grund nicht allein die Abholzung ganzer Regionen des Regenwaldes für Futtermittel und Weideflächen, sondern auch Methangas. Dieses Gas entweicht den Mägen der Wiederkäuer während der Verdauung. Man schätzt, dass das von Nutztieren ausgeschiedene Methan gemeinsam mit überdüngten Feldern für 18 Prozent der Treibhausemissionen verantwortlich ist. Rechnet man den Schaden durch die Umwandlung von Wäldern in landwirtschaftliche Nutzflächen hinzu, steigt der Anteil sogar auf über 30 Prozent. Etwa 85 Prozent der Klimabelastung durch die Landwirtschaft entfallen auf die Fleischproduktion. Jedes Tier stößt pro Tag rund 100 bis 200 Liter Methan aus, was über 4000 Gramm Kohlendioxid entspricht. Das wiederum ist ungefähr so viel, wie ein durchschnittlicher Geländewagen auf einer Strecke von 70 Kilometern verursacht. Die EU fördert diese Entwicklung noch mit hohen Subventionen: Zwei Euro werden im Schnitt täglich für jede Kuh ausgegeben, also mehr Geld, als fast der Hälfte der Weltbevölkerung am Tag zum Leben zur Verfügung steht.

Der vor allem von den Industrieländern verursachte Klimawandel trifft dabei die Armen am stärksten: So schätzen ExpertInnen, dass in Afrika die Ernteerträge bis 2020 aufgrund der Erderwärmung um bis zu 50 Prozent fallen werden.

Tierquälerei in der Fleischindustrie

Bevor ein Rind, Schwein oder Huhn auf die Schlachtbank geführt wird, hat es meist einen langen Leidensweg hinter sich. In der industriellen Massentierhaltung leben die Tiere auf engstem Raum und werden wie leblose Maschinen behandelt. Stiere kastriert man ohne Schmerzmittel, nur die wenigsten Tiere haben Auslauf und frische Luft. Ihre Nahrung besteht vor allem aus Kraftfutter, das nicht selten mit Hormonen und Antibiotika versetzt ist, denn nur so wachsen sie besonders schnell und können früher geschlachtet werden. Viele dieser überzüchteten Kreaturen verenden schon vor ihrer Tötung oder auf dem Transport in die Schlachthöfe.

Diese Probleme betreffen nicht nur die Fastfood-Industrie, sondern die gesamte konventionelle Fleischproduktion. Am besten wäre es daher, so wenig Fleisch wie möglich zu essen. Entscheidet man sich für Fleisch, sollte man auf ökologische Herstellung achten (Biofleisch). Hier regeln strenge Vorschriften die Auswahl der Futtermittel und garantieren eine halbwegs artgerechte Tierhaltung.

Gentechnik verschärft das Hungerproblem

Seit 1996 mischen amerikanische Konzerne auch gentechnisch veränderte Futtermittel in ihre Lieferungen nach Europa. Sie behaupten, dass wir die Gentechnik bräuchten, um das Hungerproblem in der Welt zu lösen, denn durch Gentechnik könne man größere Mengen an Nahrungsmitteln produzieren. Allerdings wird heute bereits mehr Nahrung weltweit hergestellt, als überhaupt konsumiert werden kann. In Europa vernichtet man täglich Massen von Lebensmitteln, die nicht verkauft wurden. Der sehenswerte Film »We feed the world« zeigt zum Beispiel, dass allein in Wien täglich so viel Brot in den Müll gekippt wird, wie Graz, die zweitgrößte Stadt Österreichs, am Tag verbraucht. Das Problem ist nicht die Nahrungsmittelknappheit, sondern die ungerechte Verteilung der landwirtschaftlichen Ressourcen. Die von manchen angepriesene Gentechnik ist also keine Lösung. Sie verschlimmert das Hungerproblem sogar, weil sie die Menschen in eine noch größere Abhängigkeit der Konzerne treibt.

Die Gentech-Konzerne versuchen nämlich, die Landwirtschaft und Lebensmittelproduktion auf der ganzen Welt unter ihre Kontrolle zu bringen. Wie das gehen soll? Zuerst einmal lassen sie sich die von ihnen künstlich entwickelten Pflanzen und deren Samen patentieren. Ihr Argument ist, dass sie für ihren Forschungsaufwand schließlich auch entlohnt werden wollen. Wenn nun ein Bauer diese Pflanzen oder deren Saatgut verwendet, ist er verpflichtet, dafür hohe Lizenzgebühren zu zahlen. Das gilt auch dann, wenn er aus den Pflanzen neuen Samen gewinnen will. Dabei ist gerade dieses Vorgehen seit Menschengedenken die Grundlage bäuerlicher Tätigkeit:

Ein Landwirt züchtet zum Bespiel Getreide weiter und verwendet die neuen Samen für die nächste Aussaat. Von den Konzernen wird das aber nun untersagt: »In einer Art Sklavereivertrag wird den Bauern verboten, ihr Saatgut weiter zu verwenden – etwas, was immer zu ihren angestammten Rechten gehörte«, erzählt die indische Wissenschaftlerin Vandana Shiva: »Die eigene Züchtung wird als Verbrechen behandelt. Normale bäuerliche Tätigkeiten werden als kriminell eingestuft, für die man verfolgt, bestraft und verhaftet werden kann. Damit droht eine neue Form industrieller Kolonisation, in der nicht nur die Bauern, sondern ganze Länder ihre Rechte verlieren.«[1]

Hasta la vista, Bauer!

Ein Unternehmen des Gentech-Konzerns Monsanto hat sogar eine Methode entwickelt, durch die Pflanzen gar keine keimfähigen Samen mehr produzieren können – die sogenannte Terminator-Technik. Die heißt nicht von ungefähr so wie der von Arnold Schwarzenegger dargestellte Roboter, der seine Gegner mit den Worten »Hasta la vista, Baby!« einfach wegpustet. Die Opfer sind in diesem Fall die Bauern, die gezwungen sind, ihre Samen jedes Jahr neu beim Konzern zu kaufen. Kleinbauern, vor allem in ärmeren Ländern unserer Welt, können sich das niemals leisten. Im Grunde bräuchten sie das teure Saatgut auch nicht, denn seit Generationen züchten sie lokal angepasste Pflanzensorten, die selbst unter schwierigen klimatischen Verhältnissen gedeihen.

Doch sind diese Bauern trotzdem kaum noch überlebensfähig. Die großen Agrarkonzerne können nämlich mithilfe der Gentechnik wesentlich größere Mengen Getreide oder anderer Pflanzen produzieren und sie zu deutlich niedrigeren Preisen als die ansässigen Bauern verkaufen. Dadurch werden die kleinen LandwirtInnen vom Markt verdrängt und ihrer Lebensgrundlage beraubt. Die Gentechnik ist also keineswegs die Lösung des Welthungerproblems. Sie verschlimmert es noch.[2]

Kindersklaven in der Kakaoindustrie

Rund 25 Euro kostet das Stück. Für diesen Preis kann man in Westafrika ein Menschenleben kaufen, nämlich Kinder, die man als Sklaven für sich arbeiten lässt. Ist ein solches Kind nicht mehr verwendbar, weil es ganz einfach durch Misshandlung und schwere körperliche Arbeit bis zur vollkommenen Erschöpfung krank geworden ist, dann kauft man sich eben ein neues.

Warum das möglich ist? In Ländern wie Burkina Faso und Mali sind viele Eltern so arm, dass sie kaum eine Möglichkeit mehr sehen, ihre Kinder zu ernähren. Hunderttausende Kinder leben so auf der Straße und versuchen, sich selbst durchzuschlagen. Auch Agenten sind dort unterwegs, die große Versprechungen bereithalten: regelmäßige Mahlzeiten, eine gute Arbeit oder sogar eine Ausbildung. Das klingt verlockend. In ihrer Verzweiflung und in der Hoffnung auf eine bessere Zukunft folgen viele Jungen und Mädchen den Einflüsterungen der Menschenhändler und lassen sich mitnehmen. Oft weit weg, bis in andere Länder, wie an die Elfenbeinküste südlich von Mali und Burkina Faso.

Dort und in Ghana, Nigeria und Kamerun arbeiten nach Schätzungen des International Institute of Tropical Agriculture rund 284 000 Kinder auf Kakaoplantagen. Zwischen 10 000 und 20 000 von ihnen wurden zuvor als Kindersklaven an die Farmer verkauft. 25 Euro, so wenig kostet manchmal ein Menschenleben.

Von Hunden bewacht und gehetzt, oft auch mit Peitsche oder Machete bedroht, schuften die Kinder in glühender Hitze. Sieben Tage in der Woche, von sechs Uhr morgens bis neun am Abend. Pausen dürfen sie nicht machen. Die jüngsten unter ihnen sind gerade einmal sechs Jahre alt. Barfuß treiben sie den Handpflug in die Erde. Wer sich verletzt, dem wird kurz auf die Wunde gespuckt – dann geht die Plackerei weiter. Viele von ihnen sterben früh, weil die Arbeit zu hart ist. Dann wirft man sie weg wie einen nutzlosen Gegenstand oder eine Maschine, die nicht mehr funktioniert.

Schuld an diesen unmenschlichen Zuständen ist, so skurril das klingt, der Reichtum des Landes. Denn die Elfenbeinküste ist der größte Kakaoproduzent der Welt. Achtzig Prozent der deutschen Kakaoimporte stammen aus Westafrika. Allerdings ist es nicht die Profitgier der Kakaoplantagenbesitzer, die Kinder zu SklavInnen macht – vielen bleibt oft gar keine andere Wahl, weil die Gewinnspannen für Kleinbauern kaum das Überleben sichern. So verdient ein mittlerer Kakaobetrieb mit der gesamten Jahresernte rund 340 Euro. Die Hauptursache hierfür sind die niedrigen Weltmarktpreise, die von einer Hand voll europäischer und nordamerikanischer Lebensmittelkonzerne diktiert werden. Unternehmen wie Nestlé, Kraft, Mars und Ferrero verarbeiten dann den Kakao meist zu Schokolade weiter. Dabei rühmen sich die Konzerne in bunten Broschüren, alles Mögliche gegen die Kinderarbeit zu unternehmen. Gleichzeitig zwingen sie jedoch die Bauern nach wie vor zu einer Billigstproduktion. Die BetreiberInnen der Kakaoplantagen können deshalb gar keine ausreichenden Löhne zahlen – und die KindersklavInnen kosten sie nicht mehr als eine Schale Maisbrei am Tag.

Im Jahr 2001 versprachen die führenden Nahrungsmittelkonzerne unter dem Druck der Öffentlichkeit, bis 2005 dafür zu sorgen, dass bei ihren afrikanischen Lieferanten keine Kindersklaven mehr arbeiten. Als das nicht gelang, wurde ein neues Datum gesetzt: der 1. Juli 2008. Doch laut International Labor Rights Forum sind die Schokoladenfirmen noch immer nicht in der Lage, ein Ende der Kinderarbeit auf Kakaoplantagen zu garantieren.[3] 2007 wies der britische Sender BBC nach, dass nach wie vor Tausende Kinder mit Macheten die gefährliche Arbeit auf den Plantagen verrichten.[4]

Für Kevin Bales von der Organisation »Anti-Slavery International« hat deshalb »jeder dritte Biss in Schokolade den Beigeschmack von Sklaverei«. Ähnlich drastisch formuliert es der Direktor der Organisation »Save the Children« in Mali, von wo ein Großteil der KindersklavInnen an die Elfenbeinküste »exportiert« wird: »Wer Kakao trinkt, trinkt ihr Blut.«

Uns bleibt aber eine Alternative: Kakao und Schokolade aus

fairem Handel mit dem Transfair-Gütesiegel kaufen, das gerechte Mindestlöhne und menschenwürdige Arbeitsverhältnisse in der Produktion garantiert.

Sklaverei und Zwangsarbeit Sklaverei gibt es seit der Frühzeit der Menschheitsgeschichte, doch erst im alten Griechenland wurden SklavInnen zu einer Handelsware. Von 1441 bis 1880 verschifften europäische Kolonialherren 60 Millionen AfrikanerInnen nach Übersee, viele davon über die Elfenbeinküste. Seit 1960 ist die ehemalige französische Kolonie unabhängig. Mit dem Kinderhandel hat sich nun eine neue Form der Sklaverei etabliert. Insgesamt schätzt man, dass in Westafrika 200 000 Kinder als billige Arbeitskräfte gehalten werden.

Noch heute geht man von einer Gesamtzahl der SklavInnen und ZwangsarbeiterInnen von mindestens 27 Millionen weltweit aus. Manche Schätzungen sprechen sogar von 100 Millionen Menschen. Neben der klassischen Form, bei der ein Mensch durch Geburt, Raub oder Kauf als Eigentum betrachtet wird, ist die mit Abstand häufigste Form der Sklaverei die Schuldknechtschaft. Sie bedeutet, dass jemand ohne oder nur gegen sehr geringe Bezahlung eine tatsächliche oder behauptete »Schuld« abarbeitet. In manchen Fällen zwingt diese angebliche Schuld sogar nachfolgende Generationen in die Knechtschaft. Heute wächst die sogenannte »Contract Slavery« am schnellsten, die sich auf betrügerische Arbeitsverträge gründet. Einen Sonderfall bildet die staatlich erlaubte Sklaverei, wie sie in Burma anzutreffen ist. Dort wurden zum Beispiel Tausende versklavter Männer, Frauen und Kinder beim Bau einer Erdgasleitung eingesetzt. Geschäftspartner waren die westlichen Erdölkonzerne Unocal und Total.

Doch selbst bei uns blüht das Geschäft mit der Ware Mensch: Allein in Westeuropa werden 500 000 Frauen als Opfer des Menschenhandels zur Prostitution gezwungen, erklärt Mike Dottridge von der Organisation »Anti-Slavery International«.

Infos: www.antislavery.org

Bittere Südfrüchte

Nicht viel besser als um den Kakao ist es um andere Lebensmittel bestellt, die aus fernen Ländern in unsere Geschäfte kommen. Orangensaft zum Beispiel wird zum Großteil aus Orangensaftkonzentrat hergestellt, das aus Brasilien importiert wurde. Während wir in Europa für einen Liter Saft rund einen Euro zahlen, erhalten brasilianische PflückerInnen als Lohn im Schnitt lediglich ein Vierhundertstel davon: einen viertel Cent. Ein kleiner Teil des Umsatzes wird für Transport und Lagerung ausgegeben, der Löwenanteil mit enormen Gewinnspannen verbleibt im Einzelhandel und bei den großen Fruchtsaftkonzernen wie der Eckes AG (Hohes C, Granini etc.), Coca-Cola (Minute Maid) und Pepsi (Punica).

Es sind vor allem fünf brasilianische Großbetriebe, die den Großteil der Orangenernte zu tiefgefrorenem Konzentrat verarbeiten. Ihren LandarbeiterInnen zahlen sie Niedrigstlöhne ohne jegliche soziale Absicherung. Das Geld reicht meist nicht einmal für den Unterhalt einer Familie aus, so dass die Eltern gezwungen sind, auch ihre Kinder auf die Plantagen zu schicken. Jedes dieser rund 15 000 Kinder schleppt täglich durchschnittlich 1 Tonne Orangen von den Bäumen zu den Sammelstellen. Da die Erntesaison höchstens sechs Monate im Jahr dauert, gibt es danach überhaupt kein Einkommen mehr. Andere Arbeitsmöglichkeiten sind in der Region so gut wie nicht vorhanden.

Mit Südfrüchten wie Ananas, Mango, Papaya und so weiter, aber auch mit Kaffee verhält es sich ähnlich. Und wie sieht es mit der Lieblingsfrucht der EuropäerInnen aus: der Banane?

Seit rund hundert Jahren wird der internationale Bananenhandel

Bananenplantage in Brasilien: Tagelöhner für umgerechnet drei Euro.

von drei Konzernen dominiert: Chiquita (früher United Brands), Dole (Standard Fruit) und Del Monte. Alle drei Firmen aus den USA sind bekannt dafür, dass sie ganze Länder Lateinamerikas zu sogenannten Bananenrepubliken machten. Politisch hatten sie dort oft mehr zu sagen, als die offiziellen Regierungen. Sie eigneten sich riesige Ländereien an und verschafften sich die Kontrolle über das Transport- und Kommunikationswesen. Beamte wurden bestochen und Regierungen gestürzt, wenn sie versuchten, der bäuerlichen Bevölkerung mithilfe von Landreformen ein Grundeinkommen zu sichern. Streiks ließ man in diesen Ländern durch die Militärpolizei brutal niederschlagen, ArbeiterInnen, die sich in Gewerkschaften organisierten, wurden verfolgt.

Im Januar 2001 berichtete die Berliner »tageszeitung« über den Fall des Bananenarbeiters Lucas B. in Nicaragua: »Die Ärzte haben mir gesagt, ich soll nach Hause gehen und auf den Tod warten. Ich, meine Kinder, meine ganze Familie.« Der 44-Jährige hatte Knochenkrebs. Seine zehnjährige Tochter war nicht größer als ein Kleinkind, und der vierjährige Sohn sah aus, als wäre er noch ein Baby. Nicht einmal allein aufrichten konnte sich das Kind. Die Familie zählte zu den rund 22 000 nicaraguanischen Opfern des in den USA produzierten Mittels Nemagon, das bis in die späten siebziger Jahre gegen Wurmbefall bei Bananen eingesetzt wurde. Die Anwendung erfolgte ohne ausreichende Schutzvorkehrungen, auch aus Flugzeugen versprühte man das Mittel. Im Norden von Honduras schlug deshalb im Februar 1998 der Arzt Omar González Alarm: In seinem Krankenhaus kam fast ein Prozent der Kinder ohne Gehirn zur Welt. Den Schaden führte er auf den Einsatz von Nemagon zurück.

Nemagon wurde in den fünfziger Jahren durch die Firmen Dow Chemical und Shell als preisgünstiges Pflanzengift auf den Markt gebracht, obwohl man wusste, dass bereits geringe Dosen zu Sterilität, Hodenschwund, Lungen-, Leber- und Nierenschäden führen konnten. Die Erkenntnisse aber wurden zunächst von beiden Unternehmen geheim gehalten.

Tausende ehemalige Plantagenarbeiter aus Lateinamerika und Asien verklagten daher die Bananenmultis Chiquita, Dole und Del Monte sowie Shell und Dow Chemical vor nationalen und amerikanischen Gerichten auf Schadenersatz. Einige der Konzerne wurden zu hohen Strafen verurteilt, einige Verfahren laufen allerdings noch.[5]

Zwei Millionen Tote durch Pflanzenschutzmittel

Nach Schätzungen der Weltgesundheitsorganisation (WHO) sterben Jahr für Jahr über zwei Millionen Menschen an Pestiziden. Auf der philippinischen Insel Mindanao wurden Bananenplantagen laut der »Coordination gegen Bayer-Gefahren«[6] zwei- bis dreimal im Monat mit dem Pflanzengift Nemacur des deutschen Chemiekonzerns Bayer aus der Luft besprüht. Als Folge der Dauerbelastung kam es bei Einheimischen zu brennenden Augen, Übelkeit, Schwindelgefühlen, chronischem Durchfall, Hautausschlägen, Asthma und Krebs.

»Kinder, die auf der Straße gespielt haben, kehren hustend nach Hause zurück und klagen über schmerzende Augen«, erzählt Alona T. aus dem Dorf Kamukhaan, wo das Bayer-Gift auf Bananenplantagen von Del Monte und Chiquita eingesetzt wurde. Babys kamen dort oft krank oder missgebildet zur Welt. Viele von ihnen starben.

Trotz all dieser Vorwürfe verkauft Bayer Nemacur und andere gefährliche Gifte noch heute.

Ausbeutung auch in Europa

Doch nicht nur in fernen Ländern, auch bei uns werden in der Landwirtschaft Menschen ausgebeutet und die Umwelt mit Düngemitteln und Pestiziden zerstört. So haben die meist ausländischen ErntehelferInnen und SaisonarbeiterInnen in Mitteleuropa kaum soziale Rechte und werden mit extrem niedrigen Löhnen abgespeist.

Besonders schlimm ist es im Süden Spaniens, wo mittlerweile ein Großteil unserer Obst- und Gemüseprodukte herstammt. Fliegt man mit dem Flugzeug über die Provinz Almería, sieht man unter sich ein glänzendes Meer von Plastikfolien, das bis zum Horizont reicht. Es sind die Gewächshäuser der Region, in denen jedes Jahr rund drei Millionen Tonnen Treibhausgemüse produziert werden. In der Hochsaison im Winter bringen täglich tausend Lastwagen Tomaten, Gurken, Paprika und Erdbeeren in die europäischen Supermärkte. Der größte Teil davon wird nach Deutschland geliefert. Gewinner dieses profitablen Geschäftes sind so gut wie alle bei uns bekannten Supermarkt- und Großhandelsketten, allen voran Metro (Real, Extra), Rewe (Penny, Billa), die Schwarz-Gruppe (Lidl, Kaufland), Aldi, Edeka (Spar) und Tengelmann (Kaiser's, Plus). Sie alle drücken die Preise ständig nach unten.

Unter dieser gnadenlosen Preispolitik haben die rund 80 000 Menschen zu leiden, die vor dem Elend ihrer Herkunftsländer in Afrika und Osteuropa nach Spanien geflüchtet sind, um dort zu arbeiten. In den Treibhäusern schuften sie bis zu 16 Stunden am Tag für

Plastikmeer in der spanischen Provinz Almeria: Unter diesen Planen arbeiten Tausende MigrantInnen für einen Hungerlohn.

manchmal nicht mehr als 2 Euro die Stunde. Im Sommer herrschen dort mitunter bis zu 50 Grad. Die Lungen der ArbeiterInnen sind schutzlos dem Staub und gefährlichen Pflanzengiften ausgesetzt. Mitten im Plastikmeer hausen Tausende von ihnen in selbst gebastelten Verschlägen aus Karton- und Plastikresten oder in verlassenen Gebäuden ohne Trinkwasser, ohne Toiletten und ohne Strom.

Warum tun sie sich das an?

Perverse Landwirtschaftspolitik

Jede Woche setzen sich zahllose Menschen an der Küste Nordafrikas in kleine Boote, um nach Europa zu gelangen. Hunderte von ihnen ertrinken Jahr für Jahr auf der gefährlichen Überfahrt. Oft haben sie da bereits eine monatelange Reise aus ihren Herkunftsländern quer durch die Sahara hinter sich. Die Hoffnung auf ein besseres Leben treibt diese Menschen an.

Viele der Flüchtlinge aus Afrika landen an der spanischen Südküste. Hier gelten sie zwar offiziell als »Illegale«, gleichzeitig sind sie aber überaus willkommen als rechtlose ArbeiterInnen in den riesigen Gemüseplantagen.

Warum lassen sich Menschen für rund zwanzig Euro am Tag unter furchtbarsten Bedingungen ausbeuten? Die Antwort ist so traurig wie einfach: weil sie in ihren Herkunftsländern oft nicht einmal in zwei Wochen so viel verdienen. Mitschuld an diesen Zuständen trägt ebenfalls die Lebensmittelindustrie.

Wer zum Beispiel im Senegal oder in Mali auf einen Markt geht, findet dort zahlreiche europäische Waren – die sind noch dazu oft um vieles günstiger als die einheimischen Güter. Grund ist die Subventionspolitik der Europäischen Union und anderer Industrieländer, die ihre Agrarindustrie und den Export eigener landwirtschaftlicher Produkte hoch bezuschussen. Allein die Europäische Union zahlt fast eine Milliarde Dollar an Agrarsubventionen pro Tag. Diese Förderung erfolgt übrigens mit unseren Steuergeldern. Den afrikanischen Staaten gibt man ebenfalls eine Milliarde Dollar Agrarhilfen – allerdings pro Jahr. Durch die Agrarsubventionen der Industrieländer sind westliche Konzerne in der Lage, ihre Produkte billig auch in die ärmeren Länder unserer Welt zu verkaufen. Als Folge ist dann zum Beispiel Milchpulver von Nestlé preiswerter als die einheimische Milch. Regionale Kleinbauern werden so in den Ruin getrieben, weil sie mit dem Preiskampf nicht mithalten können. Sie verlieren ihre Jobs und ihre Lebensgrundlage. Oft bleibt dann nur die Flucht nach Europa. Dass viele AfrikanerInnen, hier angekommen, für die Profite genau jener Konzerne schuften, die ihr Elend verursacht haben, ist blanker Hohn. So schließt sich der Teufelskreis aus Armut und Ausbeutung – übrigens unter tatkräftiger Mithilfe unserer Regierungen. Gleichzeitig hetzen europäische PolitikerInnen, mitunter sogar mit rassistischen Parolen, gegen die rechtlosen Elendsflüchtlinge und machen die Grenzen dicht.

Was können wir überhaupt noch essen?

Eigentlich dürften wir dann gar nichts mehr essen, werden nun manche denken. Stimmt nicht. Denn in keiner Branche ist das Angebot an Alternativen so groß wie bei Lebensmitteln. Während es nämlich relativ schwierig ist, zu gerecht gehandelten Sportschuhen oder Hightechprodukten zu kommen, braucht man beim Essen nur auf wenige Dinge achten:

- Nahrungsmittel aus der Region bevorzugen
- Wenn möglich, Produkte aus ökologischer Herstellung (mit Bio-Gütesiegel) kaufen
- Weniger Fleisch zu sich nehmen
- Bei Importprodukten auf fairen Handel (Fairtrade-Gütesiegel) achten

Generell sind Produkte regionaler Herkunft besser als Lebensmittel, die weite Transportstrecken zurückgelegt haben. Mitteleuropäisches Obst verursacht zum Beispiel nicht nur durch die kürzeren Transportwege weniger Umweltschäden als Früchte aus Südamerika, es wurde in der Regel auch nicht von Kindern gepflückt, die auf Plantagen fast zu Tode geschunden werden.

Was »drin sein« muss, wenn »Bio« draufsteht, ist in der EU genau geregelt. Dazu gehört der giftfreie Anbau der Rohstoffe, die artgerechte Tierhaltung und die ökologische Verarbeitung. Die Verwendung von Gentechnik und gesundheitsschädlichen Zusätzen ist bei Bioprodukten verboten. Allerdings sollte auch hier darauf geachtet werden, dass die Lebensmittel nicht von weit weg hergekarrt wurden.

Manche Lebens- und Genussmittel wie Kaffee, Tee, Kakao und Südfrüchte können allerdings wegen der klimatischen Bedingungen bei uns nicht angebaut werden. Bei ihnen sollte man auf Handelsorganisationen wie Transfair und Max Havelaar zurückgreifen, die nicht nur faire Löhne und Arbeitsbedingungen garantieren, sondern oft auch auf einen ökologischen Anbau sowie ökologische Verarbeitung achten. Durch den Kauf dieser Fairtrade-Produkte sichert man den Aufbau nachhaltiger landwirtschaftlicher Strukturen und damit das Überleben zahlreicher Kleinbauern in ärmeren Ländern. Trotzdem gilt auch hier: Äpfel aus der Region sind im Normalfall besser als selbst fair gehandelte Ökobananen aus Ecuador.

Für den Verzicht auf Fleisch oder zumindest die Reduzierung des eigenen Fleischkonsums gibt es mehr gute Argumente, als ich hier aufzählen kann. Dazu gehören weniger Ausbeutung, weniger Hunger und weniger Abholzung der Regenwälder für die Futtermittelindustrie, weniger Klimawandel durch »Rinderfurze«, weniger Tierquälerei in der Massentierhaltung und nicht zuletzt eine bessere Gesundheit.

Zusammenfassung

- Rund 850 Millionen Menschen sind von Hunger betroffen. Täglich sterben 100 000 Menschen an den Folgen des Hungers, und das, obwohl die Erde 12 Milliarden Menschen ernähren könnte.
- Hunger ist eine Folge der Ausbeutung und ungerechten Verteilung landwirtschaftlicher Ressourcen; Großgrundbesitzer und globale Konzerne produzieren zum Beispiel für die Futtermittelindustrie oder um Treibstoffe herzustellen, anstatt die landwirtschaftlichen Flächen für die Lebensmittelversorgung der lokalen Bevölkerung nutzbar zu machen.
- Die globale Lebensmittelindustrie wird durch einige wenige Agrar-, Chemie- und Gentechkonzerne dominiert, die die Ernährung monopolisieren wollen und von ausbeuterischen Arbeitsbedingungen bis hin zur Sklaverei profitieren. Die Subventionspolitik der reichen Länder verschärft diese Situation noch und treibt damit Hunderte Millionen von Kleinbauern ins Elend.
- Die Alternative: Regionale Lebensmittel aus ökologischer Produktion, Fleischverzicht und fairer Handel.

Weitere Infos zu diesem Kapitel

www.fian.de (.at)

Die Organisation Fian kämpft für das Menschenrecht auf Nahrung und gegen den Hunger.

www.forum-fairer-handel.de

Hier erfahrt ihr mehr über Herstellungsbedingungen und Bezugsmöglichkeiten von Produkten aus dem fairen Handel.

www.oxfam.de

Die Organisation Oxfam setzt sich für einen gerechten Welthandel vor allem im Agrarbereich ein.

www.foodwatch.de

Foodwatch informiert VerbraucherInnen über krumme Geschäfte in der Lebensmittelindustrie.

Mein Vater ist auf einem Kamel geritten.
Ich fahre ein Auto, mein Sohn fliegt mit dem Flugzeug,
sein Sohn wird auf einem Kamel reiten.
Arabisches Sprichwort

Wie geschmiert

Erdöl ist der Treibstoff von Krieg, Korruption, Menschenrechtsverletzungen, Umweltzerstörung und Klimakollaps. Während Benzin immer teurer wird, schreiben Ölkonzerne Jahr für Jahr höhere Gewinne und bestimmen die Weltpolitik mit. Doch das »Schwarze Gold« geht zur Neige. Wie kommen wir von der Öl-Droge los?

Könnt ihr euch eine Welt ohne Plastik vorstellen? Zahnbürsten, Verpackungsmaterial, Farben, Kunstdünger, Autoreifen, Medikamente, Waschmittel, Kosmetik – all das wird heute aus Erdöl erzeugt, ganz abgesehen von seinem »Nebenberuf« als noch immer weltweit größter Energielieferant zur Erzeugung von Elektrizität, Wärme in unseren Häusern und als Treibstoff fast aller Verkehrs- und Transportmittel. Erdöl ist der wichtigste Rohstoff der Industriegesellschaften. Doch das Ölzeitalter könnte bald ebenso Vergangenheit sein wie einst die Stein- und die Eisenzeit.

Die Ölvorräte schwinden, der Verbrauch steigt

Die Vorräte des »Schwarzen Goldes« neigen sich dem Ende zu. Obwohl: In Wahrheit hat die Menschheit bis heute vermutlich nur ungefähr die Hälfte der weltweiten Vorkommen verbraucht. Nur? Erdöl wird erst seit etwa 150 Jahren in relevantem Ausmaß genutzt, das

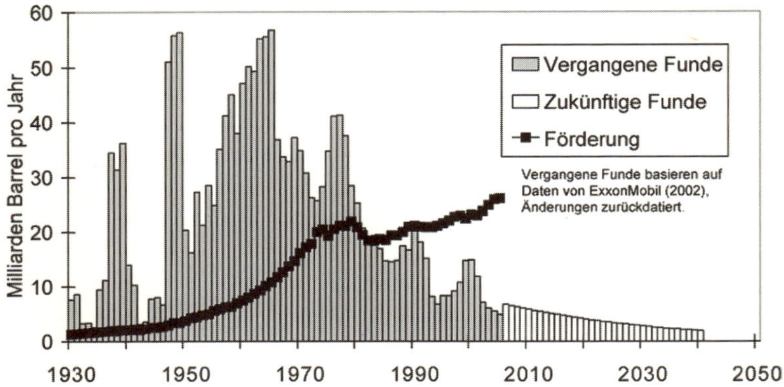

Peak Oil: Wir verbrauchen mehr Öl, als noch gefördert werden kann.

heißt, in 150 Jahren haben wir 50 Prozent der Vorräte verbrannt, für deren Entstehung 500 Millionen Jahre nötig waren. Was die zweite Hälfte betrifft, so schätzen ExpertInnen, dass das verbleibende Erdöl in nur 40 bis 50 Jahren aufgebraucht sein wird.

Dabei ist diese zweite Hälfte viel schwieriger zu gewinnen als die erste. Stellt euch die Welt-Erdölvorräte einmal wie eine halbe Orange vor: Wenn ihr versucht, die Hälfte des darin enthaltenen Saftes auszupressen, geht das noch sehr leicht. Für die zweite Hälfte allerdings müsst ihr schon ziemlich fest drücken, und den letzten Rest könnt ihr wahrscheinlich gar nicht mehr herauspressen.

Ähnlich ist es auch mit dem Öl: Anfangs brauchte man nur an der richtigen Stelle ein Loch in die Erde zu bohren, und schon sprudelte das »Schwarze Gold« aufgrund des hohen Drucks an die Oberfläche. Will man heute Erdöl gewinnen, bleiben nur wenige noch nutzbare große Ölfelder. Dort muss mittlerweile viel Wasser in die Bohrlöcher gepumpt werden, um das Öl an die Oberfläche zu befördern. Die Bohrungen müssen unter Anwendung teurer und aufwendiger Technologien in immer tiefere Gesteinsschichten vordringen. Zusätzlich versucht man, sogenannte Offshore-Ölfelder in den Ozeanen zu erschließen, und erforscht Möglichkeiten, den Rohstoff mithilfe von hohem Energie- und Wasseraufwand aus Ölsanden zu gewinnen. All das kostet viel Geld. An der unabänderlichen Tatsache aber, dass mit dem ganzen Spektakel in wenigen Jahrzehnten schlicht und ergreifend Schluss sein wird, kann auch das nichts ändern.

Trotzdem steigt der weltweite Ölverbrauch immer weiter: Im Jahr 2000 wurden täglich rund 75 Millionen Fässer Öl (englisch: Barrel) zu je 159 Liter verbraucht, im Jahr 2020 werden es bereits 104 Millionen Barrel pro Tag sein. Das ist fast so, als würde ein Süchtiger immer größere Mengen Schnaps in sich hineinschütten, obwohl er weiß, dass die Flasche bald leer ist und er selbst kurz vor dem Koma steht.

Hauptverursacher für den Klimawandel

Die Folgen des allgemeinen Ölrausches sind nämlich gravierend: Durch die Verbrennung von Öl wird Kohlendioxid gebildet, welches die Hauptursache für die Erderwärmung ist. 60 Prozent des von

Offshore-Ölförderung: Aufwendig und umweltzerstörend.

uns verursachten Treibhauseffekts sind auf die Verbrennung fossiler Energieträger zurückzuführen (dazu gehören neben Erdöl auch Erdgas und Kohle). Die KlimaexpertInnen des »Intergovernmental Panel on Climate Change« (IPCC) der Vereinten Nationen gehen daher davon aus, dass nur noch ein Viertel der heute bekannten Ölreserven verbraucht werden darf, wenn wir extreme Klimaveränderungen vermeiden und unseren Planeten lebenswert erhalten wollen.

Schon jetzt sind die Auswirkungen des Klimawandels zu spüren, vor allem in ärmeren Regionen der Erde. Wüstenbildungen, Hurrikane und Überschwemmungen zerstören bereits die Lebensräume von Millionen von Menschen. Krankheiten wie Malaria breiten sich wegen der geänderten Umweltbedingungen immer weiter aus. Derzeit sind weltweit über 20 Millionen Menschen auf der Flucht aus ihrer Heimat, die durch Klimaveränderungen unbewohnbar wurde. Bis 2010 wird die Zahl der Klimaflüchtlinge laut Schätzungen der UNO auf 50 Millionen ansteigen.

Schmierige Profite

Diejenigen, die vom Erdölbusiness profitieren – das sind neben den Ölkonzernen zum Beispiel auch die Autoindustrie, Fluglinien und andere Transportunternehmen –, tun aber nichts für eine bessere Umwelt, ganz im Gegenteil: Ihre Lobbyverbände bezahlen nach wie vor »ExpertInnen«, die dann klare Tatsachen verdrehen und eine maßgebliche Mitschuld am Klimawandel schlichtweg leugnen. Zudem üben diese Unternehmen massiven Druck auf unsere Regierungen aus, keine Gesetze zu erlassen, die eine Verringerung des Treibstoffverbrauches bewirken würden. Stattdessen werden weiterhin Straßen gebaut und die Konzerne mit unseren Steuergeldern auch noch subventioniert.

Auf der Suche nach den letzten verbliebenen Reserven dringen die Ölkonzerne in ökologisch sensible Regionen vor und zerstören dadurch Lebensräume und Umwelt. Häufig bestechen sie auch korrupte Regierungen oder Militärs und heizen sogar Bürgerkriege und internationale Konflikte an.

In Nigeria beutet zum Beispiel Shell seit Jahrzehnten zusammen mit anderen Firmen wie ExxonMobil (Mobil und Esso), Total (Total und Elf) und Eni (Agip) die Ölvorkommen des Nigerdeltas aus. Die Region war früher fruchtbar und aufstrebend, Millionen Menschen konnten von der Landwirtschaft und vom Fischfang leben. Heute sind all diese Lebensräume weitestgehend vernichtet, denn in Nigeria achten die Konzerne nicht auf die Einhaltung von Umweltstandards, wie sie zum Beispiel in Europa schon seit Jahrzehnten gesetzlich verpflichtend sind. Es ist für die Unternehmen billiger, sie außer Acht zu lassen, und die Regierung spielt mit. Der Jahresumsatz von Shell beträgt fast das dreifache des nigerianischen Staatsbudgets. Damit hat der Konzern eine unglaubliche Wirtschaftsmacht. Und die nutzt er, um die Regierung zur Komplizin seiner Zerstörung zu machen.

Zur Korruption gehören immer zwei

Oft ist davon die Rede, dass es afrikanischen Ländern so schlecht gehe, weil ihre Regierungen so korrupt seien. Das stimmt in vielen Fällen. Doch zur Korruption gehören immer zwei: derjenige, der korrumpiert wird, und derjenige, der korrumpiert. Zu Letzterem zählen häufig internationale Industriekonzerne, die sich in Afrika »gute Bedingungen« für ihre Geschäfte erkaufen.

Shell und Konsorten hielten in Nigeria jahrzehntelang brutale Militärdiktaturen an der Macht. Im November 1995 wurde der nigerianische Menschenrechtsaktivist Ken Saro Wiwa vom Militärregime ermordet. Er hatte gegen die Zerstörung der Lebensräume seines Volkes, der Ogoni, durch die Ölkonzerne protestiert. Seine Familie macht Shell für die Ermordnung verantwortlich.

Nigeria ist heute der wichtigste Ölproduzent Afrikas. 66 Prozent der NigerianerInnen leben unter der Armutsgrenze. Obwohl das

Land in den vergangenen 25 Jahren über 300 Milliarden Dollar aus seinen Ölgeschäften eingenommen hat, liegt das Pro-Kopf-Einkommen bei unter einem Dollar pro Tag. Sechzig Prozent der Förderkosten werden aus dem Staatsbudget bezahlt, während sich die Eliten aus Regierung und Militär persönlich bereichern. Um die Interessen der multinationalen Konzerne zu schützen, geht das Militär auch heute noch mit brutaler Gewalt gegen all jene vor, die gegen die Ausbeutung protestieren.

Im Sudan, in Angola, in Gabun, Tschad und Kamerun, in Russland, Kasachstan, Indonesien und Burma, in Kolumbien und den ökologisch hochsensiblen Regionen des Amazonasgebietes und an vielen anderen Orten der Welt kooperieren Ölkonzerne mit korrupten Machthabern, lassen ihre Anlagen von brutalen Militärs schützen und zerstören die Lebensräume von indigenen Völkern ebenso wie die letzten Paradiese unserer Erde. All das geschieht, um an den begehrten Rohstoff Öl zu gelangen. Die Ölindustrie heizt sogar internationale Krisen und Konflikte an, wie etwa in der Golfregion, wo der Großteil der noch verbliebenen Erdölvorräte liegt. Der Kampf ums Schwarze Gold hat schon unzählige Opfer gekostet.

Im Jahr 2005 habe ich gemeinsam mit dem renommierten Journalisten Thomas Seifert das »Schwarzbuch Öl« geschrieben. Darin versuchten wir, die Hintergründe der Kämpfe um den begehrten Rohstoff Öl zu beleuchten. Thomas berichtet seit vielen Jahren als Reporter von der Front zahlreicher Kriege. Er war einer der Ersten, die die Weltöffentlichkeit nach dem Einmarsch der Amerikaner in Afghanistan aus der Hauptstadt Kabul informierten, und einer der Letzten, die sich nach Tschetschenien wagten, als dort der Bombenhagel auf die Bevölkerung niederging. Auch während des Irakkrieges verharrte er, ausgestattet mit kugelsicherer Weste und Satellitentelefon, im Zentrum von Bagdad, als die US-Truppen die Stadt stürmten.

Interview mit dem Frontreporter

Gemeinsam mit der zum Zeitpunkt des Interviews 15-jährigen Schülerin Jana, die mir als meine jugendliche Beraterin geholfen hat, dass dieses Buch auch für junge Menschen verständlich bleibt, habe ich Thomas über seine Erfahrungen befragt:

Warum hast du begonnen, dich für Erdöl zu interessieren?

Ich habe immer wieder Reisen in Gegenden unternommen, wo Krieg und Bürgerkrieg tobten, zum Beispiel in den Sudan, nach Tschetschenien oder in den Irak. Und da ist mir klar geworden, dass alle diese Konflikte mit Öl zu tun hatten. Im Sudan führt ein fundamentalistisches Militärregime Krieg gegen Rebellen im ölreichen Süden des Landes. Dort wurden ganze Dörfer bombardiert, um die Erdölanlagen internationaler Konzerne – damals unter anderem auch der österreichischen OMV – zu schützen. In Tschetschenien wird um die Unabhängigkeit von Russland gekämpft, und auch dieser Konflikt hat mit den reichen Ölvorkommen dort zu tun. Das Öl half dort erstens, die Rebellion zu finanzieren, andererseits will natürlich die Regierung in Moskau nicht auf diese Reichtümer verzichten. Auch beim Irakkrieg 2003 war Öl ein zentraler Faktor. Gäbe es dort kein Öl, hätte es auch diesen Krieg nicht gegeben.

Heißt das, die USA und ihre Verbündeten sind dort einmarschiert, weil sie ans irakische Öl wollten?

So einfach ist das nicht. Auch der irakische Diktator Saddam Hussein hat ja bereits das Öl ans Ausland verkauft, und zwar vor allem nach Frankreich und Russland, auch China war interessiert. Die USA und England wollten sicherlich auch erreichen, dass amerikanische und britische Firmen davon profitieren. Aber viel wichtiger ist: Die weltweiten Ölvorkommen gehen zur Neige. Und die Region, wo man am längsten Öl haben wird, ist genau dort: im Irak, in Saudi Arabien, im Iran, in Kuwait, in den Arabischen Emiraten. Dort liegt mindestens die Hälfte aller Reserven. Und das ist natürlich ein

Grund, dass man in dieser Region einen gewissen politischen Einfluss bewahren will. Die Länder, die dort einmarschiert sind, wollten sicherstellen, dass sie dort Militärbasen und Flugzeugträger haben, um allfälligen Krisen vorbeugen zu können.

Wie kam die Entscheidung zustande, dort einzumarschieren?

Na ja, das ist fast wie eine Kaufentscheidung: Letztendlich muss es sich finanziell rechnen. Natürlich fragt sich eine Regierung auch: »Welche innenpolitischen Probleme könnte ich bekommen? Sind meine Wähler für oder gegen diesen Krieg? Wenn sie dagegen sind, wie schaffe ich es, dass sie dafür sind?« Die Bevölkerungen fast aller Länder waren ja dagegen. Dennoch haben sich auch die Regierungschefs von Ländern wie Italien und Spanien an die Seite der Amerikaner gestellt. Man musste also irgendeine Rechtfertigung erfinden, also skizzierte man eine Bedrohung des Weltfriedens durch Diktator Hussein. Und natürlich wäre es für die USA leichter gewesen, wenn die irakische Bevölkerung über den Einmarsch gejubelt hätte, aber das war ja auch nicht der Fall.

Warum entschied sich die US-Regierung trotzdem für den Einmarsch?

Weil die Regierung sagte, dass es im nationalen Interesse ist. Die Frage ist aber, wer kommt auf diese Ideen? Wer sagt, welche Ziele man verfolgen soll? Da geht es einfach darum, wer Einfluss hat. Wenn ich jetzt Chef eines Wirtschaftsunternehmens in den USA bin, das zig Milliarden Dollar wert ist, dann habe ich Lobbyisten, die für meine Interessen Stimmung machen. Wobei nicht ganz klar ist, welche Rolle die Ölindustrie in diesem Krieg gespielt hat. Weil das sind ja auch vorsichtige Leute, die wollen nicht, dass die Region, wo sie ihre Geschäfte machen, in die Luft fliegt. Deshalb ist nicht ganz klar, wer da letztendlich am Drücker saß.

Glaubst du, dass Konzerne wie ExxonMobil oder BP Interesse an diesem Krieg hatten?

Ich würde gar nicht sagen, dass das nur die waren. Man muss sich anschauen, wer davon profitiert. Und hätte man zum Beispiel vor dem Irakkrieg Aktien und Wertpapiere von Rüstungskonzernen oder sogenannten Sicherheitsfirmen gekauft, hätte man sehr gute Geschäfte gemacht, weil die mit dem Krieg sehr viel Geld verdient haben.

Wie hoch waren die Ausgaben für den Irakkrieg?

Das ist schwer zu sagen, aber es müssten weit über 500 Milliarden Dollar sein.

Wer bezahlt das?

Das ist ein zusätzlicher Punkt. Präsident Bush hat die Steuern gesenkt, vor allem für die Reichen, also mussten die USA Schulden aufnehmen. Das heißt, diese Schulden zahlen nun all jene, die Dollars oder US-Wertpapiere und Aktien besitzen, weil der Dollar immer weniger wert wird. Außerdem zahlt natürlich die US-Bevölkerung drauf, weil die Sozialsysteme nicht mehr finanzierbar sind.

Kann man vorhersehen, wann das Öl ausgeht?

Nicht genau. Aber wir sind wahrscheinlich gerade am sogenannten Peak Oil. Das kann man so erklären: Zuerst wurde wenig Öl gefördert, dann wurde es immer mehr. Und irgendwann ist die Wende erreicht – der Peak, wo man das Maximum herausgeholt hat. Und nun werden die möglichen Fördermengen wieder weniger werden. Und irgendwann ist es aus.

Gibt's da keine Alternativen?

Im Moment gibt es noch relativ viel Erdgas. Aber mit dem Gas ist es dasselbe wie mit dem Öl: Es wird auch irgendwann weniger. Man hat vielleicht 10 bis 15 Jahre länger Zeit bis der Gas Peak kommt, aber er kommt natürlich auch. Weil Gas ist genauso wie Öl eine Ressource, die irgendwann zu Ende ist. Das ist nicht so wie Solarenergie,

Wind oder Wasserkraft, die jeden Tag aufs Neue zur Verfügung steht. Wenn ich heute Sonnenenergie nutze, scheint ja die Sonne morgen nicht weniger hell. Aber jeder Liter Öl, den ich verbrenne, der ist weg. Beim Strom ist es anders, den kann man auf verschiedenste Arten erzeugen.

Was heißt es für uns, wenn der Peak überschritten ist?

Im Moment erleben wir ja schon, dass der Ölpreis immer mehr raufgeht. 100 Dollar für ein Fass von 159 Litern sind ja für uns immer noch relativ billig. Aber für ärmere Länder ist das sehr viel Geld. Außerdem: Wenn jeder versucht, sich nun den Rest der Ölvorkommen zu sichern, dann nehmen die Konflikte zu, dann gibt es noch mehr Kriege. Und jene Länder, die noch Öl haben, zum Beispiel Russland oder der Iran, gewinnen an Einfluss. Und ich glaube, dass die derzeitige Krise im Iran viel mit dem Öl zu tun hat. Die haben plötzlich viel Geld, das autoritäre Regime ist dort gestärkt.

Wie sieht es in Afrika aus?

Die Amerikaner haben erklärt, dass sie 25 Prozent ihres Öls zukünftig aus Afrika decken wollen, vor allem aus Nigeria. Das kann die Konsequenz haben, dass die USA in Afrika mehr Einfluss ausüben wollen und dort mit Europa, vor allem aber auch mit China, in eine gefährliche Konkurrenzsituation kommen. China erlebt zurzeit einen gewaltigen Wirtschaftsaufschwung. Das heißt, die Leute wollen auch Autos und einen Kühlschrank. In China gibt es derzeit immer noch weniger Autos als in Deutschland, obwohl Deutschland nur 80 Millionen Einwohner hat und China 1,3 Milliarden. China konsumiert im Moment um die sieben Millionen Barrel Öl pro Tag, die USA rund 21 Millionen. Wenn jeder Chinese so viel konsumieren würde wie jeder Amerikaner, dann müsste alles Öl, das es auf der Welt gibt, nach China gehen. Daran sehen wir, dass es nicht so weitergehen kann, denn wir können ja nicht einfach sagen: »Liebe Chinesen, ihr dürft leider nicht Auto fahren, das dürfen nur wir.«

Was ist die Alternative?

Es gibt natürlich schon Lösungen. Eine davon ist die Verwendung erneuerbarer Energiequellen. Ich habe gewisse Hoffnungen, dass zum Beispiel die Solarenergie bald ein wichtiges Thema wird. Die Photovoltaik basiert auf Halbleitertechnologien, wie bei Computern. Und wenn wir bedenken, welch rasante Entwicklung in den letzten zwanzig Jahren bei Computern stattgefunden hat, können wir uns ausrechnen, dass auch hier riesige Fortschritte möglich sind. Und die andere Lösung heißt Energiesparen. Es wird einfach irrsinnig viel Energie verschwendet. Allein für den Standbybetrieb von Fernsehern und so weiter braucht man in Europa ein paar Kernkraftwerke. Sparen heißt also nicht, dass wir frieren oder auf Annehmlichkeiten verzichten müssen, sondern wir müssen intelligente Lösungen finden.

Janas Vater entwirft zum Beispiel intelligente Energiesysteme für Gebäude, und Jana wohnt in einem Haus, in dem mithilfe der Sonnenenergie im Sommer wie im Winter angenehme Temperaturen herrschen.

Das Schöne daran ist: Wenn wir etwa im Wohnungsbau Verbesserungen vornehmen, kriegen wir auch die Globalisierungsprobleme in den Griff. Ich kann ja mein Haus nicht nach China schicken, weil dort so billige Arbeitskräfte sind, damit die das dann energietechnisch optimieren. Sondern das müssen wir hier machen. Der eine gibt Dämmstoffe aufs Dach, der andere installiert eine Solaranlage. Damit schafft man Arbeitsplätze in kleinen, regional wirtschaftenden Firmen. Und wenn wir Energiesparlampen verwenden, kosten die zwar am Anfang mehr, halten aber dann länger, und man merkt es auch an der niedrigeren Stromrechnung.

Aber das wissen wir alles seit mindestens zwanzig Jahren. Warum geschieht da so wenig?

Wahrscheinlich weil Energie bis jetzt zu billig war.

Werden wir in 20 Jahren noch Auto fahren?

Es wird sicher noch motorisierten Individualverkehr geben. Aber er wird sehr teuer sein, und man wird vor allem mehr in Eisenbahnnetze investieren müssen, weil das sparsamer ist und man den Strom dafür mit erneuerbaren Energien herstellen kann.

Und fliegen?

Die neuesten Flugzeuggenerationen sind riesige Airbusse, wo man rechnen kann, dass für einen Sitz drei Liter auf hundert Kilometer verbraucht werden. Das ist verdammt wenig, wenn man das mit einem Auto vergleicht. Man wird also wahrscheinlich noch fliegen können. Aber viele Sachen werden nicht mehr möglich sein, zum Beispiel dass man für 29 Euro von Wien nach Berlin fliegt. Das geht auch jetzt nur, weil es keine Steuer aufs Flugbenzin gibt. Innerhalb Europas liegt die Zukunft sicher bei der Bahn, da wird es Hochgeschwindigkeitsstrecken geben, die letztlich nicht viel langsamer als ein Flug sind, wenn man die Anreise zum Flughafen dazurechnet.

Das klingt ja relativ optimistisch.

Es gibt schon auch ein Crash-Szenario. Wenn zum Beispiel infolge eines Krieges der Ölpreis sehr rasch in die Höhe schnellt, gibt's wirklich ein Problem. Wir verwenden ja Öl derzeit nicht nur für den Transport, sondern auch für die Nahrungsmittelproduktion. In Europa ist das vielleicht noch lösbar. Schwierig wird's vor allem in ärmeren Ländern. Das Öl werden dann nur mehr die kriegen, die sehr viel Geld haben.

Ist die Atomkraft eine Alternative?

Man kann gar nicht so viele Atomkraftwerke bauen, dass man damit das Erdöl ersetzen könnte. Außerdem ist die Kernenergie bei Weitem nicht so billig, wie die Vertreter der Atomlobby behaupten. Und es ist vor allem unverantwortlich, radioaktive Abfälle zu produzieren, die Zigtausende Jahre lang das Leben späterer Generationen bedrohen.

Außerdem ist ja die Uranproduktion ebenso schädlich für das Weltklima.

So ist es. Und auch das Uran geht irgendwann zu Ende. Warum machen wir nicht gleich etwas Ordentliches und nützen die ewig währende Energie von Sonne, Wind und Wasser?

Das Problem ist vielleicht, dass die Konzerne damit nicht so viel Geld verdienen können und an Macht und Einfluss verlieren.

Genau. Wie du richtig sagst, sind die erneuerbaren Energien nicht so monopolistisch strukturiert und eignen sich daher nicht als Instrument für Machtpolitik. Um unsere Häuser und Wohnungen energiesparend zu gestalten und vielleicht eine kleine Solaranlage zu installieren, brauchen wir keine großen Firmen. Ein einziger Öltanker hingegen kostet mindestens 180 Millionen Dollar, da kann ich als Einzelner lange sparen, bis ich mir so einen kaufen kann. Das können nur große Konzerne, von denen wir dann abhängig sind. Deshalb wollen die das derzeitige System auch nicht ändern.

Zusammenfassung

- Unser derzeitiges Wirtschaftssystem ist vollkommen vom Öl abhängig. Nicht nur für Energie und Treibstoffe wird Erdöl genutzt, auch zahlreiche Produkte des täglichen Lebens und sogar Lebensmittel werden mithilfe von Erdöl produziert.
- Öl ist deshalb wahrscheinlich der bestimmendste Faktor der Weltpolitik. Den strategischen Interessen der großen Machtblöcke werden Frieden, Demokratie und der Wohlstand der Völker untergeordnet.
- Doch das Erdölzeitalter könnte bald zu Ende sein; wir wissen zwar nicht genau, wann das Öl ausgeht, aber der »Peak« ist bereits

überschritten: Von nun an übersteigt der Verbrauch die möglichen Fördermengen, Öl wird bald zum teuren Luxusgut.

- Auf der Suche nach den letzten Reserven nehmen die schwarzen Schafe der Ölindustrie brutale Menschenrechtsverletzungen und die Zerstörung von Umwelt und Lebensräumen in Kauf, korrumpieren Regierungen und heizen Bürgerkriege an.
- Erdöl ist der größte Klimakiller. Wenn unsere Erde nicht in ein paar Jahrzehnten unbewohnbar werden soll, muss es sofort eine radikale Umstellung auf erneuerbare Energieformen (Sonne, Wind, Wasser) und massive Investitionen in intelligente Energiesparsysteme geben.
- Atomkraft ist keine Alternative: Sie ist teuer, ineffizient und gefährlich. Auch die Urangewinnung schädigt das Klima.

Handlungsmöglichkeiten

- Verkehr: Wann immer möglich, aufs Fliegen und Autofahren verzichten (oder zumindest Fahrgemeinschaften bilden) und auf Bus, Bahn und Fahrrad umsteigen. Sogenannte Hybridautos fahren zwar ökologischer als konventionelle Kraftfahrzeuge, aber auch sie verursachen Treibhausgase, Unfälle und die Vernichtung von Lebensraum durch den Straßenbau.
- Energie sparen: z.B. Energiesparlampen verwenden, Standby-Geräte ganz ausschalten, Wohnung nicht überheizen, Dusche statt Badewanne, Gebäudesanierung usw.
- Energieversorger wechseln: Alternative Unternehmen verwenden erneuerbare Energien ohne Atomkraft, Kohle und Öl; oft spart man dabei sogar Geld.
- Regional und ökologisch erzeugte Produkte konsumieren; besonders der Fleischkonsum ist wegen der Futtermittelproduktion, aber auch der Methangase der Tiere sehr klimaschädlich.

Weitere Infos zu diesem Kapitel:

www.greenpeace.de

Die internationale Umweltorganisation bekämpft die Zerstörung von Lebensräumen durch die Ölindustrie und informiert über den Klimaschutz.

www.sonnenseite.com

Der Journalist Franz Alt sammelt hier aktuelle Infos zum Thema Energiepolitik, mit wöchentlichem Newsletter.

www.klimabuendnis.org

Europäische Gemeinden gemeinsam mit indigenen Völkern im Kampf gegen den Klimawandel.

www.atmosfair.de

Hier könnt ihr die Kohlendioxidemissionen verschiedener Flugstrecken berechnen.

www.ecotopten.de

Auf der Seite des Öko-Instituts könnt ihr z. B. Ökostromangebote und den Spritverbrauch von Autos vergleichen, aber auch lernen, wie man Strom spart.

Wenn eine Medizin nicht schadet, soll man froh sein und nicht obendrein noch verlangen, dass sie etwas nütze.
Pierre Augustin de Beaumarchais

Kranke Geschäfte

35 000 Menschen sterben täglich weltweit an Krankheiten wie Aids, Malaria, Tuberkulose und Durchfall – die Ursache ist vor allem Armut und die Geldgier der Pharmakonzerne. Diese profitieren gleich doppelt: Nicht nur machen sie ihre Medikamente so teuer, dass sie für Menschen aus ärmeren Ländern unerschwinglich sind, sie missbrauchen die Armen auch als Versuchskaninchen für ihre Forschung.

Armut ist die schlimmste Krankheit der Welt: Alle 15 Sekunden stirbt ein Kind an Durchfall, weil es keinen Zugang zu sauberem Trinkwasser hat. Millionen Menschen sterben jährlich an Malaria, denn einen Arztbesuch oder Medikamente können sie sich nicht leisten. Außerdem wird Malaria kaum erforscht, da die Betroffenen in Afrika, Asien und Südamerika viel zu arm sind, um als KundInnen für die Pharmaindustrie interessant zu sein. Diese gibt ihre Forschungsgelder lieber für den Kampf gegen so wichtige Probleme wie Haarausfall, Übergewicht und Erektionsschwächen aus, mit denen sich mehr Geld verdienen lässt.

Auch an Seuchen wie Aids, Hepatitis und Tuberkulose sterben Millionen von Menschen, weil sie sich weder Vorbeugemaßnahmen noch eine Behandlung leisten können. Von den über 40 Millionen mit Aids infizierten Menschen werden drei Viertel nicht oder nicht ausreichend behandelt. Allein im südlichen Afrika sind 1,8 Millionen

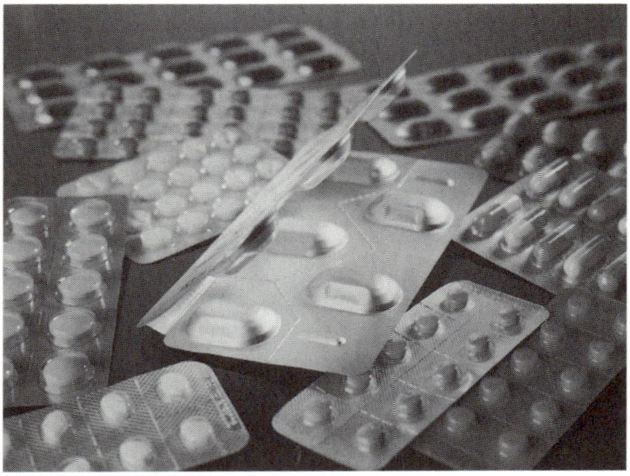

Bittere Pillen: Die Pharmabranche verdient an teuren und teilweise gefährlichen Medikamenten.

HIV-infizierte Kinder betroffen. In Afrika ist Aids inzwischen die häufigste Todesursache.

Dabei wäre die Herstellung vieler Medikamente gar nicht so teuer. Doch die großen Pharmakonzerne bestehen auf der Zahlung hoher Patentgebühren. Sie argumentieren mit den Geldsummen, die sie für die Erforschung dieser Mittel ausgegeben haben und nun wieder einnehmen möchten. Tatsächlich geben aber Pharmakonzerne wesentlich mehr Geld für Werbung als für Forschung aus. Außerdem erzielen diese Konzerne jedes Jahr Milliardengewinne, den Großteil davon in den reichen Industrieländern, und erhalten zudem auch noch staatliche Forschungssubventionen. Auf die zusätzlichen Lizenzgebühren aus den armen Ländern sind sie keineswegs angewiesen.

Manche Staaten wehren sich gegen die Profitgier und Unmenschlichkeit der Pharmamultis. Indien zum Beispiel beseitigte bereits 1972 den Patentschutz auf Medikamente und versorgte Millionen von PatientInnen in der ganzen Welt mit Generika, also oft identischen, aber preiswerten Kopien teurer Medikamente. Man nennt Indien daher auch gerne »die Apotheke der Armen«. Die durchschnittlichen Kosten für eine Aids-Behandlung konnten indische Generika-Hersteller von 10 000 Dollar pro PatientIn im Jahr auf rund 100 Dollar senken. Nun aber verbietet das Patentrechtsabkommen TRIPS der Welthandelsorganisation (WTO) seit dem Jahr 2005 grundsätzlich die billige Nachahmung teurer Medikamente. Der »Apotheke der Armen« droht damit die Schließung.

Eines der wenigen Medikamente für aidskranke Kinder ist Nevirapine. Indische Generika-Firmen produzieren den Sirup seit Jahren kostengünstig und exportieren ihn in arme Regionen der Welt. Der deutsche Konzern Boehringer Ingelheim allerdings, der das Originalpräparat herstellt, hat in Indien nun Patentschutz für das Mittel angemeldet. Wird dem Antrag stattgegeben, könnten Millionen von Kinder nicht mehr mit der lebensnotwendigen Medizin versorgt werden.

Ein anderer Pharmamulti, die Firma Novartis, verklagte indische Behörden, weil diese die Patentierung des Novartis-Blutkrebs-Medikaments Glivec verweigert hatten. Jährlich erkranken ca. 20 000 Inder an Blutkrebs. In Ländern, in denen Novartis das Mittel patentieren konnte, kostet eine Behandlung damit rund 2600 Dollar pro Monat, werden indische Generika eingenommen, sind es nur 200 Dollar. Die Klage des Pharmakonzerns löste eine weltweite Protestlawine aus. Schließlich müssen in Indien 80 Prozent der Bevölkerung mit weniger als zwei Dollar pro Tag auskommen.

Gegenüber der Öffentlichkeit rühmt sich Novartis gleichzeitig seiner sozialen Verantwortung: In Indien bekämen 6700 Leukämie-PatientInnen das Medikament Glivec kostenlos. Was der Konzern dabei allerdings verschweigt: 2006 erzielte das Unternehmen mit 7,2 Milliarden US-Dollar den zehnten Rekordgewinn in Folge. Weniger als die Hälfte dieser Summe würde ausreichen, um alle 100 000 Menschen, die weltweit an Blutkrebs leiden, mit Glivec zu versorgen, und zwar zum teuren Patentpreis.[1]

Menschliche Versuchskaninchen

Dazu kommt, dass neue Medikamente oft in ärmeren Ländern getestet werden. Dort nämlich findet man leichter Menschen, die bereit sind, für sehr wenig Geld ihren Körper und ihre Gesundheit für das Testen neuer Substanzen zur Verfügung zu stellen. Manchmal werden die PatientInnen nicht einmal darüber informiert, dass man sie als menschliche »Versuchskaninchen« missbraucht. Nicht selten bezahlen die Betroffenen dafür mit ihrem Leben.

Der amerikanische Pharmakonzern Pfizer ließ beispielsweise 1996 während einer Meningitis-Epidemie in Nigeria an fast 100 Kindern illegale Versuche mit dem damals noch nicht zugelassenen Antibiotikum Trovan durchführen. Dabei wurden die Eltern der Kinder offenbar nicht darüber aufgeklärt, dass es sich um ein riskantes Experiment handelte. Sie glaubten fest an eine reguläre Behandlung. Elf Kinder starben nach dem Versuch, andere erlitten Hirnschäden und erkrankten schwer.[2] Ein Jahr später dann wurde das Mittel in den USA trotzdem zugelassen – allerdings nur für Erwachsene. Wiederum zwei Jahre später schränkte man die Anwendung in den USA drastisch ein, weil es zu Todesfällen durch Leberschädigung gekommen war. In Europa verbot die Europäische Arzneimittelbehörde den Vertrieb von Trovan schließlich ab 1999 ganz.

Pfizer behauptete im Jahr 2007 zu den illegalen Tests, man habe ein gutes Werk getan – die Versuche seien von einer Ethik-Kommission genehmigt gewesen. Diese Genehmigung aber war gefälscht, und das angebliche Ethik-Komitee existierte nicht einmal. Eine nigerianische Untersuchungskommission hatte dies herausgefunden, doch deren Bericht wurde fünf Jahre lang geheim gehalten. Erst durch einen Informanten, der die Dokumente schließlich der Zeitung »Washington Post« zuspielte, kamen die Vertuschungsversuche von Pfizer ans Licht. Der Mann selbst wollte anonym bleiben, da er sich bedroht fühlte, und auch der Vorsitzende der Untersuchungskommission hatte Morddrohungen erhalten. Die betroffenen Familien und die Regierung des nigerianischen Bundesstaates Kano reichten im Jahr 2007 eine Milliardenklage gegen den Konzern ein. Das Unternehmen erklärte dazu in einer Pressemitteilung, die durchgeführten Tests hätten mit der vollen Unterstützung und dem Wissen der nigerianischen Regierung stattgefunden, so die Tageszeitung »Die Welt« in einem Bericht. Alle Anschuldigungen gegenüber dem Konzern seien »schlicht unwahr«. Pfizer-Anwalt Afe Babalola wies darauf hin, dass Trovan in Europa und den USA an 50 000 Patienten getestet worden sei. Keiner der Patienten sei während der Behandlung gestorben. Das Unternehmen bestritt alle Vorwürfe[3].

Illegale Medikamententests in Osteuropa

Wie verbreitet solche lebensgefährlichen Versuche bei den Pharmakonzernen sind, konnte mein Kollege Hans Weiss im Jahr 2001 bei Recherchen für das »Schwarzbuch Markenfirmen« beweisen. Hans gab sich damals als »Pharma-Consultant« aus und bot ungarischen Ärzten per E-Mail 3800 Dollar pro Versuchsperson an, wenn sie dafür bereit wären, an ihren PatientInnen riskante Medikamententests durchzuführen. Schon nach vier Tagen antwortete ein Arzt, der auf den Handel eingehen wollte: »Wir sind in Kontakt mit anderen Krankenhäusern, die Versuchserfahrungen haben. Selbstverständlich behandeln wir alle Details vertraulich.« Als Hans daraufhin ein Treffen vorschlug und den Arzt bat, einen Ort vorzuschlagen, antwortete dieser: »Es wäre nett, wenn das Meeting irgendwo in Irland oder auf Sizilien stattfinden würde.« Teure Reisen sind im Pharmabusiness durchaus üblich. Mit ihnen versuchen die Konzerne, ÄrztInnen für ihre Interessen empfänglich zu machen. Die Ausgaben für diese Art von Bestechung verbuchen die Konzerne dann unter dem Budgetposten »Forschung«. Wirklich bezahlt werden sie aber von den PatientInnen – über die meist teuren Medikamentenpreise nämlich.

Um zu beweisen, dass er mit ähnlichen Tests ausreichend Erfahrung hatte, wies der ungarische Arzt meinen Kollegen auf eine Reihe von Medikamentenstudien hin, die sein Institut bereits im Auftrag namhafter Pharmafirmen durchgeführt hatte. Hans konnte damit nachweisen, dass diese Konzerne gefährliche Versuche an Menschen durchführen lassen. Der Weltärztebund verbietet derartige Versuche ausdrücklich, doch manche Unternehmen und einige geldgierige MedizinerInnen schert das offenbar nur wenig.

Bittere Pillen

Ein Viertel aller Medikamente müsste vom Markt genommen werden, weil sie von ihrer Wirkung her fragwürdig sind, meint Hans Weiss, der mehrere Bücher zu diesem Thema geschrieben hat. Zahlreiche Arzneien haben sogar den Tod von tausenden Menschen verursacht und sind trotzdem immer noch im Handel.

Viele ÄrztInnen verschreiben bedenkenlos alle möglichen Arzneien. Von den Pharmakonzernen werden sie dafür mit verschiedensten Formen finanzieller oder materieller Zuwendungen belohnt. Laut dem Stern-Redakteur Markus Grill bezahlen die Konzerne zum Beispiel auch Professoren, die dann Medikamente anpreisen sollen, welche sie nie getestet haben.[4] Sogar Drehbücher für Fernsehserien lassen Pharmafirmen gegen Bares umschreiben, damit dort Medikamente beworben werden. Zudem beeinflussen sie die gesamte Aus- und Weiterbildung von ÄrztInnen. Als Folge verordnen viele Mediziner ihren PatientInnen oft zu schnell eine medikamentöse Behandlung, anstatt auf Vorsorge und ganzheitliche Gesundheitsbetrachtung zu setzen. Für all diese Werbe- und Marketingzwecke geben die großen Medikamentenhersteller im Schnitt mehr als 30 Prozent ihres Budgets aus – also wesentlich mehr als für die gesamte Forschung.

Und es lohnt sich für die Pharmakonzerne. Die öffentlichen Sozialsysteme brechen unterdessen unter den hohen Medikamentenausgaben fast zusammen. Dabei geht es um eines ganz sicher nicht: um unsere Gesundheit.

Zusammenfassung

- Große Pharmakonzerne hindern die PatientInnen ärmerer Länder am Zugang bezahlbarer Medikamente und sind so mitverantwortlich für den Tod von Millionen von Menschen.
- Sie berufen sich dabei aufs Patentrecht und ihre Forschungsausgaben, obwohl sie für Werbung wesentlich mehr ausgeben und jährlich Profite in Milliardenhöhe schreiben.
- Gleichzeitig wird die Erforschung neuer Arzneien mit riskanten Medikamententests auf dem Rücken von PatientInnen vorangetrieben. Die Tests werden meistens in ärmeren Ländern durchgeführt.
- Ein großer Teil der Medikamente ist medizinisch fragwürdig oder gar lebensgefährlich; zahlreiche ÄrztInnen werden von der Pharmaindustrie mit Geschenken und finanziellen Aufwendungen geködert. Es geht dabei nicht um unsere Gesundheit, sondern um Milliardenprofite.
- Bevor ihr ein Medikament verwendet, solltet ihr euch deshalb in Büchern wie »Bittere Pillen« über dessen Nutzen und Nebenwirkungen informieren.

Weitere Infos zu diesem Kapitel:

www.bukopharma.de

Die Pharma-Kampagne untersucht die Aktivitäten der deutschen Pharmaindustrie in der Dritten Welt.

www.medico.de

Medico ist eine kritische Hilfsorganisation für Gesundheit, Sozial- und Menschenrechte in der Welt.

www.msf.de /.at /.ch

Die Ärzte ohne Grenzen helfen unbürokratisch in Krisenregionen und setzen sich für den Zugang zu leistbaren Medikamenten ein.

Erst wenn der letzte Baum gerodet, der letzte Fisch gefangen und der letzte Fluss vergiftet ist, werdet ihr merken, dass man Geld nicht essen kann.
Weissagung der Cree

Geld regiert die Welt

Banken und Fonds treiben auf der Suche nach schnellen Profiten ganze Länder in den Ruin. Ein großer Teil des Geldes, das auf internationalen Finanzmärkten gehandelt wird, dient Spekulationsgeschäften und hat mit der realen Wirtschaft gar nichts mehr zu tun.

Im ersten Kapitel haben wir erfahren, wie ungerecht die materiellen Reichtümer in unserer Welt verteilt sind. Dabei ging es um Grundbesitz, Güter und vor allem um Geld. Aber was ist Geld eigentlich? Für sich selbst gesehen ist es im Grunde ziemlich nutzlos: ein Stück Papier oder, viel häufiger, eine digital gespeicherte Zahl auf einem Konto. Geld bezieht seinen Wert erst als Mittel, das den Tausch von Waren und Dienstleistungen erleichtert und ihren Tauschwert messbar macht.

Dabei hat sich der »Wert« des Geldes im Laufe der Zeit immer mehr verselbstständigt. Der Nutzwert beispielsweise eines Euros ist natürlich nicht für jeden und überall auf der Welt derselbe. Was man mit Geld vorwiegend kann, ist etwas kaufen, man kann aber auch Geld durch Geld vermehren. Das funktioniert, indem man es gegen Zinsen verleiht oder in Aktien Gewinn versprechender Unternehmen anlegt. Ein anderer Weg gleicht einem Spiel: Man wettet schlichtweg auf das Eintreten bestimmter wirtschaftlicher Situationen (zum Beispiel sich ändernde Rohstoffpreise oder Währungsschwankungen), das heißt, man »spekuliert«. Je mehr Geld jemand zur freien Verfügung hat und auf ein eventuell eintretendes Ereignis setzt, desto höher sind seine Gewinnchancen. Geld bedeutet Macht, und wer es hat, kann die Spielregeln bestimmen und den Spielverlauf erheblich beeinflussen. Schlimm ist, dass dieses Spiel und die damit erzielten Gewinne auf Kosten jener gehen, die ihr Geld tatsächlich noch zum Tauschen von Waren und Dienstleitungen brauchen – weil sie nämlich nur oder nicht einmal soviel haben, wie sie zum Leben benötigen.

Schnelle Gewinne statt nachhaltiger Wirtschaft

KapitalanlegerInnen fordern seit einigen Jahren eine immer höhere Rendite – so nennt man den Gewinn im Vergleich zur Höhe des investierten Kapitals. Deshalb müssen die ManagerInnen von Aktiengesellschaften, Banken und Investmentfonds darauf schauen, in möglichst kurzer Zeit hohe Profite zu erzielen, und können nicht so sehr darauf achten, ob bei ihren Geschäften Menschenrechte verletzt, Umwelt und Lebensräume zerstört, Arbeitsplätze vernichtet oder gar ganze Länder in wirtschaftliche Krisensituationen gestürzt werden. Wenn wir uns darüber wundern, warum im globalisierten Kapitalismus ethische Werte kaum zählen, dann muss uns klar sein, dass dies nicht die Schuld einzelner ManagerInnen ist. Das Problem entsteht durch unser auf Profit orientiertes Wirtschaftsystem. Natürlich ist trotzdem jeder Mensch für sein Handeln verantwortlich. Der Hauptgrund für die Ungerechtigkeiten in unserer Welt liegt dennoch nicht im »bösen« Verhalten einzelner Personen, sondern im allgegenwärtigen Gewinnstreben, wie es die Basis der kapitalistischen Wirtschaftsordnung bildet. Man könnte auch sagen, schuld ist die bei uns weithin akzeptierte Tatsache, dass viele mehr haben, als sie zum Leben bräuchten, und dass diejenigen, die ohnehin schon viel besitzen, ihr Geld auf Kosten der Ärmeren noch vermehren. Wenn Banken und Fonds uns auffordern »Lassen Sie Ihr Geld für sich arbeiten!«, dann heißt das in Wirklichkeit, andere für sich arbeiten zu

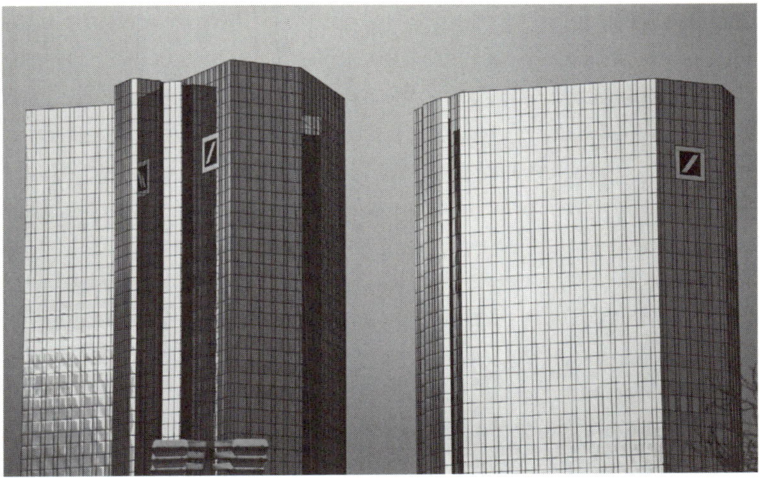

Zentrale der Deutschen Bank in Frankfurt: Milliardengeschäfte mit dem Elend.

lassen, die viel weniger oder gar nichts besitzen. Oder hat schon mal jemand einen Geldschein mit einem Spaten in der Hand gesehen?

Alles für den Shareholder Value

Konzerne, Aktiengesellschaften, Banken und Investmentfonds haben vor allem ein Ziel: Sie wollen die Rendite für ihre Shareholder steigern – also für all jene, die Anteile an diesen Unternehmen besitzen. Man spricht deshalb vom Prinzip des Shareholder Value, bei dem andere Werte wie zum Beispiel der Schutz von Menschenrechten, eine ökonomisch und ökologisch nachhaltige Wirtschaftsweise sowie demokratische und ethische Grundsätze in den Schatten gestellt werden.

Die Globalisierung hat dazu geführt, dass Kapital weltweit relativ ungehindert zur Gewinnmaximierung eingesetzt werden kann. In der Folge beteiligten und beteiligen sich Banken und Konzerne vor allem in ärmeren Ländern finanziell an lukrativen Großprojekten wie dem Bau von Kraftwerken, Ölpipelines, Rohstoffminen oder Sojaplantagen, weil sie sich davon hohe Profite versprechen. Dass diese oft zulasten der Bevölkerung und der Umwelt dieser Länder gehen, findet bei den Geschäften keine Beachtung. Die Firma Siemens profitiert beispielsweise von zahlreichen solcher Projekte, wie etwa dem Drei-Schluchten-Damm in China. Der deutsche Konzern erhielt dort einen Milliardenauftrag für Turbinen, mit denen das größte Wasserkraftwerk der Welt betrieben werden soll. Um dem Stausee Platz zu machen, wurden fünf Millionen Menschen vertrieben und verloren ihre Lebensgrundlagen. Wer dagegen protestiert, wird vom chinesischen Regime mit brutaler Gewalt verfolgt. Weltweit haben 40 bis 80 Millionen Menschen durch den Bau großer Staudämme ihr Land verloren, ganz zu schweigen von der Naturzerstörung in den Regionen. Während in Westeuropa strenge Vorschriften für die Größe und Umweltverträglichkeit solcher Projekte gelten, können die Konzerne in Afrika, Asien und Lateinamerika fast ungehindert drauflos bauen.

Wenn Banken für solche Monsterprojekte Kredite verleihen, gehen sie in politisch oder wirtschaftlich instabilen Ländern ein hohes Risiko ein. Währungskrisen, Kriege, Putsche, Enteignungen, Umweltkatastrophen – all das kann ein auf den ersten Blick gewinnbringendes Projekt zum finanziellen Fiasko werden lassen. Um die Exportwirtschaft anzukurbeln, übernehmen daher staatliche Exportkreditversicherungen oft einen Großteil dieses Risikos. Anders ausgedrückt: Wenn eines dieser riesigen Auslandsprojekte scheitert, dann zahlt der Staat, also wir SteuerzahlerInnen, den größten Anteil der Verluste. In Deutschland übernimmt die Eules-Hermes-Kreditversicherung AG gemeinsam mit Pricewaterhouse Coopers diese Aufgabe, in Österreich ist es die Kontrollbank, in der Schweiz die Exportrisikogarantie (ERG).

Große Banken finanzieren jedoch nicht nur die Zerstörung von Lebensräumen und die Ausbeutung der Betroffenen. Sie bezahlen auch korrupte Regime, die ihre Länder in kaum begleichbare Schulden stürzen. Zurückzahlen sollen diese Unsummen später die einheimischen Bevölkerungen. Weil ihre Staaten hoch verschuldet sind, müssen sie auf Sozialleistungen und staatliche Infrastruktur wie Schulen und Krankenhäuser verzichten.

Spekulationsgewinne auf Kosten der Armen

Oft wird das Kapital der Reichen aber nicht einmal mehr in real vorhandene Projekte investiert, stattdessen spekulieren viele beim Handel mit Wertpapieren und ausländischen Währungen (Devisen) auf Änderungen der Wechselkurse. Es ist ein dreckiges Geschäft: Man kann zum Beispiel, wenn man sehr viel Geld besitzt, darauf wetten, dass ein Land in eine Wirtschaftskrise gerät. Wird mit enormen Geldsummen auf das gleiche Ereignis gewettet, kann man es so befördern. Das heißt, einige Menschen vermehren ihr Geld dadurch, dass sie Millionen andere ins Elend stürzen.

Mit tatsächlichen Investitionen in Produktion oder Industrie hat das gar nichts mehr zu tun. Man bezeichnet dies auch als die Entkoppelung der Finanzmärkte von der Realwirtschaft. Das bedeutet, es ist wesentlich mehr Geld im Umlauf als es dafür reale Gegenwerte gibt. In der Folge entstehen sogenannte »spekulative Blasen« auf den Aktien-, Immobilien- und Währungmärkten, die wie Seifenblasen früher oder später platzen und ganze Volkswirtschaften in den Abgrund reißen. Darunter zu leiden haben wie immer vor allem ärmere Bevölkerungsschichten, die ihren Arbeitsplatz verlieren, ihre Kredite nicht mehr zurückzahlen können und verelenden.

Seit Anfang der siebziger Jahre ist das Volumen von Devisentransaktionen, also des Handels mit ausländischen Währungen, geradezu explodiert: Von 70 auf 3200 Milliarden Dollar – pro Tag! Mittlerweile dienen mehr als 95 Prozent aller Devisentransaktionen Spekulationszwecken. Zudem werden die Transaktionen immer kurzfristiger: 80 Prozent aller »Auslandsinvestitionen« auf den Finanzmärkten sind binnen acht Tagen wieder »daheim«, das Geld also wieder auf dem eigenen Konto, allerdings deutlich vermehrt.

Bei 40 Prozent der Geschäfte dauert dieser Vorgang nur zwei Tage. Es gibt zudem »Day-Trader« (Tageshändler), die unter »langfristig« zehn Minuten verstehen. Das sieht dann so aus: Wenn ich glaube, dass der Dollar im Vergleich zum Euro steigen wird, kaufe ich zum Beispiel für eine Million Euro 1,5 Millionen Dollar. Wenn der Dollar nach zehn Minuten nur um 0,01 Prozent gestiegen ist, habe ich in diesen zehn Minuten 1000 Euro verdient – also 6000 Euro in der Stunde. Kein schlechter Stundenlohn, oder? Leisten können sich das natürlich nur diejenigen, die über die nötige Infrastruktur verfügen und das Risiko solcher Spekulationsgeschäfte eingehen können. Das sind vor allem Investmentfonds und Banken. Und je mehr Geld sie investieren, desto eher tritt auch tatsächlich der gewünschte Effekt ein, weil Börsen und Devisenmärkte auf die Erwartungshaltung von Spekulanten reagieren: Als große Investoren zum Beispiel darauf setzten, dass der Wert des argentinischen Peso sinken würde, folgten ihnen viele Leute und tauschten Pesos in Dollar. Dadurch sank der Peso nun tatsächlich. Die Opfer waren vor allem jene ArgentinierInnen, die ihre Pesos zum Leben brauchten oder Kredite in Dollar aufgenommen hatten. In den neunziger Jahren jagte eine Finanzkrise die nächste – allein die Südostasienkrise hat 50 Millionen Menschen arbeitslos gemacht und in die Armut gezwungen.

Steuer auf Spekulationsgeschäfte

Es gäbe allerdings ein wirksames Mittel gegen solche kurzfristigen Spekulationsgeschäfte: die sogenannte Tobin-Steuer. Sie ist nach dem Nobelpreisträger James Tobin benannt und beinhaltet die Besteuerung aller Käufe und Verkäufe von Devisen in der Höhe von lediglich 0,01 bis 0,5 Prozent. Das ist sehr wenig, doch würde durch die Tobin-Steuer der kurzfristige Handel in Fremdwährungen, der den größten Teil des täglichen Umsatzes an den internationalen Börsen ausmacht, zu einem erheblichen Teil unrentabel werden. Heute ist es die Regel, dass trotz der sehr niedrigen Gewinnmargen aufgrund der hohen Geschwindigkeit enorme Profite erzielt werden, und zwar auf Kosten der Gesellschaft. Die Forderung nach einer Tobin-Tax richtet sich in erster Linie an nationale und internationale Gesetzgeber. Doch leider wehrt sich auch die EU-Kommission – offenbar unter dem Druck der Banken – gegen die Einführung einer solchen Steuer. Dabei hätte sie weitere positive Effekte: Die UNO geht davon aus, dass durch die Tobinsteuer je nach Steuersatz zwischen 80 und 270 Milliarden Dollar pro Jahr eingenommen werden könnten. Mit diesem Geld ließe sich beispielsweise die Armut und Arbeitslosigkeit bekämpfen, auch könnte man es für Gesundheits- und Bildungseinrichtungen einsetzen.

Die Rentenlüge

Geht es nach unseren Regierungen und dem Willen der Banken und Konzerne, dann zeigt der Trend leider in die gegenteilige Richtung: Immer mehr Geld soll in Fonds und Wertpapieren angelegt werden. Es wird sogar behauptet, dass es sicherer und besser sei, unsere Altersvorsorge in Form von privaten Rentenfonds sicherzustellen. Bisher wurden die Renten von älteren Menschen von dem Geld finanziert, das der erwerbstätige Teil der Bevölkerung in die Sozialversicherungen einzahlte. In diesem System sind die Zahlungen gestaffelt nach der Höhe des Einkommens, so dass Reiche mehr und Ärmere weniger beitragen müssen. Nun will man uns aber weismachen, dass wegen der Überalterung der Gesellschaft nicht mehr genug Geld da sei, um die Altersversorgung sicherzustellen.

Das ist allerdings ein ziemlicher Schwindel. Er dient allein dazu, Wohlhabende weniger Sozialbeiträge zahlen zu lassen und die privaten Rentenfonds mit noch mehr Geld auszustatten.

Tatsächlich hängt die Frage der Finanzierbarkeit der Sozialsysteme viel mehr von der Wirtschaftskraft eines Landes ab und davon, welcher Teil des erwirtschafteten Geldes zur Finanzierung gesellschaftlicher Aufgaben verwendet wird. Der volkswirtschaftliche

Reichtum Europas ist in den letzten Jahrzehnten gestiegen. Gleichzeitig tragen allerdings gerade die Vermögenden, SpitzenverdienerInnen und große Unternehmen immer weniger zur Erhaltung der Sozialsysteme bei. DAS ist also das eigentliche Problem, und nicht der Mangel an jungen, erwerbsfähigen Menschen. Der ließe sich im Übrigen auch leicht lösen. Man müsste nur die Zuwanderung von Leuten aus anderen Ländern erleichtern und ermöglichen, dass alle, die arbeiten wollen, auch arbeiten können.

Die Privatisierung der Sozial- und Pensionssysteme bringt vor allem den Wohlhabenden etwas. Diese müssen nämlich nun sukzessive weniger die Renten ärmerer MitbürgerInnen mitfinanzieren. Hinzu kommt, dass die private Rentenversicherung viel unsicherer und teurer ist, als die öffentliche (staatliche) Sozialversicherung: Bei einem Börsencrash oder Konkurs der Privatfonds wäre das Geld nämlich dahin. Außerdem muss der Staat nicht nach dem Shareholder-Prinzip agieren, das auf Kosten der Erwerbstätigen und der Nachhaltigkeit des Wirtschaftens nur die Gewinnmaximierung zum Ziel hat.

Zusammenfassung:

- Unser Wirtschaftssystem zwingt Banken und Konzerne, mit ihrem Kapital möglichst kurzfristig hohe Gewinne zu erzielen; dieses Prinzip des Shareholder Value nimmt keine Rücksicht auf soziale und ökologische Nachhaltigkeit oder ethische Grundsätze.
- Ein großer Teil der weltweiten Finanzströme hat gar keine realwirtschaftliche Grundlage mehr (also zum Beispiel Investitionen in die Produktion von Gütern und Dienstleistungen), sondern profitiert von der Spekulation auf Kursschwankungen bei Aktien, Rohstoffen oder Währungen.
- Durch die damit ausgelösten Finanzkrisen werden ganze Volkswirtschaften zerstört und Millionen Menschen ins Elend gestürzt.

- Die Privatisierung der Sozialversicherungen macht uns nur abhängiger von den Finanzmärkten, unser Sozial- und Rentensystem wird dadurch unsicherer und teurer.

Wohin mit meinem Ersparten?

Wenn wir unser Geld auf ein Konto oder Sparbuch einzahlen, es in Aktien und Fonds anlegen, dann macht die Bank damit, was sie will: Im Normalfall investiert sie es, um damit schnelle Profite ohne Rücksicht auf die sozialen und ökologischen Folgen zu erzielen. Hier ein paar Tipps, wie ihr euer Geld besser anlegen könnt:

Wer viel hat, kann teilen: mit Obdachlosen, Flüchtlingen und anderen, die weniger haben als wir selbst. Teilen ist ein Akt des Ausgleichs und nicht des Mitleids, und es macht beide Teile – GeberIn und EmpfängerIn – glücklicher. Eine gute Investition ist aber auch die Unterstützung von Organisationen und Vereinen, die für eine lebenswertere Welt kämpfen.

Wer sein Erspartes später wieder selbst braucht, kann es, eventuell auch zu niedrigen Zinssätzen, jemandem leihen, der es zum Leben oder zur Finanzierung nachhaltiger Projekte benötigt. Das können Menschen aus dem Bekanntenkreis sein, die sich eine Wohnung kaufen möchten, oder jemand, dem zur Umsetzung einer guten Idee das nötige Startkapital fehlt.

Dafür gibt es auch alternative Banken und Organisationen, die gezielt in nachhaltige Projekte etwa im Bereich der Alternativenergien oder in die Armutsbekämpfung durch Mikrokredite investieren. Ein Beispiel ist die GLS Gemeinschaftsbank und die Ökobank.

Die zahlreichen Aktienpakete, die heute als Umwelt- oder Ethikfonds angeboten werden, sind mit Vorsicht zu genießen, weil viele von ihnen nur aus Imagegründen dieses Label tragen und nach reinen Shareholder-Value-Kriterien agieren.

Einen detaillierteren Überblick über ethische Investmentmöglichkeiten schaffen Bücher wie »Geld und Gewissen« von Wolfgang Kessler und Antje Schneeweiß oder »Grünes Geld« von Max Deml und Hanne May.

Weitere Infos zu diesem Kapitel

www.erlassjahr.de

Eine Kampagne gegen die enormen »Schulden«, die ärmere Länder zahlen sollen, obwohl deren Bevölkerung daran keine »Schuld« trägt.

www.is.gd/ofJ

»Wie funktioniert Geld?« – Das ist die Frage, die dieses Animationsfilmchen in drei Teilen beantworten will.

www.ecoreporter.de

Hier gibt's Infos über Möglichkeiten der ethischen und ökologischen Geldanlage.

www.bewegungsstiftung.de (.at)

Wer in den sozialen Wandel investieren will, ist hier richtig.

Das ist der Weisheit letzter Schluss:
Nur der verdient sich Freiheit wie das Leben,
Der täglich sie erobern muss.
Johann Wolfgang von Goethe

Uns gehört die Welt!

Wir müssen die Macht nicht den Konzernen und wirtschaftlichen Eliten überlassen: Die global wachsende Zivilgesellschaft kämpft immer erfolgreicher gegen ein Wirtschaftssystem, das von Unterdrückung, Umweltzerstörung und Rassismus profitiert.

Wenn wir lesen, wie multinationale Konzerne und mächtige Eliten unsere Demokratie unterhöhlen, Wohlstand zerstören, Menschenrechte missachten und das Überleben des Planeten für ihre Profitinteressen aufs Spiel setzen, können wir uns leicht machtlos und frustriert fühlen. Oder wir werden wütend. Letzteres wäre vielleicht gar nicht so schlecht: Denn wer wütend ist, möchte auch etwas an der Situation, die ihn wütend macht, ändern. Der Philosoph Peter Sloterdijk ist sogar der Meinung, dass Wut eine der wichtigsten Antriebskräfte für politische Veränderungen darstellt. Selbst ein gewisser Jesus von Nazareth ging nicht gerade sanftmütig gegen profitgierige Geschäftemacher vor, wie wir im Johannesevangelium lesen können: »Voller Zorn knüpfte Jesus aus Stricken eine Peitsche und jagte die Händler mit all ihren Schafen und Ochsen aus dem Tempel. Er schleuderte das Geld der Wechsler auf den Boden und warf ihre Tische um.«

In den letzten Jahren empfinden immer mehr Menschen Zorn angesichts der globalen Ungerechtigkeiten. Auf der ganzen Welt schließen sich vor allem relativ junge Leute zusammen, um gemeinsam gegen die neoliberale Globalisierung, gegen Konzernmacht und Umweltzerstörung zu kämpfen. Dabei sind sie nicht nur »gegen« etwas, sondern entwickeln auch konkrete Ideen, wie eine gerechtere Welt aussehen könnte, eine Welt, die allen Menschen ein Leben in Freiheit, Frieden und Wohlstand ermöglicht und die Achtung vor dem Planeten und seinen Lebewesen zur Grundlage hat.

Natürlich könnte man sich zurücklehnen und sagen, es nützt nichts, sich gegen »die da oben« zu wehren, schließlich sind sie viel mächtiger als wir. Aber erstens ist das nur ein bequemes Argument dafür, die Arme zu verschränken und nichts zu tun. Und zweitens zeigt uns die Geschichte, dass es schlichtweg nicht stimmt. Von der Steinzeit bis heute gingen so gut wie alle gesellschaftlichen Veränderungen zunächst von einer relativ kleinen Gruppe von Menschen aus, Menschen, die daran glaubten, dass eine bessere Welt für sie und andere möglich sei. Demokratie und Aufklärung, die Abschaffung der Sklaverei, die Durchsetzung von Menschen-, Arbeits-, Frauen- und Minderheitenrechten sowie von Umwelt- und Tierschutz, ja sogar die Erkenntnis, dass die Erde um die Sonne kreist: All das haben wir Leuten zu verdanken, die für die Durchsetzung ihrer Ideale kämpften, selbst wenn Veränderung zunächst unmöglich schien. Doch je ungezügelter der globalisierte Kapitalismus und die Profitgier der Mächtigen in alle Lebensbereiche vordringen, desto mehr müssen wir erkennen, dass auch bei uns diese Errungenschaften in Gefahr sind – für den Großteil der Weltbevölkerung gelten sie ohnehin nicht.

Frühe Kapitalismuskritik

Die Kritik am Kapitalismus ist fast so alt wie der Kapitalismus selbst. Ihre bekanntesten Vertreter waren die deutschen Philosophen Karl Marx und Friedrich Engels, die mit dem Kommunismus die klassenlose Gesellschaft schaffen wollten, in der alle Menschen den gleichen Anteil am gesellschaftlichen Wohlstand haben sollten. Der Sozialismus als Vorstufe des Kommunismus hat zwar in Ländern wie Kuba dazu geführt, dass dort (im Unterschied zu den kapitalistischen Ländern Lateinamerikas) niemand verhungern muss und fast alle Menschen Zugang zu Wohnungen, Bildung und zur Gesundheitsversorgung haben. Allerdings geht dort die relative soziale Gerechtigkeit auf Kosten der individuellen Freiheit und wurde mit der Unterdrückung Andersdenkender erkauft.

Statt des »Proletariats«, also der Masse der Besitzlosen, gelangten in den Sowjetrepubliken, in China und anderen Ländern korrupte Diktatoren an die Macht. Deren mangelnden Willen zur Verwirklichung einer gerechten Gesellschaft beschreibt George Orwell in seinem wunderbaren Buch »Farm der Tiere« treffend: Dort zetteln die unterdrückten Tiere eine Revolution gegen den kapitalistischen Farmer an und nehmen ihr Schicksal in die eigene Hand. Ihre Verfassung lautet: »Alle Tiere sind gleich.« Bald allerdings übernehmen die Schweine die Macht über den Rest der Tiere, deren Leben immer elender wird. »Alle Tiere sind gleich, aber einige Tiere sind gleicher«, heißt es nun plötzlich. Am Schluss sehen die unterdrückten Tiere, wie Schweine und Farmer zusammen feiern. George Orwell hat sein Buch 1945 unter dem Eindruck der stalinistischen Diktatur geschrieben, doch genau so feiern noch heute zum Beispiel die kommunistischen Diktatoren Chinas mit den kapitalistischen Konzern- und Regierungschefs die Milliardenprofite, die sie auf dem Rücken der Bevölkerung erwirtschaftet haben.

Anarchie: Ordnung ohne Herrschaft

Eine andere Alternative zum Kapitalismus ist bereits viel älter als dieser selbst: der Anarchismus. Anarchie wird von vielen Leuten mit Gewalt und Chaos gleichgesetzt. Das ist falsch. Vielleicht steckt hinter dieser Meinung vor allem die Angst derer, die in einer anarchistischen Gesellschaft ihre Macht verlieren würden, nämlich die

Herrschenden. Denn das griechische Wort ἀναρχία bedeutet nichts anderes als Herrschaftslosigkeit. Bereits Aristoteles (384 bis 322 v. Chr.) beschrieb Anarchie als »Umstand von Sklaven ohne Herren«.

Die bekanntesten Vordenker des Anarchismus der Neuzeit waren der französische Ökonom Pierre-Joseph Proudhon und der russische Philosoph Michail Bakunin. Beide entwickelten ihre Ideen Mitte des 19. Jahrhunderts, ungefähr zeitgleich mit Marx und Engels. Proudhon definierte Anarchie als »Ordnung ohne Herrschaft«. Auch die Anarchisten wollten den Kapitalismus abschaffen, wobei Proudhon, anders als Bakunin und etwa auch Marx und Engels, den Einsatz von revolutionärer Gewalt ablehnte.

Im Unterschied zum Kommunismus, der auf den Staat als zentrale Macht setzt, akzeptieren AnarchistInnen gar keine Form von Herrschaft und vertreten die Ansicht, dass eine sozial gerechte Gesellschaft nur durch Selbstorganisation – zum Beispiel wie in einem Verein – möglich sei. Weil dabei die Freiheit der Menschen im Vordergrund steht, wird Anarchismus auch als »libertärer Sozialismus« bezeichnet. Doch wie in einem Verein muss es natürlich trotzdem Regeln für das Zusammenleben geben. Die allerdings sollen nicht durch einen autoritären Herrscher auferlegt, sondern gemeinschaftlich, also quasi »von unten« beschlossen werden. Verletzt jemand sie, zieht das auch im Anarchismus Sanktionen nach sich, aber eben durch die Mitglieder der Gemeinschaft und nicht durch eine zentrale Führungsgestalt.

Von Proudhon stammt der berühmte Satz »Eigentum ist Diebstahl«. Proudhon ging es dabei nicht darum, Besitz zu verbieten. Vielmehr wollte er klarmachen, dass es Unrecht ist, sich auf Kosten anderer zu bereichern oder Privilegien gegenüber anderen anzuhäufen. Seiner Meinung nach durfte man außer dem persönlichen Bedarf nur solche Güter sein Eigen nennen, die man durch eigene oder gemeinsame Arbeit hergestellt oder im Tausch dafür erworben hatte.

Das klingt utopisch? Ist es sicher auch. Aber unsere Demokratie, das allgemeine Wahlrecht für Frauen oder zum Beispiel die Straffreiheit gleichgeschlechtlicher Beziehungen klangen einst ebenfalls utopisch. Dass sich eine Gesellschaft sehr wohl ohne staatliche Gewalt und ohne Herrschaft organisieren lässt, zeigen viele Beispiele: So leben und lebten indigene Völker wie etwa die San in Südafrika, die Mapuche in Chile oder die »autonomen Gemeinden« in der mexikanischen Region Chiapas ohne HerrscherInnen und auf der Basis von Selbstverwaltung.

Auch westliche Industriegesellschaften praktizierten bereits erfolgreich Anarchismus: Während des Spanischen Bürgerkrieges von 1936–1939 wurden große Teile Nordspaniens von der Bevölkerung selbst verwaltet, ohne dass es je eine Regierung gab. Weil sich niemand mehr persönlich bereichern konnte, kosteten viele Waren plötzlich nur noch ein Viertel des früheren Preises, und auch die Produktion stieg. Entscheidungen wurden von gewählten »Räten« und in öffentlichen Versammlungen getroffen. Räte sind Delegierte, die der Bevölkerung gegenüber direkt verantwortlich sind. Im Unterschied zu unseren Parlamentsabgeordneten sind sie an deren Weisungen gebunden und jederzeit abrufbar. Die spanischen AnarchistInnen verwalteten sogar die Verkehrsbetriebe von Barcelona – immerhin eine Millionenstadt – erfolgreich und ohne Vorgesetzte. Dass diese anarchistische Phase vorüberging, lag nicht daran, dass man scheiterte, weil das System etwa nicht funktionierte (wie zum Beispiel in den Sowjetrepubliken), nein, es lag an den spanischen Faschisten unter General Franco, die den Bürgerkrieg gewannen und das Land in eine Diktatur verwandelten.

Demokratie und soziale Marktwirtschaft

Nach Ende des Zweiten Weltkrieges entstand in Deutschland ein Modell, das die rein kapitalistische Wirtschaftsordnung durch gewisse staatliche Eingriffe quasi sozial zähmen sollte: die soziale Marktwirtschaft. Zusammen mit den Errungenschaften des Sozialstaates gilt sie heute auch in anderen europäischen Ländern als Erfolgsmodell, weil sie breiten Bevölkerungsschichten relativ hohen Wohlstand, soziale Sicherheit und Anspruch auf die wichtigsten sozialen Dienstleistungen wie Bildung und Gesundheitsversorgung gewährleistete. Begleitet wurde dieses Modell vom sozialpartnerschaftlichen Konsensprinzip. Das heißt, dass Gewerkschaften und Unternehmensverbände eine friedliche Einigung in Konfliktfällen anstreben, wie zum Beispiel bei Lohnverhandlungen. Die repräsentative Demokratie garantiert zudem eine Berücksichtigung der Interessen der großen gesellschaftlichen Gruppierungen durch die gewählten Parteien, die auch Eingang finden in die Gesetzgebung.

Abgesehen davon, dass das europäische Sozialstaatsmodell ebenfalls von der Ausbeutung billiger Rohstoffe aus den früheren Kolonialländern profitiert, hat sich die Gesellschaft in den letzten Jahrzehnten des 20. Jahrhunderts sehr stark verändert und uns vor neue Probleme gestellt. Das starke Wirtschaftswachstum der Nachkriegsjahre brachte zwar Wohlstand und technischen Fortschritt, führte aber auch zu zunehmender Umweltzerstörung. Außerdem ging mit dem wirtschaftlichen Aufschwung Westeuropas ein Mangel an Arbeitskräften einher. Aus diesem Grund warb man ab 1960 gezielt sogenannte Gastarbeiter aus ärmeren Ländern an, die als Billigarbeitskräfte zum hiesigen Wohlstand beitrugen. Dabei kümmerte sich keiner darum, dass diese Menschen ihre eigenen Bedürfnisse hatten und nicht nur wie Maschinen hier arbeiten, sondern auch leben wollten. Anstatt sie und ihre Familien am gesellschaftlichen Wohlstand teilhaben zu lassen und mit demokratischen Rechten auszustatten, erwartete man zunächst von ihnen eine schnelle Rückkehr in die Herkunftsländer, sobald der Job erledigt war. Doch warum soll jemand, der sich hier eine Existenz aufgebaut und zur wirtschaftlichen Entwicklung des Landes beigetragen hat und dessen Kinder hier aufgewachsen sind, wieder zurück in sein Land gehen, wenn es für ihn oder sie dort kaum berufliche Perspektiven und oft nicht einmal mehr viele persönliche Kontakte gibt?

Flucht aus dem Elend

Noch mehr Veränderung brachte die Globalisierung. Während die Grenzen für Welthandel und Kapital geöffnet wurden, machte man sie gleichzeitig für Menschen aus ärmeren Ländern dicht. Dabei verstärkte die Ausbeutung der Rohstoffe und der Arbeitskraft dieser Länder durch westliche Industriestaaten und Konzerne dort noch das Elend und heizte bewaffnete Konflikte an. Weltweit gibt es mehr als 33 Millionen Menschen, die vor Gewalt, Krieg oder Unterdrückung aus ihren Heimatorten geflüchtet sind. Dazu kommen noch mehr, die in ihrer Heimat keine Perspektive mehr sehen, sich und ihre Familien durch menschenwürdige Arbeit ernähren zu können. Der weitaus größte Teil dieser Menschen flüchtet allerdings in andere Regionen innerhalb des eigenen Landes oder in ein Nachbarland.

Nur eine kleine Minderheit schafft es, dorthin zu gelangen, wo auch ein großer Teil der Reichtümer ihrer Heimatländer hingeflossen ist: in die reichen Industrieländer. Also zu uns.

Die Leute sind natürlich auch informiert: Viele von ihnen haben übers Fernsehen oder Internet mitbekommen, dass hier in Europa ein unvergleichlich großer Wohlstand herrscht und sie, selbst wenn sie die billigste Drecksarbeit annehmen, oft an einem Tag mehr verdienen können als in ihrer Heimat in einem Monat. In Nigeria zum Beispiel, wo Shell und andere Erdölkonzerne mit der Ölförderung Milliarden verdienen und davon korrupte Herrscher unterstützen, liegt das durchschnittliche Monatseinkommen heute bei 45 Euro pro Person. Benzin, Medikamente und andere Güter sind dabei allerdings genauso oder fast genauso teuer wie bei uns. Wie soll man von 45 Euro im Monat leben oder gar eine Familie ernähren? Jeder verantwortungsbewusste Mensch würde alles tun, um seine Situation zu ändern und woandershin zu gehen, dorthin, wo er oder sie im besten Fall sogar Geld heimschicken und damit der eigenen Familie helfen könnte.

Ausgewanderte helfen ihren Ländern

Diese Hilfe fließt tatsächlich: Mit jährlich über 300 Milliarden Dollar überweisen MigrantInnen weit mehr als dreimal so viel Geld an ihre Familien in der Heimat, wie weltweit an Entwicklungshilfe gezahlt wird. Dieses Geld ist zudem wesentlich sinnvoller angelegt, als es bei vielen Entwicklungshilfeprojekten der Fall ist. Denn es kommt den Betroffenen direkt zugute. Für viele arme Länder sind diese Rücküberweisungen inzwischen der wichtigste Wirtschaftsfaktor.

Was passiert aber bei uns? Ein Nigerianer, der es geschafft hat, die teure und gefährliche Reise nach Europa anzutreten, steht an den Grenzen Europas vor verschlossenen Türen. Öl und Kapital dürfen rein, aber die Menschen nicht. Immer mehr Verzweifelte versuchen dennoch, die Mauern der »Festung Europa« zu überwinden – und werden dann hier zu »Illegalen« erklärt. Sie werden zu Verbrechern gemacht, ganz so, als sei der Wunsch nach einer besseren Zukunft kriminell. Wie zynisch diese Haltung ist, zeigt folgende offizielle Meldung österreichischer Grenzpolizisten: »Vier Illegalen gelang es, den Fluss zu durchschwimmen. Ein Somali ist ertrunken, einer erlitt Erfrierungen. Ihr Verhalten zeigt eine besondere Ignoranz der österreichischen Gesetze und eine Störung der öffentlichen Ruhe, Ordnung und Sicherheit.«[1]

Die Genfer Flüchtlingskonvention regelt, dass Staaten allen Menschen, die vor Gewalt, Krieg oder Unterdrückung aus ihrer Heimat flüchten, Schutz und Asyl gewähren müssen. Wer aber das Elend nicht mehr erträgt, für das die reichen Länder zu einem großen Teil mitverantwortlich sind, und seine Heimat verlässt, wird als Wirtschaftsflüchtling an den Grenzen Europas abgewiesen. Viele von denen, die es trotzdem nach Europa geschafft haben, dürfen weder legal hier arbeiten, noch erhalten sie irgendeine Form von Unterstützung. Sie sind also sogar in den reichen Ländern, in denen die größte Sorge vieler darin besteht, welches neue Handymodell sie kaufen sollen, zum Hungern und Frieren verurteilt.

Afrikanische Flüchtlinge werden von der italienischen Küstenwache geborgen. Hunderte von ihnen ertrinken jährlich, weil Europa die Grenzen dichtmacht

Wie wär's mit einer EU-Welterweiterung?

Dabei wissen PolitikerInnen selbstverständlich, dass Europa in Wahrheit mehr Zuwanderung bräuchte, um seine wirtschaftliche Stabilität und soziale Sicherheit aufrechtzuerhalten. Das Deutsche Institut für Wirtschaftsforschung hat zum Beispiel errechnet, dass Deutschland statt derzeit rund 23 000 jedes Jahr etwa 270 000 MigrantInnen die Einwanderung erlauben müsste, will man die Bevölkerungszahl stabil halten. Denn die Geburtenraten fast aller Länder Europas sinken stetig. Angesichts des weltweiten Bevölkerungswachstums sollte es daher kein Problem sein, Menschen aus anderen Ländern hier mit offenen Armen zu empfangen. Außer man glaubt vielleicht, dass diese Menschen weniger wertvoll sind. Der Mehrheit unserer PolitikerInnen und manchen Medien dienen die immer wieder auftauchenden ausländerfeindlichen Äußerungen wahrscheinlich vor allem dazu, Unsicherheit in der Bevölkerung zu schüren und die eigene Macht zu sichern. Sie handeln dabei nach dem uralten Prinzip »Teile und herrsche«: wenn eine Gruppe glaubt, dass die andere eine Bedrohung darstellt, klammert sie sich hilfesuchend an die Autoritäten.

Dabei ist es in unserem eigenen Interesse so wichtig, mutigere und humanere Perspektiven zu eröffnen. Wie wäre es zum Beispiel, wenn die EU eine Art »Weltöffnung« ab dem Jahr 2020 ins Auge fassen würde? Eine schrittweise Öffnung der europäischen Grenzen nicht nur für Handel und Kapital, sondern auch für Menschen? Europa hätte dann mehr als zehn Jahre Zeit, die Ausbeutung der ärmeren Länder zu stoppen. Gelänge dies, ließen europäische Regierungen und Konzerne endlich davon ab, diesen Ländern ihre Reichtümer zu nehmen, dann würden auch nicht plötzlich Millionen von Menschen hier leben wollen. Diese Tatsache belegt auch unsere Erfahrung mit der sogenannten Osterweiterung innerhalb des EU-Integrationsprozesses. Damals ließ man neben dem freien Verkehr von Waren, Dienstleistungen und Kapital auch den freien Personenverkehr zu. Nur wenige verließen daraufhin ihr Land, denn die meisten Menschen wollen dort leben bleiben, wo sie Familie und Freunde haben, wo sie die Umgebung kennen und sich eine Existenz aufgebaut haben.

Zusammenleben lernen

Wie aber geht man mit den Problemen um, die verstärkte Migration heute schon mit sich bringt? Also etwa mit mangelnden Sprachkenntnissen, der Bildung von Ghettos oder mit religiösem Fundamentalismus?

Die Integration von MigrantInnen ist keine Einbahnstraße: Es sollte selbstverständlich sein, dass man Menschen, von denen man die gleichen Pflichten einfordert, auch die gleichen Rechte zuerkennt. Ich habe lange selbst in anderen Ländern gelebt, um sagen zu können: Wer sich abgelehnt fühlt, nicht bei Entscheidungen mitreden darf und wessen Kultur oder Sprache gering geschätzt wird, der oder die wird kaum das Engagement aufbringen, sich aktiv um ein gutes Zusammenleben zu bemühen.

Manche sind der Meinung: »Das sind doch Gäste, also müssen sie sich unserer Kultur anpassen.« Doch niemand hat Anspruch auf ein Land oder eine Kultur, nur weil er oder sie zufällig dort geboren ist. Uns allen gehört die Welt, und wenn wir darin gut leben wollen, müssen wir endlich lernen, unsere Mitmenschen nicht nach ihrer Herkunft, Hautfarbe oder Religion, ihrem Akzent, Geschlecht oder ihrer sexuellen Orientierung zu beurteilen. Es gibt auf der Erde derzeit knapp sieben Milliarden Kulturen, denn jeder Mensch ist verschieden. Gefährlich sind aber all jene, die es als ihre »Kultur« ansehen, Frauen oder Minderheiten zu unterdrücken und Menschenrechte oder individuelle Freiheiten zu missachten. Das tun nicht nur muslimische Fundamentalisten, wenn sie Frauenrechte und Demokratie infrage stellen oder mit Terror drohen. Nein, auch die katholische Kirche zum Beispiel handelt unmenschlich, wenn sie Homosexuelle diskriminiert und mit dem Verbot von Kondomen und Abtreibung den Tod von Millionen Menschen provoziert, die jährlich gerade in ärmeren Ländern unserer Welt an Aids oder unsachgemäßen Schwangerschaftsabbrüchen sterben.

Wir müssen Gewalt, Rassismus und Sexismus auf allen Ebenen mit Zivilcourage in die Schranken weisen, egal ob es sich bei den Tätern um rechte PolitikerInnen, Geiz-ist-geil-Gläubige oder jugendliche Machos handelt.

Die Menschenrechte globalisieren

Am einfachsten wäre es, grobe Unmenschlichkeit schlichtweg zu verbieten. Doch viele Gesetze dienen vor allem den Interessen der Machthabenden. Während Konzerne und Multimillionäre ihren Handel und ihre Profite globalisiert haben, gibt es keine Globalisierung von Arbeits-, Sozial- oder Umweltgesetzen. Niemand kann das Management oder die ShareholderInnen von Nestlé oder Kraft dafür zur Rechenschaft ziehen, dass sie von Kindersklaverei in der westafrikanischen Kakaoernte profitieren. Dagegen wehren sich Konzernlobbys, globale Institutionen wie die Welthandelsorganisation (WTO) und konservative PolitikerInnen mit Händen und Füßen. Deshalb könnte man gerade sie als die eigentlichen GlobalisierungsgegnerInnen bezeichnen.

Die rasant wachsende Bewegung der KritikerInnen der neoliberalen Globalisierung fordert hingegen verbindliche Regeln, die ein friedliches Zusammenleben der Weltbevölkerung möglich machen sollen. Seit Mitte der neunziger Jahre treffen sich in allen Teilen der Welt vorwiegend junge Menschen, um gegen den globalen Kapitalismus zu kämpfen. Ihre Beweggründe sind so unterschiedlich wie ihre Herkunft: Landlose Bauern, VertreterInnen indigener Völker, Gewerkschaften, Menschenrechts- und Umweltgruppen sowie engagierte Einzelpersonen aus aller Welt erarbeiten gemeinsam Ideen und Konzepte für eine gerechte Gestaltung der Globalisierung und sorgen dafür, dass diese weltweit – auch in den Massenmedien – diskutiert werden.

David gegen Goliath

Diese vielen kleinen »Davids«, die global vernetzten Zivilgesellschaften, haben bereits zahlreiche Erfolge gegen den »Goliath« der scheinbaren Übermacht der Konzerne erzielt: So wurde 1998 das sogenannte Multilaterale Investitionsabkommen (MAI) zu Fall gebracht. Dessen Ziel war es, die Multis auf lange Sicht vor der Einhaltung von Sozial- und Umweltgesetzen in den Produktionsländern zu bewahren. Würde ein Land zum Beispiel höhere Mindestlöhne oder strengere Umweltvorschriften beschließen und käme es in der Folge bei den dort investierenden Konzernen zu Gewinneinbußen, dann sollten diese dafür Entschädigungszahlungen fordern können. Für ärmere Länder hätte das eine katastrophale finanzielle Bedrohung bedeutet und damit vermutlich den freiwilligen Verzicht auf Umwelt- und Sozialstandards. Doch durch die weltweite Vernetzung von Nichtregierungsorganisationen (Non Governmental Organizations, NGOs) mit den Entwicklungsländern gelang es, die geheimen Dokumente der MAI-Verhandlungen ans Licht der Öffentlichkeit zu bringen. Daraufhin trat Frankreich als wichtiges Industrieland von den Verhandlungen zurück, und das MAI scheiterte.

Ende 1999 brachten Zehntausende DemonstrantInnen eine Tagung der Welthandelsorganisation im amerikanischen Seattle zum Scheitern, obwohl die Polizei versucht hatte, die Proteste durch brutales Durchgreifen zu verhindern. Seitdem sorgen Hunderttausende Menschen auf fast allen Konferenzen von WTO, Weltbank, Währungsfonds, des World Economic Forums (WEF) und der Gruppe der acht führenden Industrieländer (G8) dafür, dass die wirtschaftlich und politisch Mächtigen nicht mehr ungestört und geheim ihre Interessen untereinander ausmauscheln können.

Eine andere Welt ist möglich

Zugleich veranstalten die globalisierungskritischen Gruppen und Einzelpersonen seit 2001 regelmäßig Sozialforen, auf denen unter dem Motto »Eine andere Welt ist möglich« konkrete Vorschläge für alle Bereiche der Globalisierung erarbeitet werden. Da entwirft und diskutiert man zum Beispiel gerechte Steuersysteme, Maßnahmen für den Umwelt- und Tierschutz, alternative Energiegewinnung, die nachhaltige Versorgung mit Trinkwasser, Nahrung, Bildung und Gesundheit für alle sowie kreative Widerstandsformen gegen Rassismus, Sexismus und Unterdrückung. Oft sind es 18- bis 25-Jährige, die hier ein erstaunliches Wissen über Details und globale Zusammenhänge demonstrieren und immer häufiger auch einzelne PolitikerInnen und Medien von der Tragfähigkeit ihrer Ideen überzeugen.

Demonstration beim Weltsozialforum: Für gerechte Gestaltung der Globalisierung.

Gewalt und Gegengewalt

Natürlich wehren sich Regierende und Wirtschaftsführer gegen dieses Aufbegehren von Unterdrückten und der sich mit ihnen solidarisierenden Menschen aus den reichen Industrieländern. Gerne stellen sie die GlobalisierungskritikerInnen daher als gewaltbereite ChaotInnen hin, denen man am besten mit Polizeigewalt entgegentritt. Als etwa im Juli 2001 mehr als 200 000 Menschen auf dem G8-Gipfel in Genua friedlich gegen die Verfilzung von Politik und Kapital demonstrierten, schleuste die italienische Polizei vermummte Provokateure ein, wie sie später offiziell zugeben musste. Die autoritäre Regierung von Präsident Berlusconi nahm dies zum Anlass, mit brutaler Gewalt gegen die Demonstrierenden vorzugehen – zurück blieben 200 Verletzte, der 23-jährige Demonstrant Carlo Giuliani wurde von einem Polizisten durch einen Kopfschuss getötet.

Natürlich gibt es auch unter den Protestierenden immer wieder Leute, die ihre Wut auf das bestehende System in gewalttätigen Aktionen artikulieren. Noch sind sie eine kleine Minderheit. Allerdings sollte man sich die Frage stellen, ob ein Wirtschaftssystem, das Gewalt und Terror durch Konzerne legitimiert, nicht automatisch Gegengewalt provoziert. Eine andere Tatsache ist, dass die Massenmedien erst begannen über weltweite Ungerechtigkeiten zu berichten, als ihnen mit den Exzessen auf solchen Protestveranstaltungen reißerische Bilder geliefert wurden. So titelte etwa das Wochenmagazin »Spiegel« nach Genua mit der längst überfälligen Frage »Wem gehört die Welt?«. Das ausschließlich friedlich agierende Netzwerk Attac verzeichnete nach Genua einen rasanten Anstieg seiner Mitgliederzahlen, und in einer Umfrage erklärten sich 70 Prozent der Deutschen mit den Anliegen der Globalisierungskritik einverstanden.

Als sich im Juni 2007 die Regierungschefs der führenden Industrienationen zum G8-Gipfel im deutschen Heiligendamm trafen, bespitzelte die Polizei bereits im Vorfeld unschuldige und kritische BürgerInnen wie gefährliche Staatsfeinde. Für insgesamt weit über 100 Millionen Euro aus Steuergeldern wurden ganze Landstriche abgeriegelt und ein Hochsicherheitssystem errichtet, damit sieben Männer und eine Frau (die deutsche Kanzlerin) mit ihren geladenen Gästen über die Geschicke der Welt verhandeln konnten. Als sich vor dem 12 Kilometer langen Zaun 80 000 Menschen zum friedlichen Protest versammelten, kam es zu Provokationen und Übergriffen zwischen Polizei und einzelnen Demonstrierenden.

Wesentlich ist, dass immer mehr Menschen aus allen Ländern, Kulturen und sozialen Schichten, Alte und Junge, aufstehen und sagen: »Halt. So geht es nicht mehr weiter. Wir wollen eine Welt, in der alle in Würde leben können, und wir wollen diese Welt auch für nachfolgende Generationen erhalten.«

Wie aber könnte so eine Welt aussehen?

Rückeroberung von Demokratie und Wohlstand

»Unsere Freiheiten wurden uns nicht von irgendeiner Regierung gewährt«, sagt die indische Schriftstellerin und Menschenrechtsaktivistin Arundhati Roy. »Wir haben sie ihnen abgerungen. Und sind sie einmal preisgegeben, wird der Kampf um ihre Rückgewinnung zur Revolution. Dieser Kampf muss in allen Kontinenten und Ländern geführt werden. Kein Ziel ist zu klein, kein Sieg zu unbedeutend.«

Wenn Konzerne und Machthabende die Demokratie missachten, unseren Wohlstand und unsere Umwelt zerstören und wenn Profite mehr als Menschenrechte zählen, dann müssen wir aktiv werden und den Verantwortlichen die Macht über unser Schicksal und das Schicksal des Planeten aus der Hand reißen. Dabei geht es nicht darum, selbst die Macht zu ergreifen, wie es das Ziel der großen Revolutionen war. Was ich und viele andere sich wünschen, ist eine Welt, in der alle ermächtigt sind, über ihr eigenes Schicksal zu entscheiden.

Es ist für das menschliche Zusammenleben überhaupt nicht notwendig, dass einige Mächtige über das Leben anderer bestimmen. Das heißt nicht, dass es keine Gesetze oder internationale Vereinbarungen geben sollte. Im Gegenteil: »Zwischen dem Starken und dem Schwachen befreit das Gesetz, während die Freiheit unterdrückt«, erkannte schon der Philosoph Jean-Jacques Rousseau (1712–1778). Deshalb sollten Gesetze und Regeln in erster Linie von denen beschlossen werden, die davon auch betroffen sind. Auf lokaler Ebene heißt das, Entscheidungen mit ökologischen oder sozialen Auswirkungen – etwa die Errichtung von Industrieanlagen – nur im Konsens mit der Bevölkerung zu treffen. Auf überregionaler und internationaler Ebene geht es um eine Stärkung der demokratischen Kontrollmöglichkeiten – vom EU-Parlament bis zu den Institutionen der UNO, deren Aufgabe es sein muss, globalgesellschaftliche Interessen wie Frieden, Entwicklung und das Ökosystem zu schützen. Dabei sollte immer das sogenannte Subsidiaritätsprinzip beachtet werden: Fragen des lokalen Zusammenlebens werden auch in lokaler Selbstverantwortung entschieden.

Für diese Selbstverantwortung gibt es erfolgreiche Beispiele. In vielen Regionen und Großstädten wird das Modell der »partizipativen Demokratie« (also Beteiligungsdemokratie) praktiziert. Es ermöglicht der Bevölkerung, an der politischen Entscheidungsfindung aktiv teilzunehmen und über weite Teile selbst zu bestimmen, wofür die eingezahlten Steuern verwendet werden. Der eigene Wille wird damit eben nicht wie in unserer »repräsentativen Demokratie« an Parteien delegiert, die nur alle paar Jahre gewählt werden und deren Entscheidungen man dann wohl oder übel hinnehmen muss. Und im Unterschied zur »direkten Demokratie« geht es auch nicht einfach darum, zu einer konkreten Frage »Ja« oder »Nein« zu sagen, was im Übrigen leicht durch populistische Meinungsmacher missbraucht werden kann. Vielmehr wird in der partizipativen Demokratie versucht, einen Konsens mit allen zu finden. Dadurch können auch die Interessen von Minderheiten berücksichtigt werden. So ließ man in der brasilianischen Millionenstadt Porto Alegre die EinwohnerInnen selbst darüber entscheiden, wofür sie ihre Steuergelder ausgeben wollten – zum Beispiel für den Ausbau des öffentlichen Verkehrs oder den sozialen Wohnungsbau. Laut einer Vergleichsstudie der UNO hat Porto Alegre heute die beste Lebensqualität aller Großstädte Lateinamerikas.

Solidarwirtschaft statt Konkurrenz

Wir wissen heute, dass die Erde problemlos zwölf Milliarden Menschen ernähren könnte. Wir wissen, dass es genug technologische Möglichkeiten gibt, eine nachhaltige Energieversorgung für alle zu garantieren. Wir wissen aber auch, dass all das nur möglich ist, wenn die ökologischen Reichtümer dieses Planeten gerecht und nachhaltig genutzt werden. Aus diesem Grund brauchen wir zuallererst eine neue Definition des Wirtschaftens: Das Wort »Wirtschaft« kommt von »Werte schaffen«. Statt der persönlichen Bereicherung und dem Konkurrenzdenken muss dabei der gemeinsame Wohlstand und der

Respekt vor dem Leben im Mittelpunkt stehen. In selbstverwalteten Betrieben und Genossenschaften, in Projekten des fairen Handels, in ökologischen Landwirtschaftskooperativen oder Tauschringen geschieht das heute schon. Die Grundlagen dafür reichen von Landreformen (also der Aufteilung von Großgrundbesitz) bis hin zu gerechten Steuersystemen, die neben der Besteuerung von Vermögen und Gewinnen auch die ökologischen und sozialen Folgen allen Handelns mit einschließen. Mit diesen Steuern könnten zum Beispiel Grundsicherungsmodelle finanziert werden, die allen Menschen unabhängig von Herkunft und wirtschaftlichen Möglichkeiten ein Leben in Würde garantieren. Eine Fülle konkreter Anregungen zu diesem Thema findet ihr in der Literaturliste auf Seite 280.

Aber ist der Mensch nicht dazu geboren, sich durch Konkurrenz und Wettkampf gegen andere durchzusetzen? Nein. Jedes Kind kommt bereits mit solidarischen Anlagen zur Welt, was übrigens auch die moderne Hirnforschung belegt: »Kern aller menschlichen Motivation ist es, zwischenmenschliche Anerkennung, Wertschätzung, Zuwendung oder Zuneigung zu finden und zu geben«, beweist der Neurobiologe Joachim Bauer in seinem Buch »Prinzip Menschlichkeit. Warum wir von Natur aus kooperieren«. Die Frage ist also, was von der Gesellschaft, von Eltern und Schule, von Wirtschaft und Politik gefördert und belohnt wird: rücksichtsloser Wettbewerb und Ellbogentechnik oder ein solidarisches Miteinander, das unserem natürlichen Bedürfnis nach Gemeinschaft und allgemeinem Wohlstand Rechnung trägt.

Wohlstand besteht nämlich nicht in einem hohen Einkommen. Er besteht in sozialer Sicherheit, individueller Freiheit und der Erfüllung von Grundbedürfnissen wie Nahrung, Wohnung, Bildung und Gesundheitsversorgung. Außerdem bedeutet Wohlstand, eine saubere Natur, Kultur und soziale Anerkennung genießen zu können. Das heißt, dass Menschenrechte, Gemeinwohl und individuelles Lebensglück zur Grundlage und zum Ziel aller wirtschaftlichen Tätigkeiten gemacht werden müssen.

Zusammenfassung

- Immer mehr Menschen auf der ganzen Welt kämpfen gegen die kapitalistische Globalisierung und haben dabei bereits beachtliche Erfolge erzielt.
- Die Reichen und Mächtigen versuchen, unterschiedliche gesellschaftliche Gruppen gegeneinander auszuspielen, und profitieren dabei von Rassismus und Fremdenfeindlichkeit.
- Dem können wir ein solidarisches, auf gegenseitigem Respekt und individuellen Freiheiten basierendes Weltbild gegenüberstellen, das das Recht auf Wohlstand für alle und die Wahrung des ökologischen Gleichgewichts zum Ziel allen Wirtschaftens erklärt.
- Dafür brauchen wir eine grundlegende Reform der demokratischen und ökonomischen Systeme, die allen Menschen die Mitbestimmung über politische Entscheidungsprozesse ermöglicht.

Weitere Infos zu diesem Kapitel

www.weltsozialforum.org

Hier treffen sich Menschen aus aller Welt, um eine gerechte Globalisierung möglich zu machen.

www.fse-esf.org

Europäisches Sozialforum; in Deutschland, Österreich, der Schweiz und anderen Ländern gibt es auch regionale Sozialforen.

www.anarchismus.de/.at

Anarchie bedeutet nicht Chaos, sondern Ordnung ohne Herrschaft; wie das funktionieren soll, erfahrt ihr hier.

www.no-racism.net

Hier wird über Rassismus in Alltag und Politik sowie über antirassistische Aktionen berichtet.

de.indymedia.org

Weltweite Plattform für nicht hierarchische, nicht kommerzielle Berichterstattung (für Österreich bzw. Schweiz »de« durch »at« bzw. »ch« ersetzen).

www.solidarische-oekonomie.de

Wie wollen wir wirtschaften? Texte und Hinweise über solidarische Ökonomie im globalisierten Kapitalismus.

www.unhcr.de

Die UNO-Flüchtlingsagentur bietet hier Infos und Gratis-DVDs für Schulen an.

Frechheit siegt.
Sprichwort

Wir machen uns die Welt, wie sie uns gefällt!

Jeder und jede von uns kann dazu beitragen, die Welt ein bisschen besser und schöner zu machen. Jeder und jede auf seine oder ihre Art. Wichtig ist dabei, dass wir auf unsere eigenen Wünsche und Träume vertrauen, uns und andere informieren und gemeinsam handeln. Spaß ist dabei kein Hindernis, sondern erwünscht.

Im Dschungel ist ein Feuer ausgebrochen. Alle Tiere fliehen in Panik. Mitten im Rennen sieht der Elefant, wie ein Kolibri von hinten an ihm vorbeiflitzt, ihm kurz darauf wieder entgegenkommt und Richtung Feuer fliegt. Nachdem sich dies noch zweimal wiederholt hat, bleibt der Elefant stehen und fragt den Kolibri: »Was machst du da eigentlich?« Die Antwort: »Ich fliege da vorne zum Fluss, fülle meinen Schnabel mit Wasser, fliege zurück und kippe das Wasser in das Feuer.« – »Damit kannst du doch das Feuer nicht löschen.« – »Damit hast du vielleicht recht, aber ich tue, was ich kann!«

Diese schöne Geschichte habe ich auf einem Kongress gehört, den eine Gruppe Jugendlicher in München jährlich veranstaltet, um dort Ideen für eine gerechtere Gestaltung unserer Welt zu entwickeln.[1] Sie zeigt sehr gut, worum es geht, denn jeder kann nach seinen eigenen Möglichkeiten mutige Schritte unternehmen: im Umgang mit FreundInnen und Familie, in Schule und Beruf oder im öffentlichen Raum, etwa wenn Menschen in unserer Gegenwart diskriminiert werden. Wir können politisches und gesellschaftliches Engagement zeigen, in Organisationen aktiv werden und als KonsumentInnen Zeichen setzen.

Wie dieses Engagement genau aussehen kann, ist individuell ganz unterschiedlich: Der Elefant hat andere Möglichkeiten und Bedürfnisse als der Kolibri. Deshalb kann ich hier auch keine »Bedienungsanleitung« für erfolgreiche Weltverbesserung geben. Ich selbst möchte in einer Welt ohne Bevormundung leben, in der Unterschiedlichkeit und Eigenverantwortung als positive Werte geachtet werden. Außerdem glaube ich, dass wir erfolgreicher und glücklicher sind, wenn wir nicht irgendwelchen Ideologien oder Gurus nachlaufen. Stattdessen sollten wir uns auf unser eigenes gesundes Gespür verlassen und dabei anderen mit Respekt und Menschlichkeit gegenübertreten. Das schließt übrigens diejenigen, deren unsoziale Machenschaften wir kritisieren und bekämpfen, mit ein. Denn es geht nicht darum, einzelne Menschen anzugreifen, sondern um ein System, das die Welt in Freund und Feind, in Gewinner und Verlierer im großen Kampf um Macht und Geld einteilt. Dagegen sollten wir uns stellen.

Denn in diesem System verlieren letztendlich alle: Nicht nur, weil durch Machtmissbrauch und Profitdenken die Lebensgrundlagen des Planeten zerstört werden. Ebenso verheerend ist der Ausschluss großer Teile der Weltbevölkerung vom globalen Wohlstand. Je länger wir dabei zuschauen, desto mehr gefährden wir im Übrigen auch unsere eigene soziale Sicherheit. Denn wer nichts mehr zu verlieren hat, ist viel eher bereit, sich seinen Anteil am gesellschaftlichen Reichtum mit Gewalt und Kriminalität zu erkämpfen. Das kann man vor allem dort beobachten, wo extreme Armut auf extremen Reichtum trifft.

Die Gefängnisse der Reichen

Schon jetzt entstehen auf der ganzen Welt zahllose sogenannte »Gated Communities«, also abgeschlossene und bewachte Siedlungen, in denen sich eine reiche Oberschicht vor der als gefährlich empfundenen Außenwelt abschottet. Hinter Zäunen und Mauern, von Kameras und bewaffnetem Sicherheitspersonal überwacht, frönen die Eingeschlossenen ihrem scheinbaren Luxus und merken nicht einmal, dass sie sich ihre eigenen Gefängnisse gebaut haben. Da außerhalb Armut und Kriminalität lauern, können Wohlhabende in manchen Gegenden nicht einmal mehr ihre eigenen Kinder ohne Leibwächter in die Schule oder zu Partys gehen lassen, aus Angst vor Überfällen und Konfrontation. Das ist der Preis, den sie für ihren Reichtum und ihre Ignoranz zahlen. Wäre der Wohlstand gerechter verteilt, müssten sie sich weniger fürchten.

Wenn das Auseinanderdriften zwischen Arm und Reich wie bisher weitergeht, werden sich die Zustände auch bei uns verstärken. Europa versucht bereits, sich durch strenge Einwanderungsgesetze gegenüber den ärmeren Teilen der Welt zu verschließen. Wie überall steigt auch hier mit dem sozialen Gefälle die Kriminalität. Die Politik reagiert mit einer radikalen Verschärfung polizeilicher Maßnahmen, indem sie fast wie in DDR-Zeiten immer mehr Leute bespitzeln lässt, allerorten Überwachungskameras installiert und Daten, Telefongespräche sowie die Internetkommunikation zu registrieren beginnt. Sind wir damit nicht selbst bald Gefangene unseres relativen Reichtums?

Wenn wir unsere Freiheit und unseren Wohlstand verteidigen wollen, dann müssen wir dafür eintreten, dass Freiheit und Wohlstand für jeden Menschen gelten.

Aber was heißt das konkret? Was können wir tun?

Dafür gibt es kein Rezept. Viele Menschen glauben, es sei damit getan, ein bisschen bewusster zu konsumieren: Sie kaufen Produkte aus fairem Handel und ökologischer und regionaler Herstellung, achten auf energiesparende Haushaltsgeräte und steigen vielleicht auf Hybridautos um oder meiden die eine oder andere besonders »böse« Marke. Eine Fülle aktueller Buchtitel suggeriert, wie man mit »Shopping die Welt verbessern« oder nur ein paar einfache Konsumtipps beachten muss, um »die Welt zu retten«. Mit den »Lohas« (der Begriff steht für »Lifestyle of Health and Sustainability«) gibt es heute sogar einen von der Werbeindustrie umworbenen Konsumtrend, der auf gesunde und nachhaltige Lebensweise setzt. Das ist schon alles ganz nett. Doch oft geht es dabei um ein rein egoistisches Ziel, nämlich das eigene Gewissen zu beruhigen.

Es geht nicht ums Gewissen

Ich glaube, dass ein »reines Gewissen« genauso überflüssiger Luxus ist wie viele der Produkte, die uns der tägliche Konsumterror heutzutage als absolutes »Must have« präsentiert. Diese Art reinen Gewissens können sich nur diejenigen leisten, die genug Geld haben, um sich all die Luxusökohybridsuperfeatures kaufen zu können. Natürlich halte ich es für notwendig, im Rahmen der eigenen Möglichkeiten so bewusst, regional, sozialverträglich und ökologisch wie möglich zu konsumieren. Manchmal bedeutet das aber ganz einfach, etwas nicht zu kaufen, weil man es bei genauerer Betrachtung ohnehin nicht braucht. Wenn wir für unsere Handlungen wirklich Verantwortung übernehmen wollen, dann beschränkt sich das nicht auf unsere Rolle als KonsumentInnen. Vielmehr geht es darum, dass wir uns als aktive Mitglieder der Gesellschaft empfinden und danach handeln.

Ich persönlich hasse Appelle jeder Art. Ich will keine Predigten hören, wie ich zu leben habe oder auf was ich verzichten soll. Und schon gar nicht will ich mit Vorwürfen überschüttet werden wie: »Wir sind ja alle irgendwie mit schuld an der Misere.« Schuldzuweisungen an uns oder andere helfen nicht weiter. Sie rauben uns im Gegenteil nur die Energie, die wir dafür verwenden könnten, unser Leben und unsere Umwelt besser zu gestalten.

Bildet euch, bildet andere, bildet Banden!

Je mehr ich darüber nachdenke, desto mehr bin ich davon überzeugt, dass es vor allem um diese vier Dinge geht:

- Das Selbstvertrauen stärken und die eigenen Träume leben
- Sich und andere informieren
- Zivilcourage zeigen
- Gemeinsam handeln und dabei Spaß haben

Der erste Schritt: Lebe deine Träume!

Die meisten von uns lernen von Kindheit an, sich an die gegebenen Verhältnisse anzupassen: Du sollst nicht widersprechen, du sollst nicht frech sein, du sollst nicht zu viele Fragen stellen, du sollst nicht auffallen, du sollst aussehen wie eine Barbiepuppe, du sollst besser sein, du sollst mehr lernen, du sollst mehr arbeiten, du sollst reich und erfolgreich sein, du sollst keine Schwächen zeigen, du sollst nicht traurig sein, aber auch nicht so viel lachen, du sollst, du sollst … Warum fragt stattdessen eigentlich keiner, was wir gerne tun würden und wie wir gerne wären, und zwar ganz unabhängig von dem, was angeblich möglich ist und was andere von uns erwarten? Jeder Mensch, ob jung oder alt, arm oder reich, hat eigene, ganz unterschiedliche Träume und Wünsche. Doch viele wissen irgendwann gar nicht mehr, was sie eigentlich wollen. Zu oft hat ihnen jemand gesagt: Das geht nicht, hör auf zu träumen, vergiss es. Irgendwann vergessen wir es tatsächlich und versuchen, so glücklich zu werden, wie wir es gelernt haben: mit Ellbogentechnik, nach fremden Vorbildern, durch Konkurrenz und Egoismus.

Man kann aber nicht glücklich werden, wenn man es nicht auf seine ganz eigene Art tut. Das geht nur, wenn wir unsere individuellen Fähigkeiten nutzen und unsere Schwächen akzeptieren, anstatt fremden Idealen von Perfektion, Schönheit oder Erfolg hinterherzulaufen. Fast alle Menschen träumen davon, geliebt und mitsamt ihren Eigenheiten anerkannt zu werden. Wenn wir das für uns selbst erreichen, dann sind wir bereit, dafür zu kämpfen, dass auch unsere Mitmenschen in Würde leben und ihre Träume verwirklichen können.

Der zweite Schritt: Information und Kritik

Wenn wir uns durch die Realität nicht mehr daran hindern lassen, unsere Träume zu leben, dann können wir dadurch auch die Realität mit einem klareren Blick wahrnehmen. Wir können hinterfragen, ob die Wirklichkeit wirklich so ist, wie sie uns von Eltern, in der Schule, in den Medien oder durch die Machthabenden präsentiert wird. Informationen sind nicht neutral, fast immer stehen Interessen dahinter. Je genauer ihr diese Interessen erkennt, desto besser könnt ihr Informationen für euch nutzen – egal ob sie aus Büchern, Massenmedien oder dem Internet stammen. Mir persönlich sind Gespräche und Vorträge am liebsten, weil dort kritisches Nachfragen und Widerspruch möglich ist. Und natürlich macht man sich sein eigenes Bild am besten durch genaues Hinsehen: in der unmittelbaren Umgebung oder auf Reisen und durch das Kennenlernen anderer Lebensweisen. Jedes Kind hat bereits eine angeborene Neugierde und will Erfahrungen sammeln. Leider wird viel zu vielen diese Neugierde und Lust am Lernen durch die autoritäre Arroganz mancher Menschen ausgetrieben, die behaupten, im Besitz der Wahrheit zu sein.

Ich habe in der ersten Klasse Gymnasium, im Alter von elf Jahren, mein erstes Referat über die Gefahren der Atomkraft gehalten und mich ab jenem Zeitpunkt für Umweltschutz und Menschenrechte engagiert. Ich hatte das Glück, dass Menschen mich darin unterstützt haben, Selbstvertrauen zu entwickeln und mich selbst und andere zu informieren. Wahrscheinlich habe ich damals viel Blödsinn geredet, manchmal tue ich das heute noch. Aber es geht nicht darum, perfekt zu sein. Es geht darum, die Welt um sich herum zu betrachten und sich mit anderen über die eigenen Erfahrungen auszutauschen.

Alles, aber auch wirklich alles, was Menschen in der Geschichte im Kampf gegen Unterdrückung, Ausbeutung und Ignoranz erreicht haben, konnten sie nur deshalb erreichen, weil sie sich und andere zuvor gut informierten. Wenn wir nicht wollen, dass die Welt wie eine Ware gehandelt wird, wenn wir uns nicht verkaufen lassen wollen, dann dürfen wir uns vor allem nicht für dumm verkaufen lassen.

Der dritte Schritt: Zivilcourage zeigen

Die Verletzung von Menschenrechten ist nur möglich, wenn alle zuschauen und niemand eingreift. Deshalb müssen wir schon im Alltag beginnen, laut und deutlich »Nein!« zu sagen, wenn Menschen diskriminiert werden oder Machtmissbrauch stattfindet. Bei rassistischen, sexistischen oder homophoben Äußerungen und Übergriffen, bei Mobbing in der Schule oder am Arbeitsplatz – überall dort, wo jemand unsere Hilfe und Solidarität braucht.

Der vierte Schritt: Gemeinsam handeln und Spaß haben

Allein geht gar nichts. Natürlich kann jeder seinen ganz persönlichen Privatboykott gegen irgendein böses Unternehmen starten. Nur: Das stört niemanden. Und wer versucht, seine eigene kleine Weltrevolution gegen das Böse da draußen anzuzetteln, endet meist frustriert – oder im schlimmsten Fall im Gefängnis. Wenn wir aber eine schönere Welt haben wollen, dann sollten wir sofort damit anfangen, sie uns zu schaffen. Heute. Wenn wir uns darauf einigen können, dass eine schönere Welt eine Welt mit mehr Respekt und vielleicht sogar Zuneigung der Menschen untereinander und anderen Lebewesen gegenüber sein könnte, dann macht es Sinn, diesen Respekt und diese Zuneigung sofort und täglich zu praktizieren. Dann wissen wir nämlich, wofür wir kämpfen.

Ich würde ohnehin sagen, dass es kaum eine schönere Freizeitbeschäftigung gibt, als gemeinsam mit anderen netten Menschen

Dinge zu planen und durchzuführen, von denen man glaubt, dass sie die Welt ein kleines bisschen besser machen. Meistens ist das sogar noch lustiger, als vor dem Computer zu sitzen, im Shoppingcenter oder bei McDonald's abzuhängen.

Ja, lustig soll es nämlich sein. Denn die kleinen Kinder, die für die Profite von McDonald's oder Nestlé in Asien oder Afrika schuften, haben überhaupt nichts davon, wenn wir deprimiert dasitzen und sagen »Ogottogott, wie schrecklich!«. Sie haben viel mehr davon, wenn wir Lust haben, uns die eine oder andere coole Aktion einfallen zu lassen, mit der wir öffentliche Aufmerksamkeit für diese skandalösen Zustände erzeugen können. Denn nur diese öffentliche Aufmerksamkeit zwingt Politik und Konzerne dazu, etwas an der heutigen Situation zu ändern. Dafür wollen viele Flugblätter, Protestbriefe, Artikel und Bücher geschrieben, Dokus gedreht, Vorträge gehalten und Internetbeiträge gestaltet werden. Dafür gilt es, Demonstrationen und kreative Aktionen zu organisieren, und vor allem müssen wir damit leben, dass Veränderungen oft gar nicht oder nicht so schnell stattfinden, wie wir uns das wünschen würden. Deswegen ist Freude an der gemeinsamen Sache so wichtig. Wie sonst sollen wir nach Rückschlägen noch weitermachen, wenn wir am Ende nicht sagen können: »Na, wenigstens haben wir Spaß dabei gehabt«?

Eine lustvolle Form des Protests ist die Kommunikationsguerrilla, bei der versucht wird, mit kreativen Mitteln die Manipulationsversuche von Konzernen, Regierungen und Wirtschaftsorganisationen zu durchkreuzen. Etwa durch »Adbusting«, wo Logos und Werbesujets so verfremdet werden, dass die unsauberen Machenschaften der beworbenen Markenfirmen zum Vorschein kommen.[2]

In vielen deutschen Städten veranstalten junge Menschen sogenannte globalisierte Stadtführungen: Mit der gemeinsamen »Besichtigung« von H&M, McDonald's und anderen Läden klären sie zum Beispiel Schulklassen vor Ort über ökologische und soziale Missstände in den Produktionsketten der großen Markenfirmen, aber

Beispiel für Adbusting: Die deutsche Lufthansa profitiert von der zwangsweisen Abschiebung (Deportation) von Flüchtlingen.[5]

auch über Alternativen wie den fairen Handel auf. Sie informieren dort mitten im Geschäft über all das, was nicht auf den Etiketten der Konsumgüter steht: Kinderarbeit, Niedrigstlöhne und andere Formen der globalen Ausbeutung.[3] In England gibt es eine Gruppe junger Menschen, die den Spaß noch weitertreibt: Sie pilgern in die großen Shoppingcenter und knien inbrünstig betend vor den dort angebotenen Markenartikeln nieder. Damit wollen sie auf satirische Weise öffentlich machen, wie sehr sich diese Einkaufstempel längst zu den Heiligtümern der modernen Konsumgesellschaft hochstilisiert haben.[4]

Schokoguerilla gegen Kindersklaverei

Eine meiner Lieblingsaktionen fand statt, nachdem ich mit einer Gruppe Jugendlicher im Saarland einen Workshop abgehalten hatte. Ich hatte ihnen von den westafrikanischen Kindersklaven in der Kakaoernte für Firmen wie Kraft, Nestlé und andere erzählt. Die Kids waren stinksauer. Und sie wollten etwas tun. So entstand die Idee, KonsumentInnen über die Zustände in Afrika zu informieren. Wir kauften Klebeetiketten, auf die wir folgenden Text druckten: »Verbraucherinformation der Schokoguerilla: Der Kakao für dieses Produkt wurde von Kindersklaven geerntet. Weitere Infos: www.markenfirmen.com«. Auf diese Homepage stellten wir kurzfristig detailliertere Hintergrundinfos. Dann schwärmten die Jugendlichen in Fünfergruppen aus, um die Aufkleber in allen örtlichen Supermärkten auf jedes Kakao- und Schokoladeprodukt zu kleben. In einem Geschäft wurde die selbst ernannte »Schokoguerilla« vom Kaufhausdetektiv erwischt. Doch die Gruppe war gut vorbereitet: Wir hatten diesen Fall bereits vorher in Rollenspielen geprobt. Die Jugendlichen hielten dem erstaunten Wachmann einen Kurzvortrag über die Produktionsbedingungen an der Elfenbeinküste, worauf dieser sagte: »Eigentlich habt ihr recht.« Am nächsten Tag klebte die »Verbraucherinformation« noch immer auf allen Milka- und KitKat-Riegeln.

Natürlich ist es nicht legal, Produkte zu bekleben und damit das schöne Image glücklich weidender lila Kühe zu zerstören. Und natürlich könnte man fragen, ob es zulässig ist, dass die Jugendlichen dieses schöne Image auf derart nachdrückliche Weise zerstörten. Aber ist es denn legitim, sechsjährige Kinder für die Profite der Schokoladenkonzerne auszubeuten und sie an Erschöpfung qualvoll sterben zu lassen, nur weil diese Ausbeutung mangels global gültiger Gesetze legal ist?

Legal, illegal, legitim

Im deutschen Gorleben versuchen AtomkraftgegnerInnen regelmäßig, den Transport von Atommüllbehältern zu blockieren. Umweltgruppen wie Greenpeace besetzen Ölplattformen, Chemiefabriken oder Kraftwerksgelände. Da AsylwerberInnen oft unschuldig verhaftet werden, nur weil sie im »falschen« Land zur Welt gekommen sind, bemühen sich manche AktivistInnen sogar, diese aus der Schubhaft zu befreien oder ihre Abschiebung zu verhindern. In ärmeren Ländern besetzen versklavte LandarbeiterInnen und Menschen aus den Elendsvierteln ungenutzte Ländereien von GroßgrundbesitzerInnen, um dort Landwirtschaft zu betreiben. Und auch bei uns finden manchmal Besetzungen leer stehender Häuser statt, die nur zu Spekulationszwecken dienen. Mit solchen Aktionen werden zum Teil die Grenzen des gesetzlich Erlaubten überschritten. Zunehmend mehr Menschen handeln aber in der Überzeugung, dass sie durch höhere Ziele wie den Schutz der Menschenrechte oder die Bewahrung der Umwelt dazu legitimiert sind.

Oft erhalten sie bei ihren Aktionen die Unterstützung von Teilen der Bevölkerung, die das Handeln der AktivistInnen als berechtigt empfinden. Der Managementforscher Bernhard Mark-Ungericht erklärt, dass in solchen Fällen »begrenzte Regelverletzungen, Gesetzesbruch also, beim Durchschnittsbürger keineswegs emotionale Abwehr erzeugen«. Im Gegenteil. Einige Aktionen führen sogar dazu, dass ein Problem erst einmal in der Öffentlichkeit und in den Medien als solches erkannt wird. Und das ist schließlich die einzige Möglichkeit, politisch Druck zu erzeugen. Wenn zum Beispiel die Welthandelsorganisation gegen jedes demokratische Verständnis entscheidet, in der EU den Anbau gentechnisch veränderter Lebensmittel zu gestatten, obwohl dies von der deutlichen Mehrheit der europäischen Bevölkerung abgelehnt wird, dann wird es von vielen auch als legitim angesehen, wenn AktivistInnen auf Gentechfelder gehen und dort Setzlinge ausreißen.

Professor Mark-Ungericht spricht in diesem Zusammenhang von

sinnvollen »Konfliktkosten«, die durch öffentlichen Protest entstehen: Profitorientierte Konzerne führen immer nur dort Verbesserungen durch, wo es ihren Gewinnen nicht schadet. Es ist ja nicht so, dass das Management solcher Konzerne gerne Kinder ausbeutet oder die Umwelt zerstört. Sie tun das, weil sie gegenüber ihren Shareholdern dazu gezwungen sind, um jeden Preis hohe Gewinne zu machen. Wenn sie aber sehen, dass öffentliche Proteste und die damit verbundenen negativen Schlagzeilen das mit Werbemillionen gepflegte Image zerstören, dann können sie einen Teil dieses Geldes zum Beispiel in Umweltschutz- oder Sozialmaßnahmen investieren. Das heißt: Je höher die »Konfliktkosten« durch Aktionen und die Information der Öffentlichkeit, desto mehr helfen wir damit den guten Geistern, die es auch in solchen Unternehmen gibt, wenigstens die eine oder andere kleine Verbesserung durchzuführen.

Der Phantasie sind dabei keine Grenzen gesetzt. Organisationen wie Attac oder Greenpeace, aber auch Gewerkschaften, Schulen, Vereine und kurzfristig gebildete Initiativgruppen lassen sich immer mehr und immer kreativere Ideen einfallen, wie man die Öffentlichkeit über die katastrophalen Auswirkungen unseres ausbeuterischen Wirtschaftssystems informieren kann. Da kann man einfach mitmachen oder sich für spontane Initiativen mit dem eigenen Freundeskreis inspirieren lassen. Auf unserer Homepage www.unsdiewelt.com könnt ihr nachsehen, ob es bereits aktive Gruppen in eurer Nähe gibt, oder auch eure eigenen Projekte eintragen.

Die eigenen Spielräume und Grenzen ausloten

Aber wie weit soll man selbst gehen? Wenn wir von aufsehenerregenden Aktionen und Gesetzesbruch hören, kann uns das leicht auch abschrecken. Ich glaube, jeder sollte nur so weit gehen, wie er oder sie sich dabei wohlfühlt. Und natürlich sollte man nie andere Menschen bei Aktionen gefährden. Daher ist es wichtig, den eigenen Einflussbereich so gut wie möglich kennenzulernen: Je nach Alter, beruflicher Position etc. haben wir unterschiedliche Möglichkeiten, die wir austesten und eventuell auch erweitern können. Je mehr wir uns dieser Möglichkeiten bewusst werden, desto genauer können wir unsere eigenen Grenzen erforschen. Zivilcourage zeigen ist gut, sich von anderen zu etwas drängen lassen aber nicht.

Auch wenn das kapitalistische System oft Leid und Elend erzeugt, müssen wir nicht aus diesem System aussteigen und uns damit selbst aus der Gesellschaft ausschließen. In der Natur findet Entwicklung und Veränderung vor allem an den Systemgrenzen statt: am Waldrand oder am Flussufer, wo verschiedene Ökosysteme aufeinandertreffen. In unserem Leben ist es ähnlich. Spannende Dinge passieren oft dort, wo man – bildhaft gesprochen – aus dem Schutz des Waldes auf die offene Weite der Wiese blickt, wo wir vom sicheren Ufer aus den Fuß in die Stromschnellen halten können. An diesen inneren und äußeren Grenzen zwischen Sicherheit und Risiko können wir uns und andere bewegen, um Neues kennenzulernen und Veränderungen als etwas Lebendiges und Schönes zu erfahren. Manchmal finden die größten Revolutionen in uns selbst statt, wenn wir das zulassen.

Rebellische Clowns

Ich selbst habe vor einiger Zeit einen solchen Wandel erlebt: Ich habe beschlossen, Clown zu werden. Oder besser gesagt, ich habe den Clown, der immer schon in mir steckte, wiederentdeckt. Wir kennen Clowns ja meistens als jonglierende Spaßmacher aus dem Zirkus oder von Kinderfesten, im schlimmsten Fall kennen wir sie als dümmliches Maskottchen der Kommerzkultur à la Ronald McDonald. Mit alldem habe ich nichts am Hut. Mich reizt vielmehr die Fähigkeit der Clowns, keine Angst vor der eigenen Unvollkommenheit und Lächerlichkeit zu haben. Mich fasziniert, wie sie genau das mit spielerischer Freude zeigen und dafür von ihrem Publikum geliebt werden. Clowns und Narren haben darüber hinaus seit Jahrhunderten eine wichtige soziale Funktion: Im Mittelalter waren sie die Einzigen, die den König kritisieren durften – allerdings nicht immer, denn manche haben dafür mit ihrem Kopf bezahlt. Wer »Der Name der Rose« von Umberto Eco gelesen oder im Kino gesehen hat, weiß, dass die kirchlichen Machthaber dort nicht vor Mord und Brandstiftung zurückschreckten, nur um dem Volk die antiken Schriften von Aristoteles vorzuenthalten, in denen er die Komödie behandelte. Autoritäre Mächte empfinden das Lachen nämlich seit jeher als Gefahr. Stellt euch vor, Charlie Chaplins grandioser Film »Der große Diktator« wäre im Dritten Reich gezeigt worden – wie viele Leute hätten Hitler dann womöglich verlacht, anstatt ihm blind zu folgen? In indigenen Gesellschaften wie bei den Hopi-Indianern machen sich Clowns als sogenannte Gegenteilmenschen über ihre Häuptlinge und Schamanen lustig, damit diese nicht dem Machtrausch verfallen. Und auch moderne, international bekannte Clowns wie Leo Bassi, Dario Fo und Jango Edwards verlachen die Mächtigen und wurden dafür sogar schon verhaftet.

Diese Ideen macht sich eine Bewegung zu eigen, die vor einigen Jahren in England entstanden ist: die Clownrebellen-Armee. Der gehören Menschen an, die in Kursen und Workshops gelernt haben, sich auf spielerische Art und Weise sehr wirkungsvoll gegen Ausbeutung und Unterdrückung aufzulehnen. Sie treten zum Beispiel geschminkt und in lustigen Uniformen auf Protestveranstaltungen auf und necken dort Polizei und Mächtige. Als etwa die britische Armee neue SoldatInnen für den Irakkrieg anwerben wollte, stürmten ganze Clown-Bataillone die Rekrutierungscenter, um sich – natürlich nur im Scherz – für den Einsatz an der Front zu bewerben und nebenbei für ein bisschen Verwirrung zu sorgen. Die richtigen Armeeoffiziere fühlten sich davon so überfordert, dass sie die Rekrutierungsbüros schließen mussten. Die Clowns stellten daraufhin Infotische vor die offiziellen Armeebüros und rekrutierten Mitglieder für ihre – friedliche – Armee. Bei den Protesten gegen den G8-Gipfel in Heiligendamm verwirrten Hunderte deutsche Rebellenclowns die

Clownrebellen: Lustiger als die Polizei erlaubt

Behörden und sorgten für bisher ungewohnte Bilder in den Medien. Die Öffentlichkeit konnte sehen, wie hier kreative Menschen mit viel Spaß für ernste Anliegen kämpften.

Ist das ein Widerspruch? Darf man Spaß haben, wenn es um furchtbare Formen der Ausbeutung, um den täglichen Massenmord, den der globalisierte Kapitalismus auf der Welt provoziert, geht?

Man darf. Man soll sogar. Denn wenn wir eine andere, eine gerechtere und schönere Welt wollen, müssen wir auch eine Vorstellung davon haben, wie diese Welt aussehen könnte: eine Welt, in der alle etwas zu lachen haben, weil sie genug zum Essen und zum Leben haben, weil sie Freiheit und Sicherheit, Respekt und Liebe genießen können. Ich weiß nicht, ob es diese Welt jemals geben wird. Ich weiß aber, dass ich von dieser Welt träume und mir diesen Traum nicht nehmen lasse. Dafür kämpfe ich. Und wenn ich mit diesem Buch ein paar neue Mitkämpfer und Mitkämpferinnen gewonnen haben sollte, dann wäre das schon sehr viel.

Zusammenfassung

Jeder und jede kann nach seinen oder ihren Möglichkeiten dazu beitragen, die Welt gerechter und lebenswerter zu gestalten; dabei geht es vor allem um vier Dinge:

- Vertraut euch selbst und lebt eure Träume! Nur wer seine eigenen Wünsche kennt, ist auch bereit, dafür zu kämpfen – und dafür, dass auch andere ihre Träume leben können.
- Informiert euch – und andere! Wer die Interessen hinter Informationen kennt, kann sie sinnvoll nutzen und Öffentlichkeit erzeugen. Lassen wir uns nicht für dumm verkaufen – lassen wir uns gar nicht verkaufen!
- Zeigt Zivilcourage – macht euch folgendes zum Grundsatz: »In meiner Gegenwart wird niemand ungehindert diskriminiert.«
- Egal was ihr tut, tut es gemeinsam mit anderen – möglichst netten – Menschen und so lustvoll wie möglich. Dann habt ihr schon gewonnen.

Der Rest ist Geschmackssache: Vom bewussten Konsum bis zum politischen Engagement und kreativen rebellischen Aktionen ist alles möglich. Viel Spaß dabei und danke fürs Mitmachen!

Weitere Infos zu diesem Kapitel

www.konsum-global.de und www.konsumensch.net

Hier gibt es Workshops und »globalisierte Stadtführungen« zum Thema Konsumkritik.

www.no-ya.de

Das globalisierungskritische Jugendnetzwerk von attac zum Mitmachen.

kommunikationsguerilla.twoday.net

Hier findet ihr Beispiele, wie man auf witzige Art Öffentlichkeit schafft.

kreativerstrassenprotest.twoday.net

Weblog über kreative Formen des Widerstands.

www.clownarmy.org

Die britische Rebel Clown Army zeigt dem Kapitalismus die rote Nase; deutsche Website unter wendlandclown.twoday.net

Wer in der Demokratie schläft,
wacht in der Diktatur auf.

10 Forderungen an die Politik

Eine lebenswerte Zukunft ohne Ausbeutung und Zerstörung braucht Regeln – und Mut zur Veränderung: Zehn vertretbare und im besten Sinne utopische Vorschläge für mehr Freiheit, Gleichheit und Geschwisterlichkeit. Und für den Anspruch, dass die Welt uns allen gehört!

1. Freiheit schaffen!

Kein Mensch darf in seiner Freiheit, zu kommen, zu gehen oder zu bleiben, eingeschränkt werden. Niemandem darf verboten werden, egal wo, wie und mit wem zu leben – es sei denn, um im Rahmen demokratisch gefasster Rechtsnormen zu verhindern, dass er oder sie die Freiheit oder Sicherheit anderer gefährdet. Viel mehr als für Kapital und Waren müssen Grenzen vor allem für Menschen offen sein.

2. Ungleichheit begrenzen!

Grenzenloser Reichtum schafft Armut, Umweltzerstörung und Machtmissbrauch und macht fast niemanden glücklich. Wenn kein Mensch mehr als zum Beispiel das 20-Fache eines anderen bzw. des gesetzlichen Mindestlohns verdienen darf und sich keine Privatperson mehr als eine maßvolle Obergrenze an Vermögen aneignen kann, erhöht das den Wohlstand für alle und ermöglicht die gleichberechtigte Teilnahme an demokratischen Prozessen.

3. Solidarität belohnen!

Erziehung, Schule, Wirtschaft und politische Institutionen müssen geschwisterliches und solidarisches Verhalten vorleben und belohnen. Statt Konkurrenz und Ellbogentechnik werden in den Lehrplänen, bei der Vergabe öffentlicher Mittel und in der Gesetzgebung Großzügigkeit, Kreativität, Eigenverantwortung, ökologisches Bewusstsein, Respekt und Mitgefühl gefördert.

4. Diskriminierung verhindern!

Jeder Mensch hat das Recht, anders als andere zu sein und zu leben, und die Pflicht, andere in ihrer Unterschiedlichkeit zu respektieren. Vielfalt in all ihren Aspekten, insbesondere die Vielfalt von Meinungen, aber auch der Erhalt ökologischer Vielfalt, wird aktiv gefördert. Diskriminierung, egal ob sie sich wirtschaftlich, politisch, kulturell oder emotional äußert, wird ebenso wie grausames Verhalten gegenüber anderen Lebewesen oder der Umwelt sanktioniert.

5. Demokratie stärken!

Nationalstaaten verlieren an Bedeutung. An ihre Stelle treten einerseits regionale Verwaltungseinheiten (z.B. Gemeinden, Landkreise, Bezirke). Diese lösen gesellschaftliche Aufgaben unter Beteiligung aller dort gerade lebenden Menschen jeder Altersstufe, die zur Mitbestimmung ermutigt werden können. Nur was hier nicht lösbar ist – allen voran global wirksame Sozial-, Menschen- und Umweltrechte sowie multilaterale Verteilungsfragen und Konflikte –, wird andererseits von übernationalen Institutionen wie der EU und UNO geregelt, die dafür demokratisiert und gestärkt werden müssen.

6. Grundversorgung für alle!
Lebenswichtige Bereiche stehen allen zur Verfügung und werden von den NutzerInnen demokratisch mitgestaltet: Jeder Mensch hat unabhängig von Status und Herkunft Zugang zu qualitätsvollen Einrichtungen wie Trinkwasser- und Gesundheitsversorgung, Bildung und Kultur, öffentlichen Räumen und Infrastruktur, Kommunikation, Information und Natur sowie das Recht auf Grundsicherung und Rente.

7. Steuergerechtigkeit schaffen!
Um dies finanzieren zu können, werden Vermögen und Einkünfte aus Kapitalbesitz mindestens so hoch besteuert wie Einkommen aus Arbeit. Alle Einkommen einer Person werden zusammengerechnet und gemeinsam einer progressiven Einkommensteuer unterworfen: Wer mehr hat, zahlt mehr fürs Gemeinwohl. Finanztransaktionen und Unternehmensgewinne werden reguliert und besteuert, Steueroasen geschlossen.

8. Soziale und ökologische Kostenwahrheit herstellen!
Alle Kosten für mögliche Sozial-, Umwelt- und Gesundheitsschäden, die ein Produkt verursachen kann – von der Herstellung bis zur Nutzung und Entsorgung –, werden nach dem Verursacherprinzip in den Preis dieses Produktes eingerechnet. Das macht Ausbeutung sowie schädliche Technologien, Güter und Transporte teuer, während nachhaltige, faire und regionale Wirtschafts- und Energieformen billiger werden.

9. Verbindliche Regeln für den Welthandel definieren!
Für global gehandelte Rohstoffe, Produkte und Dienstleistungen gelten verbindliche Regeln des fairen Handels: internationale Arbeits-, Umwelt- und Menschenrechte, Steuer- und Antikorruptionsgesetze. Wer sich nicht daran hält, muss sich vor internationalen Gerichten verantworten.

10. Gemeinwohl statt Profitgier!
Als Ziel wirtschaftlicher Tätigkeit muss das allgemeine Wohl, nicht der maximale Gewinn von Einzelnen definiert werden – ähnlich wie im fairen Handel oder bei gemeinnützigen Vereinen. Das nützt allen – UnternehmerInnen, Beschäftigten, KonsumentInnen und der Umwelt. Gesetze und Steuersysteme belohnen soziales und umweltverträgliches Verhalten sowie die demokratische Mitbestimmung in Unternehmen.

Firmenporträts

Auf den folgenden Seiten findet ihr eine Auswahl an Firmen, die typisch für ihre Branchen sind. Die Liste ist unvollständig, weil es den Rahmen dieses Buches sprengen würde, alle Konzerne aufzuzählen, die von Ausbeutung und Menschenrechtsverletzungen profitieren. Das heißt: Wer hier nicht steht, hat deswegen noch lange keine »weiße Weste« – was über Adidas gesagt wird, gilt in ähnlicher Form auch für Nike, Puma und andere Konzerne derselben Branche.

Jedes Firmenportät beginnt mit den Gewinn- und Umsatzzahlen des jeweiligen Unternehmens. Sofern nicht auf andere Quellen verwiesen wird, entsprechen diese Zahlen der Selbstauskunft der Konzerne.

Wenn ihr selbst etwas über ein Unternehmen erfahren wollt, recherchiert am besten auf den in diesem Buch bzw. auf unserer Homepage www.unsdiewelt.com angegebenen Links oder gebt einfach den Firmennamen in eine Internet-Suchmaschine ein und stöbert ein bisschen herum.

Gute Ausgangspunkte sind auch folgende englischsprachige Links:

www.corpwatch.org
www.corporatewatch.org.uk
www.multinationalmonitor.org
www.behindthelabel.org

www.nlcnet.org
www.nosweat.org.uk
www.business-humanrights.org

Adidas Group

»Wir sind ein globales Unternehmen, das sozial und ökologisch verantwortungsbewusst handelt.«

Produkte, Marken	Sportartikel und Bekleidung der Marken Adidas, Reebok und TaylorMade
Homepage	www.adidas-group.com
Firmendaten	Umsatz (2008): 10,8 Milliarden Euro Gewinn (2008): 642 Millionen Euro Beschäftigte: 39 000 in über 50 Ländern Sitz: Herzogenaurach (Deutschland)
Vorwürfe	**Ausbeutung von ArbeiterInnen in Zulieferbetrieben**

Die Adidas Gruppe, zu der seit Anfang 2006 auch Reebok gehört, ist nach Nike der zweitgrößte Sportartikelhersteller der Welt. Der Name stammt vom Firmengründer Adolf (Adi) Dassler, dessen Bruder Rudolf Dassler nach einem Streit das Konkurrenzunternehmen Puma gründete (wo die Bedingungen übrigens nicht besser sind).

Die Firma verfügt über so gut wie keine eigenen Produktionsstätten mehr. Was unter dem Namen Adidas oder Reebok verkauft wird, lässt das Unternehmen fast vollständig in Zulieferbetrieben sogenannter Billiglohnländer – vor allem in Asien und Lateinamerika – herstellen. Immer wieder kam es dort in der Vergangenheit zu schwersten Menschenrechtsverletzungen: Zwölfjährige Kinder verrichteten Überstunden und mussten bis zum Arbeitsbeginn am nächsten Morgen auf dem Fußboden der Fabrik schlafen, es gab sexuelle Übergriffe auf Frauen und erzwungene Schwangerschaftstests, Gewerkschaften wurden unterdrückt und verfolgt[1]. Mittlerweile haben die meisten großen Konzerne, darunter auch Adidas, Verhaltensregeln aufgestellt, mit denen sie ihre Lieferanten zur Einhaltung ethischer Grundsätze bei der Produktion verpflichten. Dennoch bestehen viele Probleme nach wie vor. So ist das Sportartikelunternehmen trotz enormer Profite nämlich nicht bereit, seine Zulieferbetriebe angemessen zu bezahlen. In der Konsequenz erhalten die dort Angestellten so niedrige Löhne, dass ihnen ein Leben in Würde nicht möglich ist. Selbst wenn heute in den Zulieferbetrieben von Adidas keine Kinder mehr arbeiten sollten, sind sie doch immer direkt betroffen, denn ihre Eltern verdienen längst nicht genug, um die Familie ernähren zu können.

Prominentes Beispiel für die Ausbeutung asiatischer ArbeiterInnen ist die Herstellung der »Teamgeist«-Bälle für die Fußball-WM 2006 in Deutschland. Adidas ließ die Fußbälle in Thailand produzieren. Den ArbeiterInnen dort zahlte man 3,60 Euro pro Tag, wie die Menschenrechtsgruppe Thai Labour Campaign 2006 berichtete[2]. Das ist auch in Thailand kein Lohn, von dem man leben kann. Die ArbeiterInnen hätten Angst gehabt, sich gewerkschaftlich zu organisieren oder für ihre Rechte einzutreten. Diejenigen, die es dennoch taten, verloren ihren Job. Es herrschte eine Atmosphäre der Unterdrückung, in der keiner wagte, ein Wort zu sagen.[3] Adidas wies die Vorwürfe als falsch zurück, gab allerdings zu, dass der durchschnittliche Tageslohn der befristet Beschäftigten lediglich 3,60 Euro betragen habe.[4] »Wer Artikel für führende Markenfirmen wie Adidas, Asics, New Balance, Nike und Puma produziert, verdient weiterhin Hungerlöhne«, stellte auch die Play-Fair-2008-Kampagne im Vorfeld der Olympischen Spiele von Peking fest[5]. Zum Teil wurden weniger als zwei Dollar pro Tag gezahlt. Bei dem Betrieb Joyful Long in China, der Adidas, Nike, Umbro und Fila belieferte, machten ArbeiterInnen über Wochen hinweg mitunter bis zu acht Überstunden täglich. Die Löhne hatten dort nur 54 Prozent des gesetzlichen Mindestlohns betragen. Adidas warf der Kampagne in einer Reaktion eine »selektive Konzentration auf mutmaßliche Missstände« vor.[6]

Für Werbung hat der Weltkonzern dagegen umso mehr Geld: Etwa 13 Prozent des Umsatzes gibt Adidas jährlich nach eigenen Angaben für Marketing aus.[7] Also rund 1,3 Milliarden Euro. Allein den Deutschen Fußballbund sponsert das Unternehmen laut »Focus Money« mit 20 Millionen und ab 2011 mit 25 Millionen Euro pro Jahr.[8]

Was tun?

Fordert Adidas auf, existenzsichernde Mindestlöhne zu zahlen und nur dort zu produzieren, wo Gewerkschaftsfreiheit garantiert ist – Mail an corporate.press@adidas-group.com

Weitere Infos

www.cleanclothes.org
Clean-Clothes-Kampagne

www.saubere-kleidung.de
Deutsche Kampagne mit Infoversand

www.thailabour.org
Thai Labour Campaign

www.ituc-csi.org
Internationaler Gewerkschaftsbund

Aldi

»Verantwortungsbewusstes Management«

Produkte, Marken	Aldi-Supermärkte, in Österreich: Hofer
Homepage	www.aldi.com
Firmendaten	Umsatz (2007): ca. 40 Milliarden Euro[1]
	Gewinn (2007): ca. 1 Milliarde Euro
	Beschäftigte: ca. 190 000 in 7800 Filialen weltweit
	Sitz: Essen und Mülheim/Ruhr (Deutschland)
Vorwürfe	**Ausbeutung in der Rohstoffgewinnung, in Zulieferbetrieben und im Einzelhandel**

Aldi wurde 1948 als »Albrecht-Discount« von den Brüdern Karl und Theo Albrecht gegründet und 1961 in Aldi Nord und Aldi Süd aufgeteilt. Jede der inzwischen rund 4000 Filialen in Deutschland bringt Jahr für Jahr durchschnittlich etwa 230 000 Euro Gewinn[2], dazu kommen die Einkünfte von rund 3000 Supermärkten in 15 weiteren Ländern. Fast jede Familie in Deutschland kauft im Durchschnitt einmal in der Woche bei Aldi ein.[3] Die Albrecht-Brüder sind die reichste Familie Europas und mit einem geschätzten Vermögen von rund 30 Milliarden Euro die viertreichste Familie der Welt – sie besitzen damit etwa 232 000-mal mehr als der Durchschnitt der Deutschen. Anders ausgedrückt könnte man auch sagen, die Brüder Albrecht haben ungefähr genauso viel Geld, wie die Bevölkerungen der 40 ärmsten Länder der Welt gemeinsam in einem Jahr verdienen.

Aldi betont, dass der Geschäftserfolg auf dem Prinzip der Einfachheit der Läden beruhe. Wenn man genauer hinsieht, haben die hohen Gewinne wohl eher damit zu tun, dass bei Aldi soziale Bedenken schlicht und einfach keine Rolle spielen. Für Werbung soll das Unternehmen im Jahr 2006 rund 283 Millionen Euro ausgegeben haben.[4] Gespart wird dagegen bei den Kosten für Rohstoffe und Arbeitskraft in aller Welt.

Aldi, aber auch die meisten anderen Handelsketten setzen Lieferanten und Mitbewerber unter extremen Preisdruck. Die Folge sind katastrophale Arbeitsbedingungen und Löhne weit unter dem Existenzminimum vor allem in den Rohstoffländern Asiens, Afrikas und Lateinamerikas. Ähnliches gilt auch für Bekleidung. 2007 wies das Südwind-Institut nach, dass bei chinesischen und indonesischen Aldi-Zulieferern Arbeitsrechte in bisher kaum bekanntem Ausmaß verletzt wurden: Arbeitszeiten von mindestens elf Stunden pro Tag waren dort keine Ausnahme, die ArbeiterInnen hatten nur zwei bis vier freie Tage im Monat, und ihre Löhne entsprachen mitunter nicht einmal der Hälfte des chinesischen Mindestlohns. Dabei wurden Gesundheits- und Sicherheitsstandards vernachlässigt, Gewerkschaften unterdrückt und Frauen sexuell belästigt oder körperlich und psychisch misshandelt. Eine Fabrik erwartete von ArbeiterInnen, im ersten Monat ohne Entlohnung zu arbeiten. Mehrere Fabriken beschäftigten Minderjährige und halfen bei der Fälschung von Ausweisen, um deren wahres Alter zu verschleiern. Einige Fabriken forderten sogar von ihren ArbeiterInnen, in den fabrikeigenen Schlafsälen zu übernachten, um so deren Leben noch effektiver überwachen zu können. In einer Stellungnahme zeigte sich Aldi zwar dialogbereit, »ob der Konzern aber nach einer ›angemessenen‹ Vorbereitungszeit im globalen Wettbewerb eine öffentlich glaubwürdige ethische Beschaffungspolitik umsetzen wird, bleibt abzuwarten«, so das Südwind-Institut mit einiger Skepsis.[5]

Auch in Deutschland kritisiert ver.di Einschränkungen der Arbeitsrechte in Aldi-Filialen: Statt auf unabhängige BetriebsrätInnen zu setzen, schaffe sich der Konzern »handzahme Gegengewichte zur Gewerkschaft«.[6] Auf den ersten Blick zahlten Aldi und auch Hofer in Österreich zwar anständige Löhne, doch müssten die Beschäfigten häufig unbezahlte Überstunden leisten, würden überwacht, eingeschüchtert und bei kritischem Verhalten gefeuert. Der Konzern bestreitet die Vorwürfe und reagiert auf kritische Fragen gereizt.[7]

Was tun?

Gebt regionalen und ökologisch hergestellten Lebensmitteln den Vorzug, Importprodukte nur aus fairem Handel. Und fordert Aldi auf, eine komplette Liste aller Zulieferbetriebe samt den dort bezahlten Mindestlöhnen zu veröffentlichen: mail@aldinord.de bzw. mail@aldisued.de

Weitere Infos

»All die Textilschnäppchen – nur recht und billig?« – Studie zum Download unter www.suedwind-institut.de

lidl.verdi.de

Auch Lidl und andere Supermärkte verletzen Arbeits- und Menschenrechte. Hier könnt ihr auch das »Schwarzbuch Lidl« bestellen.

»Wer bezahlt unsere Kleidung bei Lidl und KiK?« – Studie über Menschenrechtsverletzungen bei den Zulieferern der beiden Discounter, zu bestellen bei inkota@inkota.de

Apple Inc.

»Besonders sozial und verantwortungsvoll«

Produkte, Marken	Software und Hardware der Marken Apple, Mac, iPod, iPhone u. a.
Homepage	www.apple.com
Firmendaten	Umsatz (2009): 36,5 Milliarden Dollar Gewinn (2009): 5,7 Milliarden Dollar Beschäftigte: 34 000[1] Sitz: Cupertino, Kalifornien (USA)
Vorwürfe	**Ausbeutung von Beschäftigten in Zulieferbetrieben, Umweltzerstörung**

Apple gilt als die hippe Alternative zu Microsoft. Apple-Chef Steve Jobs ist laut dem Wirtschaftsmagazin »Fortune« der mächtigste[2] und war 2006 mit fast 650 Millionen Dollar Jahreseinkommen der bestverdienende Manager der Welt[3]. Für diesen Lohn müsste eine Arbeiterin, die in China Produkte für Apple herstellt, mehr als eine Million Jahre schuften.

In der chinesischen Provinz Shenzhen liegt der größte Elektronikfertigungsbetrieb der Welt: der Industriepark »Foxconn-City«, auch »iPod-City« genannt. Hier sind rund 200 000 Menschen beschäftigt, der Großteil davon sind junge Frauen. Dangongmei (»kleine Schwester«) werden die Arbeiterinnen genannt, die von Arbeitsagenturen in verarmten Regionen des Landes angeworben werden. In Shenzhen stellen sie für den globalen Markt Computer, Kommunikations- und

Unterhaltungselektronik her wie zum Beispiel den iPod für Apple oder Hardware für Dell, Cisco und Hewlett Packard.

Tägliche Arbeitszeiten von 15 Stunden, mitunter sieben Tage die Woche, seien in Shenzhen keine Ausnahme, berichtete der britische »Daily Mirror« im Juni 2006.[4] Der Verdienst der ArbeiterInnen habe dabei nur rund 50 Dollar im Monat betragen. Das ist weniger als der ohnehin schon niedrige gesetzliche Mindestlohn. Etwa die Hälfte der ArbeiterInnen lebte auf dem Fabrikgelände. In den Schlafsälen waren nicht selten mehrere hundert Personen untergebracht, wobei Besuch grundsätzlich untersagt gewesen sei. Der Zugang zu den Räumen wurde bewacht. Unabhängige Gewerkschaften, die etwas gegen die Zustände unternehmen könnten, sind in China verboten. Beschäftigte von »Foxconn-City« wurden dem Bericht zufolge wie beim Militär gedrillt. So verlangte man von ihnen unter anderem, stundenlang unbeweglich zu stehen. Wer das nicht konnte, wurde bestraft. »Sie werden wie Roboter behandelt, nur sind sie viel billiger als Roboter«, äußerte sich ein Beobachter. Das Unternehmen Apple zeigte sich über die Vorwürfe offiziell entsetzt und versprach, künftig die Zahlung der gesetzlichen Mindestlöhne einzuhalten. Dass die allerdings so niedrig sind, dass ein Mensch davon nicht leben kann, wurde nicht erwähnt.

Greenpeace kritisiert Apple vor allem für den Anteil von Schadstoffen wie PVC im iPhone. Neue Computermodelle würden allerdings im Vergleich zu ihren Vorgängern weniger giftige Chemikalien enthalten.[5] Mangels konkreter Angaben zur Verwendung von recycelten Kunststoffen, der Rücknahme von Altgeräten und zur Klimabilanz reihten die Umweltschützer den Konzern im Juni 2008 nur auf Rang 11 unter allen auf Umweltfreundichkeit getesteten Elektronikherstellern ein.[6] Der Konzern versichert, im Rahmen der Initiative »A greener Apple« umweltfreundlichere Produkte herstellen zu wollen.[7]

Was tun?

Kauft nur Elektronikgeräte, die ihr wirklich braucht. Protestadresse: albrecht.g@euro.apple.com

Weitere Infos

www.pcglobal.org

Hier klärt die Organisation WEED über Arbeitsbedingungen und Umweltauswirkungen der Computerproduktion auf.
Bei WEED können auch der Film »Digitale Handarbeit – Chinas Weltmarktfabrik für Computer« und die Bildungs-CD »Der Weg eines Computers« bestellt werden.

www.greenmyapple.org

Greenpeace-Kampagne gegen umweltschädliche Apple-Produkte.

Bayer AG

»*Science for a better life*«

Produkte, Marken	Medikamente, Pflanzenschutzmittel etc. der Marken Bayer und Schering wie Aspirin, Alka-Seltzer, Supradyn, Yasmin u. v. a.
Homepage	www.bayer.de
Firmendaten	Umsatz (2008): 32,9 Milliarden Euro Gewinn (2008): 1,7 Milliarden Euro[1] Beschäftigte: 108 600 Sitz: Leverkusen (Deutschland)
Vorwürfe	**Vertrieb gefährlicher Medikamente und Pflanzengifte, Ausbeutung in Produktion und Forschung**

Bayer ist einer der mächtigsten Medikamenten- und Chemiekonzerne der Welt. Die Vorwürfe gegen das deutsche Unternehmen sind so zahlreich, dass man damit ganze Bücher füllen könnte. Wer mehr darüber wissen möchte, sei auf die Homepage der »Coordination gegen Bayer-Gefahren« verwiesen.

1925 schloss sich Bayer mit anderen Chemiefirmen unter dem Namen IG Farben zusammen. Die IG Farben kooperierte eng mit den Nationalsozialisten. Sie beschäftigte nicht nur zahllose Zwangsarbeiter während des Krieges, sondern stellte für die Nazis auch das tödliche Gas Zyklon B her, das für die Massenvernichtung jüdischer Menschen in den Konzentrationslagern eingesetzt wurde. Nach dem

Zweiten Weltkrieg wurde die IG Farben in drei Einzelfirmen zerschlagen: Bayer, BASF und Hoechst. Bis heute hat keines dieser Unternehmen ernst zu nehmende Entschädigungszahlungen an die Opfer oder ihre Hinterbliebenen geleistet.

2003 reichten in den USA Bluterkranke Klage gegen den deutschen Konzern und andere Firmen ein, weil diese in den achtziger Jahren unter anderem mit HI-Viren verunreinigte Medikamente vertrieben hätten. Ebenfalls in diesem Zeitraum sollen Blutgerinnungspräparate mit erhöhtem AIDS-Risiko nach Lateinamerika und Asien verkauft worden sein.[2] Bayer wies alle Vorwürfe als falsch zurück und erklärte, man habe nach den damals bestehenden Vorschriften gehandelt.

H.C. Starck, bis Anfang 2007 eine Tochterfirma von Bayer, produziert das Edelmetall Tantal, das für elektronische Bauteile in Mobiltelefonen, Computern und anderen Hightechprodukten verwendet wird. Durch den Handel mit dem Rohstoff trug der Konzern jahrelang zur Aufrechterhaltung des im Kongo zwischen 1998 und 2003 herrschenden Krieges bei, der mehr als fünf Millionen Menschen das Leben kostete. Obwohl meine Recherchen im Kongo (siehe 3. Kapitel) durch die Ergebnisse einer Untersuchungskommission der Vereinten Nationen erhärtet wurden, bestreitet der Konzern bis heute alle Vorwürfe.

In zahlreichen Fällen verursachten Bayer-Pflanzengifte schwerste Gesundheits- und Umweltschäden, vor allem in ärmeren Ländern unserer Erde. Auch zu Todesfällen kam es. Ursache waren Pestizide wie das im Kaffeeanbau eingesetzte Baysiston oder das gefährliche Wurmmittel Nemacur.[3] Beide Pflanzengifte werden vom Konzern noch heute auf seiner Homepage beworben.[4] Laut einer Greenpeace-Studie vom Juni 2008 belasten Bayer-Pflanzenschutzgifte im internationalen Konzernvergleich Mensch und Umwelt am stärksten.[5]

Im Frühjahr 2003 wurde ein Bericht veröffentlicht, dem zufolge Bayer, Monsanto und Unilever von Kinderarbeit bei der Herstellung von Saatgut in Indien profitierten.[6] Die Konzerne kündigten an, das

Problem binnen sechs Monaten zu lösen. 2007 kam dann allerdings an die Öffentlichkeit, dass bei den indischen Vertragspartnern des Leverkusener Multis nach wie vor hunderte Minderjährige schufteten.[7] Bayer versprach daraufhin, in Bildungsprogramme zu investieren. Den Kindern dürfte das nur marginal helfen, denn der Grund für Kinderarbeit liegt vor allem in der Unterbezahlung ihrer Eltern, an der Bayer Mitschuld trägt.

In Brasilien protestieren zahlreiche Kleinbauern gegen Bayer und andere Chemiekonzerne, weil diese eine nachhaltige Landwirtschaft beeinträchtigen.[8] Den Kleinbauern würde ihre Autonomie genommen, ganz zu schweigen von einer Kontaminierung nicht-transgener Kulturen durch die von den Konzernen vorangetriebene Gentech-Landwirtschaft.

In Deutschland verlegt Bayer eine 67 Kilometer lange Pipeline, die das gefährliche Atemgift Kohlenmonoxid transportieren soll. Das geruchlose und für den Menschen tödliche Gas wird für die Kunststoffproduktion benötigt. KritikerInnen des Großprojekts bemängeln unter anderem die Sicherheitsvorkehrungen beim Bau der Leitung und befürchten, dass eine Beschädigung der Pipeline zahlreiche Menschenleben gefährden könnte.[9] Der Konzern hält unbeirrt an seinen Plänen fest.[10]

Viele Bayer-Medikamente – darunter auch Aspirin – sind übrigens nicht so harmlos, wie oft behauptet wird. Bei Medikamenten wie Lipobay und Trasylol kam es sogar zu zahlreichen Todesfällen.[11] Fragt euren Arzt oder eure Ärztin immer nach Nebenwirkungen und Alternativen!

Was tun?

Eigentlich müsste die deutsche Bundesregierung längst gegen Bayer vorgehen. Leider tut sie das nicht. Informiert euch und andere deshalb über die unsauberen Praktiken des Konzerns.

Weitere Infos

www.cbgnetwork.org

Die »Coordination gegen Bayer-Gefahren« deckt die Vergehen des Konzerns auf, organisiert Proteste und publiziert die Zeitschrift »Stichwort Bayer«.

www.bukopharma.de

Die BUKO Pharma-Kampagne beobachtet die Aktivitäten der Medikamentenindustrie in ärmeren Ländern.

British American Tobacco Plc

»Verantwortungsbewusstsein begleitet unser Handeln.«

Produkte, Marken	Zigaretten und Tabak der Marken Lucky Strike, Pall Mall, Dunhill, Gauloises, HB, Lord, Muratti, Parisienne-Prince, Samson, Javaanse Jongens u. a.
Homepage	www.bat.com
Firmendaten	Umsatz (2008): 13,4 Milliarden Euro Gewinn (2008): 4,1 Milliarden Euro Beschäftigte: 50 000 Sitz: London (UK)
Vorwürfe	**Ausbeutung im Tabakanbau, aggressives Lobbying gegen NichtraucherInnenschutz**

British American Tobacco (BAT) ist die zweitgrößte Zigarettenfirma der Welt. Dass Rauchen extrem gesundheitsschädlich ist, dürfte heute jedem bekannt sein. Weniger bekannt dagegen ist, welche Verantwortung die Tabakindustrie für wirtschaftliches Elend trägt. Unter Einbeziehung der Gesundheitskosten verursacht das weltweite Tabakgeschäft laut Schätzungen der Weltbank einen Verlust von 200 Milliarden Dollar im Jahr. Jährlich geben RaucherInnen über 400 Milliarden Dollar für den Tabakkonsum aus, darunter auch viele, die nicht einmal genug zum Leben haben. Afrikanische Länder wie Malawi und Simbabwe wurden während der Kolonialzeit gezwungen, Tabak für den Export in die Kolonialländer anzubauen. Noch heute werden Millionen von LandarbeiterInnen von der Tabakindustrie ausgebeutet. Es werden Tropenwälder zerstört, und fruchtbare Böden lässt man verarmen, anstatt sie für die Nahrungsmittelversorgung der hungernden Bevölkerung zu nutzen.[1]

In den Jahren 2002 und 2004 berichteten Studien[2], dass BAT-Tochterfirmen in den Tabak-Anbauländern Brasilien und Kenia die Bauern mit Knebelverträgen an sich binden würden. Die Bauern habe man gezwungen, alles für den Tabakanbau Nötige bei den Firmen zu beziehen und ihnen anschließend den Tabak abzuliefern. Für Saatgut, Düngemittel und Geräte wurden von den Großhändlern hohe Summen verlangt, der spätere Tabakabnahmepreis hingegen war so niedrig, dass viele Bauern ins Elend stürzten. Außerdem sei von der BAT nicht ausreichend für die Sicherheit der Bauern gesorgt worden: Oft hantierten diese ohne Schutzkleidung mit giftigen Pestiziden und litten unter den Folgen von Nikotinvergiftungen, die sie sich bei der Ernte der Tabakblätter zugezogen hätten. Die Bezahlung sei so schlecht gewesen, dass die Leute auch ihre Kinder zur Arbeit schicken mussten. Ein Anwalt brasilianischer Tabakbauern sagte dazu: »Es ist eine Situation, die an Sklaverei grenzt, weil die Bauern einen minimalen Profit bekommen, wenn die Produktion gut ist. Aber wenn sie eine schlechte Ernte haben, werden die Schulden an die Tabakfirma in das nächste Jahr mitgenommen.«[3] BAT zeigte sich nach Veröffentlichung der Studien dialogbereit und versprach Verbesserungen, KritikerInnen aber bemängelten das Fehlen konkreter Resultate.

In Deutschland war BAT Mitglied im Verband der Cigarettenindustrie, der über Jahre aggressives Lobbying gegen Raucherschutzgesetze betrieb. 2007, nur wenige Wochen vor der Auflösung des Verbandes, hatte selbst der Zigarettengigant Philip Morris seine Mitgliedschaft aufgekündigt, unter anderem mit der Begründung, man wolle sich stärker für eine gesundheitspolitisch orientierte Regulierung der Tabakwirtschaft und ein fast komplettes Tabakwerbeverbot einsetzen.[4] Eine Studie aus dem Jahr 2006[5] berichtet von der Einflussnahme des Verbandes auf Wissenschaft und Politik. Wissenschaftliche Erkenntnisse über den Zusammenhang von Passivrauchen und Krankheit seien bestritten worden, womit es der Tabakindustrie gelungen sei, Maßnahmen zum Schutz gegen das Passivrauchen lange Zeit zu verhindern. Daten des deutschen Krebsforschungszentrums zeigen, dass in Deutschland täglich mindestens neun Menschen an den Folgen des Passivrauchens sterben.[6]

Seit den Antirauch-Kampagnen in Europa und den USA suchen die Tabakmultis nach neuen Absatzmärkten vor allem in Afrika. So reichte die nigerianische Regierung Anfang 2008 eine Klage gegen die Tabakkonzerne BAT, Philip Morris und International Tobacco ein. Gefordert werden 44 Milliarden Dollar als Entschädigung für die Behandlung von gesundheitlichen Folgen des Rauchens vor allem bei Kindern und Jugendlichen. Als Belege werden unter anderem E-Mails der nigerianischen Konzernangestellten dienen. Darin soll zum Beispiel thematisiert worden sein, wie man Jugendliche zum Rauchen animieren und Einfluss auf die Gesetzgebung nehmen könne.[7]

Was tun?

Das muss ja wohl nicht extra erwähnt werden, oder? Seid trotzdem nett zu RaucherInnen!

Weitere Infos

www.unfairtobacco.org

Infos über Herstellungsbedingungen von Tabak; hier gibt's auch die DVD »Dirty Deeds« für Jugendliche.

bat.library.ucsf.edu

Hier findet ihr eine Unzahl von englischsprachigen Dokumenten über BAT.

Chiquita Brands International

»Bei uns sind Natur und Ökonomie im Gleichgewicht.«

Produkte, Marken	Bananen sowie andere Obst- und Gemüseprodukte
Homepage	www.chiquita.com
Firmendaten	Umsatz (2008): 3,6 Milliarden Dollar Verlust (2008): 281 Millionen Dollar Beschäftigte: 23 000 Sitz: Cincinnati, Ohio (USA)
Vorwürfe	**Ausbeutung der ArbeiterInnen auf Bananenplantagen, Einsatz gefährlicher Pflanzengifte**

Der US-Konzern Chiquita ist der größte Bananenlieferant für Europa. Der Konzern wurde 1899 unter dem Namen United Fruit Company gegründet. Er besaß riesige Landflächen in Mittelamerika und bestimmte jahrzehntelang die Politik zahlreicher Länder, die wirtschaftlich von den Bananenexporten abhängig waren. Weil in diesen Ländern der Bananenhandel mehr zählte als demokratische Interessen und die Fruchtkonzerne mehr Einfluss hatten als die einheimischen Regierungen, nennt man Staaten wie Guatemala oder Honduras mitunter heute noch »Bananenrepubliken«: Mit Billigung und Unterstützung durch die Bananenexporteure wurden in diesen Ländern Beamte bestochen und demokratisch gewählte Regierungen gestürzt. An ihre Stelle traten Militärdiktaturen, die die Menschenrechte mit Füßen traten, Konzernen wie Chiquita aber bei der Durchsetzung ihrer wirtschaftlichen Interessen zur Seite standen.

Noch im Jahr 2002 berichtete Human Rights Watch von acht- bis 13-jährigen Kindern, die auf den Plantagen von Firmen wie Chiquita, Dole und Del Monte für 3,50 Euro am Tag arbeiteten. Sie waren giftigen Pestiziden ausgesetzt, mussten schwere Lasten tragen, verschmutztes Wasser trinken und wurden zum Teil sexuell missbraucht.[1]

Chiquita reagierte auf solche Vorwürfe immer wieder mit dem Hinweis auf ein generelles Verbot von Kinderarbeit bei den Lieferanten des Konzerns. Der Öffentlichkeit aber blieben die Negativschlagzeilen rund um das Unternehmen nicht verborgen. Um sein angeschlagenes Image zu verbessern, wirbt Chiquita daher seit einiger Zeit mit dem Gütesiegel der industriefreundlichen Umweltorganisation Rainforest Alliance. Offensichtlich soll der Anschein erweckt werden, die Früchte würden nun fair und umweltverträglich angebaut. Doch »Chiquita ist weder aus umweltpolitischer Sicht noch aus arbeitsrechtlicher Sicht vorbildlich«, erzählten Gewerkschafter in Costa Rica dem »Spiegel« im Jahr 2006.[2] Auch eine Reportage des 3sat-Magazins »nano« zeigte, dass auf den Plantagen Gewerkschaftsrechte missachtet und die Beschäftigten teilweise schutzlos gefährlichen Pflanzengiften ausgesetzt wurden. Die Universität Augsburg entdeckte zum Beispiel, dass Chiquita auf seinen Plantagen giftige Chemikalien einsetzte, die »zu Nervenschäden, Atembeschwerden, Hautirritationen usw.« führen.[3] Der Konzern weist alle Kritik von sich.

In Kolumbien wird dem Unternehmen vorgeworfen, jahrelang rechte Paramilitärs finanziert zu haben. Diese terrorisierten die einheimische Bevölkerung und sind für den Tod von mehreren tausend Menschen verantwortlich. Rund 400 Familien, deren Angehörige gefoltert und getötet wurden, verklagten den Konzern daher Ende 2007 auf 7,8 Milliarden Dollar Schadenersatz.[4] Wie das Magazin »Focus« im November 2007 berichtete, hatte Chiquita bereits im März davor zugegeben, die Terroristen zwischen 1997 und 2004 mit mehr als 1,7 Millionen Dollar unterstützt zu haben. Der Konzern zahlte daraufhin 25 Millionen Dollar Strafe.[5] Nun aber sieht man sich bei Chiquita selbst als Opfer – schließlich sei man von den Terroristen erpresst worden.[6] Menschenrechtsgruppen verlangen, dass Chiquita künftig alle Geschäfte in Kolumbien untersagt werden.

Was tun?

Kauft Obst und Gemüse aus regionaler und ökologischer Produktion, Bananen und andere Südfrüchte nur mit Fairtrade-Gütesiegel.

Weitere Infos

www.bananalink.org.uk

Britische Pressuregroup gegen die Ausbeutung im Bananenhandel.

www.banafair.de

BanaFair importiert Fairtrade-Bananen nach Deutschland und informiert über die Bananenindustrie.

The Coca-Cola Company

»Lebe die Vielfalt«.

Produkte, Marken	Getränke der Marken Coca-Cola, Fanta, Sprite, Lift, Nestea, Bonaqa und Apollinaris, Römerquelle, Valser u. v. a.
Homepage	www.thecoca-colacompany.com
Firmendaten	Umsatz (2008): 31,9 Milliarden Dollar Gewinn (2008): 5,8 Milliarden Dollar[1] Beschäftigte: 600 000 Sitz: Atlanta, Georgia (USA)
Vorwürfe	**Verfolgung von Gewerkschaften, Umweltzerstörung und Kinderarbeit**

Nach »ok« ist Coca-Cola der weltweit am meisten verstandene Begriff. Der Wert der Marke Coca-Cola wird auf 67 Milliarden Dollar geschätzt – das ist ein Vielfaches des Konzernumsatzes. Jeden Tag trinkt mehr als eine Milliarde Menschen in über 200 Ländern ein Getränk der Coca-Cola Company – das sind mehr als 110 Milliarden Liter jährlich.

Der kolumbianischen Lebensmittelgewerkschaft Sinaltrainal zufolge[2] heuerten in Kolumbien örtliche Coca-Cola-Abfüllunternehmen Todesschwadronen der rechten Paramilitärs an, die zwischen 1989 und 2002 sieben führende Gewerkschaftsmitglieder ermordet haben sollen, weil diese gegen ausbeuterische Arbeitsbedingungen in den Fabriken protestiert hatten.[3] Internationale Gewerkschaftsorganisationen und Menschenrechtsgruppen halten Coca-Cola seither vor, sich in keiner Weise für die dort Beschäftigten eingesetzt zu haben. Im Gegenteil, der Konzern habe sogar von der Einschüchterung der ArbeiterInnen angesichts drohender Gewalt profitiert, weil diese nun erst recht nicht wagten, höhere Löhne und bessere Arbeitsbedingungen einzufordern.[4] Coca-Cola bestreitet bis heute alle Vorwürfe.[5]

Laut BBC ließ das Unternehmen in Südwestindien zur Deckung seines Wasserverbrauchs zahlreiche Tiefbrunnen bohren, was zu einer Absenkung des Grundwasserspiegels führte. Eine Dürrekatastrophe für die lokalen Landwirte war die Folge. Bei Protesten gegen den Konzern wurden danach mehr als 300 Menschen verhaftet. Coca-Cola wies die Anschuldigungen als unzutreffend und politisch motiviert zurück.[6]

In Salvador profitierte Coca-Cola von Kinderarbeit in der Zuckerrohrernte, erklärte Human Rights Watch in einem 2004 veröffentlichten Bericht. Viele der Kinder hätten schon im Alter zwischen acht und dreizehn Jahren zu arbeiten begonnen. Der Konzern gab zu, dass es sich bei den betroffenen Firmen um Coca-Cola-Lieferanten handelte, wies aber auf sein generelles Verbot von Kinderarbeit hin.[7]

Wegen all dieser Vorwürfe rufen mittlerweile viele Universitäten, Gewerkschaften und Jugendverbände zum Boykott von Coca-Cola auf. Der wäre übrigens auch aus gesundheitlichen Gründen anzuraten: Ein Liter Coca-Cola enthält umgerechnet etwa 36 Stück Würfelzucker – dafür müsste man fast eine Stunde joggen, um nicht zuzunehmen. Zucker und Säuerungsmittel in Cola Light können zu Zahnschäden führen, und der in Coca-Cola Zero enthaltene Süßstoff Aspartam wird von zahlreichen WissenschaftlerInnen als sehr gesundheitsschädlich eingestuft.

Was tun?

Einfach nicht mehr kaufen: Die braune Brause ist nicht nur gesundheitsschädlich, sondern auch ethisch unverträglich. Protestadresse: presse@coca-cola-gmbh.de

Weitere Infos

www.kolumbienkampagne.de
Menschenrechtsverletzungen in Kolumbien

www.killerbrause.solid-brandenburg.de
Coca-Cola-Kampagne aus Brandenburg

www.killercoke.org
US-Kampagne gegen Coca-Cola

www.indiaresource.org
Coca-Cola in Indien

www.is.gd/CWC
Bericht über Kinderarbeit in Salvador

Daimler AG

Mercedes-Benz

»Unser Leitbild heißt Nachhaltigkeit, weltweit.«

Produkte, Marken	Autos und Nutzfahrzeuge der Marken Mercedes-Benz, Smart, Maybach, Freightliner, Setra u. a.
Homepage	www.daimler.de
Firmendaten	Umsatz (2008): 95,9 Milliarden Euro Gewinn (2008): 1,4 Milliarden Euro Beschäftigte: 273 000 Sitz: Stuttgart (Deutschland)
Vorwürfe	**Beteiligung an einem Rüstungskonzern, Umweltzerstörung und Anti-Klimaschutz-Lobbying**

Die Daimler AG ist der weltweit größte Hersteller von Nutzfahrzeugen und vor allem für die Luxusautos der Marke Mercedes bekannt. Doch Daimler baut nicht nur umweltschädliche Limousinen, sondern ist auch einer der beiden Hauptaktionäre des Luft-, Raumfahrt- und Rüstungskonzerns EADS.[1] Diese Firma produziert zum Beispiel den Kampfbomber Eurofighter und Raketenwerfer für Streumunition. Die Kritischen AktionärInnen werfen dem Autokonzern unter anderem vor, keinerlei Anstrengungen für einen Ausstieg aus »derart inhumanen Waffensystemen wie Streumunitionswerfern« unternommen zu haben.[2] Der Raketenwerfer GLMRS zum Beispiel könne innerhalb weniger Minuten eine Fläche von einem Quadratkilometer mit 8000 Streumunitionskörpern verseuchen. »Das entspricht einer Fläche von 150 Fußballfeldern. Nicht explodierte Streumunition bleibt nach dem Einsatz auch oft als Blindgänger liegen und wirkt wie Minen – eine Gefahr vor allem für neugierige Kinder.«[3] Der Einsatz von Streumunition in den Golfkriegen forderte laut Human Rights Watch Tausende zivile Opfer.[4] Seit Jahren bemühen sich Menschenrechtsorganisationen und KriegsgegnerInnen um eine Ächtung dieser gerade für die Zivilbevölkerung so gefährlichen Waffensysteme. Im Juni 2008 einigten sich 111 Länder, darunter auch Deutschland, auf den Verzicht von Streubomben. Die Konvention soll Ende 2008 unterzeichnet werden, enthält allerdings viele Ausnahmeregelungen.[5]

Im Mai 2008 ließ das Oberste Gericht der USA eine milliardenschwere Klage von Apartheidopfern gegen Daimler, die Deutsche Bank, die Dresdner Bank sowie Ford, General Motors, BP, Citigroup und andere zu, weil sie mit ihren Geschäftsbeziehungen die Politik der Rassentrennung in Südafrika unterstützt hätten.[6] Daimler hält die Klage für unbegründet.[7]

Die Kritischen Aktionäre beklagen zudem, dass die von Daimler hergestellten Kraftfahrzeuge im Durchschnitt die enorme Benzinmenge von 9,7 l/100 km verbrauchten. Nur etwa vier Prozent der Modelle würden den von der EU angestrebten CO_2-Ausstoß von 130 g/km erreichen.[8]

Ende 2007 erhielten BMW, Porsche und Daimler den »Worst EU Lobbying Award«, weil sie laut Corporate Europe Observatory »die schlimmsten unter den Lobbyisten der Automobilindustrie« seien: Als die EU-Kommission bindende CO_2-Ziele vorschlug, hätten diese Unternehmen sofort mit einer Angst- und Desinformationskampagne geantwortet. Die Entscheidungsträger habe man grob manipuliert, indem mit Betriebsausschließungen und Arbeitsplatzverlust gedroht worden sei.[9]

Was tun?

So wenig Auto fahren wie möglich. Auf www.wir-kaufen-keinen-mercedes.de kann man sich der Boykottinitiative für den Ausstieg aus der Produktion von Streumunition anschließen.

Weitere Infos

www.kritische-aktionaere.de

Die Kritischen AktionärInnen informieren über die Schattenseiten deutscher Konzerne, darunter auch Daimler und Volkswagen.

www.juergengraesslin.com

Der Leiter der Kritischen Daimler-AktionärInnen hat mehrere Bücher über den Konzern veröffentlicht und wurde dafür mit Klagen verfolgt.

www.landmine.de

Initiative gegen Landminen und Streuwaffen.

www.is.gd/oE3

Der Bund für Umwelt und Naturschutz kritisiert vor allem Audi (Volkswagen AG), BMW und Mercedes für den hohen CO_2-Ausstoß ihrer Fahrzeuge.

Deutsche Bank AG

Deutsche Bank *»Leistung aus Leidenschaft«*

Produkte, Marken	Finanzdienstleistungen
Homepage	www.deutsche-bank.de
Firmendaten	Umsatz (2008): 13,4 Milliarden Euro Gewinn (2008): 3,9 Milliarden Euro Beschäftigte: 79 000 Sitz: Frankfurt am Main (Deutschland)
Vorwürfe	**Kredite für skrupellose Projekte, Spekulation auf Kosten armer Länder**

Die Deutsche Bank ist das größte deutsche Geldinstitut. Doch wenn es um die Kreditvergabe und die Steigerung der Rendite geht, spielen ethische Kriterien kaum eine Rolle.

So warf die britische Menschenrechtsorganisation Global Witness der Bank 2006 vor, sie habe das autoritäre Regime des auf Lebenszeit ernannten turkmenischen Präsidenten jahrelang indirekt unterstützt.[1] Öffentliche Gelder des turkmenischen Staates seien in Milliardenhöhe vom deutschen Geldinstitut verwahrt worden. Möglicherweise, so die »taz«, stamme ein Teil des Geldes aus illegalen Transaktionen und wurde verwendet, um Korruption, Menschenrechtsverletzungen und den persönlichen Luxus des Herrschers zu finanzieren.[2] Der Konzern ließ verlautbaren, man gebe zu Konten generell keine Auskunft.[3]

Im selben Monat ließ das Oberste Gericht der USA eine Milliardenklage von Apartheidopfern gegen die Deutsche Bank und rund drei Dutzend weitere Konzerne zu. Der Vorwurf der Kläger: Die Firmen hätten mit ihren Geschäftsbeziehungen die Politik der Rassentrennung in Südafrika unterstützt.[4] Bei der Deutschen Bank ist man der Meinung, die Bewältigung der Apartheid gehöre nicht vor ein US-Gericht.[5]

Als im Jahr 2008 Millionen verzweifelter Menschen wegen der rasant steigenden Lebensmittelpreise ins Elend abrutschten, warb die Deutsche Bank für Spekulationsgeschäfte mit Nahrungsmitteln. Auf Brötchentüten Frankfurter Bäcker konnten die verwunderten Kunden lesen: »Freuen Sie sich über steigende Preise? Alle Welt spricht über Rohstoffe – mit dem Agriculture Euro Fonds haben Sie die Möglichkeit, an der Wertentwicklung von sieben der wichtigsten Agrarrohstoffe zu partizipieren.« Nach Protesten durch das Netzwerk Attac wurde die zynische Werbung eingestellt, Vorstandsvorsitzender Josef Ackermann entschuldigte sich sogar öffentlich.[6] Doch noch immer wirbt die Bank damit, dass man mit der Nahrungsmittelkrise – und das heißt mit dem Hunger der Armen – Geld machen kann: »Die Weltbevölkerung wächst stetig, die landwirtschaftlichen Nutzflächen schrumpfen und Ernteausfälle häufen sich«, so ein Werbetext auf der bankeigenen Homepage. »Diese Herausforderung ruft der Agrarwirtschaft viel Innovationskraft ab, von der auch der DWS Invest Global Agribusiness profitieren kann.«[7]

Die Nahrungsmittelkrise wird auch dadurch verstärkt, dass immer mehr landwirtschaftliche Flächen für sogenannten Biosprit – also pflanzliche Treibstoffe – genutzt werden. Außerdem werden dafür, vor allem in Brasilien, Regenwälder abgeholzt und indigene Lebensräume zerstört. Nach einer im Mai 2008 publizierten Studie von »Friends of the Earth« war die Deutsche Bank von 44 untersuchten europäischen Banken am stärksten an der Finanzierung von Agrarkonzernen beteiligt, die in Lateinamerika solche Treibstoffe produzieren.[8]

Was tun?

Tipps zur besseren Geldanlage siehe Seite 147. Proteste an: db.presse@db.com

Weitere Infos

www.kritische-aktionaere.de

Die Kritischen AktionärInnen informieren über die Schattenseiten deutscher Konzerne.

www.suedwind-institut.de

Broschüre zum Download: »Banken und Entwicklung. Welche Rolle können Banken bei der Minderung von Armut spielen?«

www.urgewald.de

Hier kann das Dossier »Deutsche Bank: Ein fragwürdiges Markenzeichen« bestellt werden, das dem Konzern im Mai 2008 die Verstrickung in Bürgerkriege, Menschenrechtsverletzungen und Umweltzerstörung vorwarf.

www.bankwatch.org

Netzwerk zur Beobachtung internationaler Finanzinstitutionen.

The Walt Disney Company

»Verantwortungsvolles Handeln in allen Bereichen«

Produkte, Marken	Comics, Bücher, Filme, Spielzeug, Bekleidung und Merchandising-Artikel mit Figuren wie Micky Maus, Donald Duck, Goofy, Bambi etc.; Fernsehkanäle und Filmstudios, Vergnügungsparks
Homepage	http://corporate.disney.go.com
Firmendaten	Umsatz (2008): 26,3 Milliarden Dollar Gewinn (2008): 6,0 Milliarden Dollar[1] Beschäftigte: 137 000 Sitz: Burbank, Kalifornien (USA)
Vorwürfe	**Ausbeuterische Arbeitsverhältnisse in Zulieferbetrieben**

Benannt nach ihrem Gründer Walt Disney, dem Schöpfer von Micky Maus, ist die Walt Disney Company heute einer der größten Unterhaltungskonzerne der Welt. Zu ihm gehören unter anderem die Walt Disney Studios und ihre Tochterfirmen Miramax und Touchstone, der Filmverleih Buena Vista International, zahlreiche Fernsehsender in den USA, die Disneyland-Themenparks und 50 Prozent des deutschen Senders Super RTL.

Anfang 2008 berichtete die angesehene »New York Times«, dass chinesischen Zulieferfabriken von Konzernen wie Disney, Wal-Mart und Dell ausbeuterische Arbeitsverhältnisse vorgeworfen würden. Man sprach von Kinderarbeit, erzwungenen 16-Stunden-Tagen am schnellen Fließband und einer Bezahlung unter dem (ohnehin niedrigen) gesetzlichen Mindestlohn. Disney wollte die Vorwürfe nicht kommentieren, betonte aber, Arbeitsrechtsverletzungen nicht zu tolerieren.[2]

Die Hongkonger Arbeitsrechtsorganisation SACOM veröffentlichte Ende 2007 eine Studie, der zufolge die Beschäftigten der chinesischen Fabrik Haowei bis zu 15 Stunden täglich arbeiten mussten – bei einem Stundenlohn von umgerechnet knapp über 20 Cent. Wer bei Haowei länger als zehn Minuten auf die Toilette ging, musste dafür zwei Stundenlöhne Strafe zahlen. Die Beschäftigten waren giftigen Gasen ausgesetzt, eine Versicherung gegen Arbeitsunfälle gab es nicht, auch keine Rente.[3] Bis zu zwölf ArbeiterInnen der Firma teilten sich ein winziges Zimmer und schliefen in verrosteten Betten. »In jedem Stockwerk leben etwa 200 Leute«, erklärte ein Arbeiter Mitgliedern der österreichischen Entwicklungsorganisation Südwind. »Ich schäme mich, über die hygienischen Bedingungen zu sprechen. Für 200 Menschen gibt es maximal drei Toiletten, die sich Frauen und Männer teilen müssen. Ihre Farbe hat von Weiß zu Braun oder Schwarz gewechselt, die Türen sind kaputt. Unsere weiblichen Kolleginnen wollen die Klos überhaupt nicht mehr benutzen.« Disney versprach eine Untersuchung der Vorwürfe, schob die Schuld allerdings auf den Zulieferbetrieb.[4] Wie aber sollen die lokalen Fabriken soziale Mindeststandards einhalten, wenn sie von den Multis, die immerhin Milliardengewinne machen, finanziell unter extremem Druck gesetzt werden?

Was tun?

Gegen globale Ausbeutung helfen vor allem Gesetze – also Druck auf die politisch Verantwortlichen, den Welthandel sozial und ökologisch zu regulieren. Unter www.petitiononline.com/wlchan könnt ihr Disney zur Beendigung ausbeuterischer Arbeitsverhältnisse in China auffordern.

Weitere Infos

www.suedwind-agentur.at

Südwind engagiert sich für eine solidarische Gestaltung der Handelspolitik.

www.sacom.hk

Hongkonger Studentenorganisation gegen Ausbeutung durch multinationale Konzerne in China.

www.cleanclothes.org/companies/disney.htm

Die Clean Clothes Campaign deckt Missstände in Zulieferbetrieben auf.

ExxonMobil Corporation

ExxonMobil

»Umweltschutz, Sicherheit und Schutz der Gesundheit sind Unternehmensziele.«

Produkte, Marken	Tankstellen sowie Treib- und Schmierstoffe der Marken Esso und Mobil
Homepage	www.exxonmobil.com
Firmendaten	Umsatz (2008): 477 Milliarden Dollar Gewinn (2008): 45 Milliarden Dollar Beschäftigte: 82 000 Sitz: Irving, Texas (USA)
Vorwürfe	**Indirekte Finanzierung von Bürgerkrieg und Waffenhandel, Zerstörung der Lebensgrundlagen zahlloser Menschen in Ölfördergebieten, Lobbying gegen Klimaschutz**

ExxonMobil ist der umsatzstärkste und profitabelste Konzern der Welt. Seine Wirtschaftskraft ist größer als die der meisten Länder der Erde. Dementsprechend enorm ist auch der politische Einfluss. Die »Union of Concerned Scientists« (UCS), eine renommierte Vereinigung von 200 000 WissenschaftlerInnen in den USA, wies Anfang 2007 nach, wie ExxonMobil die desaströse Klimaschutzpolitik der Vereinigten Staaten beförderte. In den USA leben zwar nur vier Prozent der Weltbevölkerung, gleichzeitig verbraucht das Land aber 25 Prozent der jährlich aufgebrachten Energien, und damit weit mehr als jeder andere Staat der Erde. In einer Untersuchung konnte die UCS nachweisen, dass ExxonMobil über Jahre hinweg mit viel

Geld und einer ausgeklügelten Strategie dafür sorgte, dass wissenschaftliche Erkenntnisse verschleiert, Politiker, Medien und die Öffentlichkeit manipuliert und Maßnahmen zur Eindämmung von CO_2-Emissionen verhindert wurden. Anfang 2007 berichtete darüber die angesehene »Financial Times Deutschland«. Das Unternehmen ließ zu den Anschuldigungen verlauten, man halte den UCS-Report für »zutiefst beleidigend und falsch«.[1] Weil der Ölriese auch in Europa hartnäckige Gegner der Klimaschutz-Anstrengungen der EU mit hohen Summen finanzierte, erhielt er Ende 2006 den »Worst EU Lobby Award« mehrerer großer Umweltorganisationen.[2] Auf seiner Homepage schätzt der Konzern mittlerweile »den Klimawandel als eine wesentliche globale Entwicklung ein, die möglicherweise ernsthafte Risiken für Mensch und Ökosysteme mit sich bringt«.[3]

In mehreren Ländern wurde ExxonMobil von namhaften Umwelt- und Menschenrechtsorganisationen die Zerstörung von Lebensräumen oder die Unterstützung korrupter Regime vorgeworfen.[4] Noch heute führt ExxonMobil ein Konsortium an, das ein riesiges Pipelineprojekt in Tschad und Kamerun verwirklicht hat. Ein großer Teil des Geldes, das an die Regierung des Tschad floss, wurde laut Menschenrechtsorganisationen zum Waffenkauf verwendet. Im Rahmen des Pipelinebaus kam es immer wieder zu groben Menschenrechtsverletzungen. KritikerInnen des Projektes wurden verfolgt und eingeschüchtert.[5] Selbst die Weltbank kritisierte den Bau zunächst, beteiligte sich dann aber dennoch an dessen Finanzierung – unter der Bedingung, dass Teile der Erdöleinnahmen in die Bereiche Bildung, Gesundheit, ländliche Entwicklung und Infrastruktur fließen würden. Medienberichten zufolge kommt aber kaum etwas von diesem Geld der betroffenen Bevölkerung zugute.[6] Seit 2006 herrscht im Tschad Krieg. ExxonMobil betont, sein Engagement in der Region sei in ökologischer und sozialer Hinsicht vorbildlich.[7]

Gemeinsam mit Shell, BP und Total spielt ExxonMobil bei der Neuaufteilung irakischer Ölfelder nach dem Irakkrieg eine Schlüsselrolle.[8]

Unter einem New Yorker Arbeiterviertel verbirgt sich die größte Umweltkatastrophe der USA: Mehr als 65 Millionen Liter Öl verseuchen dort den Grund – anderthalbmal so viel Erdöl wie 1989 beim Tankerunglück der »Exxon Valdez« die Umwelt Alaskas belastete. Dahinter stecke der Energiemulti Exxon, berichtete der »Spiegel« im Februar 2007. Und obwohl Exxon den größten Gewinn der Geschichte erwirtschaftet habe, tue das Unternehmen wenig, um das Debakel zu beseitigen. Aufgrund leckender Rohrleitungen, rostender Öltanks und fehlender Maßnahmen zum Grundwasserschutz waren im Januar 2007 in dem New Yorker Viertel weite Teile des Flusses Newtown Creek mit giftigen Chemikalien und Öl verseucht worden, darunter Blei, Benzol und Kerosin. Dämpfe der Giftschlacke führten zu schweren Gesundheitsschäden bei den EinwohnerInnen.[9] Der Konzern wollte sich zum Ölleck nicht äußern.[10]

Was tun?
Boykottieren. Und so wenig Auto fahren oder fliegen wie möglich.

Weitere Infos

www.exxposeexxon.com
Konzernkampagne mit vielen Fakten und Filmchen.

www.exxon-files.eu
Kampagne der »Friends of the Earth«.

www.exxonsecrets.org
Hier deckt Greenpeace die engen Verbindungen des Konzerns in die politischen Machtzentren auf.

www.erdoel-tschad.de
Infos über das Ölprojekt in Zentralafrika.

Hennes & Mauritz AB

»Wir übernehmen die Verantwortung für den Einfluss, den unsere Tätigkeit auf die Menschen und die Umwelt ausübt.«

Produkte, Marken	Bekleidung, Kosmetik und Accessoires
Homepage	www.hm.com
Firmendaten	Umsatz (2008): 10,3 Milliarden Euro Gewinn (2008): 1,5 Milliarden Euro Beschäftigte: 73 000 Sitz: Stockholm (Schweden)
Vorwürfe	**Ausbeuterische Arbeitsverhältnisse in Zulieferbetrieben, Kinderarbeit in der Baumwollernte, Behinderung von Gewerkschaften**

H&M besitzt keine eigenen Produktionsstätten, sondern arbeitet mit etwa 700 eigenständigen Herstellern zusammen. Ungefähr 60 Prozent der Produktion findet in Asien statt, der Rest vor allem in Osteuropa. Überall dort führt der Konzern nach eigenen Angaben Kontrollen durch, um Missstände wie Kinderarbeit und Arbeitsrechtsverletzungen zu unterbinden. Außerdem rühmt sich H&M seiner Mitgliedschaft bei der »Fair Labour Association«, die ebenfalls die Arbeitsbedingungen kontrollieren soll. Tatsächlich dient diese Organisation allerdings zahlreichen Konzernen vor allem dazu, sich ein »sauberes« Image zu verpassen. Denn wirklich unabhängige Kontrollen sind nach wie vor kaum möglich, weil H&M die vollständige Liste seiner Lieferanten nicht bekannt gibt.

Außerdem drückt das Unternehmen die Preise dermaßen, dass

Lieferfabriken de facto gezwungen sind, ihre Beschäftigten auszubeuten. Der Verhaltenskodex, den H&M dort fordert, verlangt lediglich die Zahlung der gesetzlichen Mindestlöhne. Die aber reichen häufig bei Weitem nicht zur Deckung des Lebensbedarfs aus. So beträgt der Mindestlohn in Kambodscha, wo H&M auch fertigen lässt, nur 37 Euro im Monat. H&M stellt lediglich sicher, »dass jeder, unabhängig von der Art seiner Tätigkeit, den gesetzlichen Mindestlohn und die Vergütung für seine Überstunden erhält, auf die er Anspruch hat.«[1] Wie man mit 37 Euro im Monat leben soll – auch wenn das »gesetzlich« ist –, sagt das Unternehmen nicht. Auch in ärmeren Ländern, wo Mieten und Lebensmittel vielleicht etwas billiger sein mögen als bei uns, braucht man Waren, die zu Weltmarktpreisen gehandelt werden, ganz abgesehen davon, dass man viele Dinge, die bei uns öffentlich finanziert sind – eine passable Ausbildung, Gesundheitsversorgung usw. – aus der eigenen Tasche bezahlen muss. Davon können die Beschäftigten von H&M und Co. aber ohnehin nur träumen: Nach Angaben der Play-Fair-Kampagne reicht nicht einmal der Durchschnittslohn für Beschäftigte der Textilindustrie – rund 50 Euro einschließlich Überstunden und Bonuszahlungen – aus, um einem Arbeiter mit Familie einen ordentlichen Lebensstandard zu ermöglichen.[2]

Ende 2007 bezichtigte ein schwedischer TV-Bericht H&M, von Kinderarbeit in der Baumwollernte zu profitieren. Demnach kauften Lieferanten des Unternehmens Baumwolle, die in Usbekistan von Kindern gepflückt wurde. Usbekistan ist der zweitgrößte Baumwollexporteur der Welt, 90 Prozent der Baumwolle werden von Hand gepflückt – oft von Kindern. Die Jüngsten sind gerade einmal sieben Jahre alt. Nach dem Bericht kündigte H&M an, Maßnahmen gegen die Kinderarbeit zu ergreifen, außerdem wolle das Unternehmen vermehrt Produkte aus ökologisch angebauter Baumwolle anbieten.[3]

In Deutschland warf die Dienstleistungsgewerkschaft ver.di dem Modekonzern im Februar 2008 gezieltes Mobbing gegen Betriebsräte vor. 30 Prozent der Angestellten arbeiteten in »prekären Verhältnissen«, in nur 64 Filialen der weit über 300 H&M-Läden gebe es einen Betriebsrat. Der Gewerkschaft zufolge hat das seinen Grund: Betriebsräte würden systematisch behindert, diskriminiert und regelrecht zermürbt. Eine Betroffene behauptete laut Spiegel online, dass ihr von der Filialleitung sogar körperliche Gewalt angedroht worden sei. Der Konzern wies diese Darstellung entschieden zurück. Generell erkenne H&M das Recht auf die Gründung von Betriebsräten »voll und ganz« an. »In Einzelfällen gibt es aber sicher Filialleiterinnen, denen die Sensibilität im Umgang mit Betriebsräten fehlt.«[4]

Was tun?

Kauft nur, was ihr braucht, und das möglichst aus regionaler und ökologischer Produktion oder Secondhand. Fordert H&M auf, faire – und nicht nur gesetzliche – Mindestlöhne zu garantieren und eine Liste aller Lieferanten samt den dort gezahlten Löhnen zu veröffentlichen: info.de@hm.com

Weitere Infos

www.cleanclothes.at
Österreichische Clean-Clothes Kampagne

www.renaklader.org
Schwedische Kampagne

www.is.gd/KKg
ver.di-Homepage zu H&M

Kraft Foods Inc.

»Menschen, Gemeinwohl und Umwelt achten«

Produkte, Marken	Lebensmittel, Getränke und Süßwaren von Marken wie Jacobs, Kaffee Hag, Bensdorp, Kaba, Suchard, Milka, Finessa, Côte d'Or, Toblerone, Mirabell Mozartkugeln, Daim, Mirácoli, Philadelphia und Kraft
Homepage	www.kraft.com
Firmendaten	Umsatz (2008): 28 Milliarden Euro Gewinn (2008): 3 Milliarden Euro Beschäftigte: 100 000 Sitz: Northfield, Illinois (USA)
Vorwürfe	**Ausbeutung von Rohstofflieferanten**

Kraft Foods ist nach Nestlé und PepsiCo der drittgrößte Lebensmittelkonzern der Welt und einer der größten Hersteller von Schokolade. »Kakao der Elfenbeinküste, Milch aus der Alpenregion und Zucker – das sind die wesentlichen Bestandteile der Milka Schokolade in der berühmten lila Verpackung, die Kraft Foods Deutschland in Lörrach für ganz Europa produziert«, heißt es auf der Konzern-Homepage.[1]

Doch der Kakao von der Elfenbeinküste wird häufig unter menschenunwürdigen Bedingungen produziert. Denn in dem westafrikanischen Land arbeiten Tausende Kinder wie SklavInnen in der Kakaoproduktion. Viele von ihnen sind erst sechs oder sieben Jahre alt und wurden aus den Nachbarländern auf die Erntefelder verschleppt, wo sie unter grausamen Bedingungen und nahezu ohne Bezahlung zur Schwerstarbeit gezwungen werden.[2] Als die Schokoladenhersteller deswegen im Jahr 2001 in Verruf gerieten, bemühten sie sich um Schadensbegrenzung und kündigten den Kampf gegen die Kindersklaverei an. Doch noch immer sei die Industrie laut einem Bericht des International Labor Rights Forum nicht in der Lage, die Beseitigung der Kinderarbeit in der Kakaoproduktion nachzuweisen. Der Bericht hält aber auch fest, dass Kraft Foods zumindest Anstrengungen in diese Richtung unternommen habe.[3] Der Konzern selbst weist auf seine Initiativen zur Bekämpfung ausbeuterischer Kinderarbeit hin.[4] Für die Betroffenen stellt das aber letztendlich nur einen Tropfen auf den heißen Stein dar, weil ihnen nach wie vor keine fairen Löhne garantiert werden.

Die Firmen profitieren nämlich davon, dass die Weltmarktpreise so niedrig wie möglich gehalten werden, sodass die lokalen ProduzentInnen oft gar keine andere Wahl sehen, als auf Ausbeutung und Gratis-Arbeitskräfte zu setzen: Ein westafrikanischer Kleinbauer verdient mit seiner Jahresernte an Kakao nach Angaben des Vereins Transfair nur etwa 150 Euro im Jahr. »Die großen Schokoladekonzerne wissen seit Jahren von diesem Problem, aber solange der Rohstoff Kakao billig ist, unternehmen sie nichts dagegen«, kritisiert Helmut Adam, Geschäftsführer der Südwind-Agentur die Zustände.[5]

Ähnlich sieht es beim Kaffee aus: Auch hier sorgen die stark schwankenden und generell niedrigen Weltmarktpreise, die von den Konzernen auf den Weltmarktbörsen diktiert werden, für ein menschenunwürdiges Leben der Kleinbauern und PlantagenarbeiterInnen. Kraft rühmt sich seit Neuestem, ein Teil seiner Kaffeeproduktion sei »nachhaltig angebaut« und von der Umweltschutzorganisation Rainforest Alliance kontrolliert. Sogar McDonald's werde damit beliefert. Doch der Begriff »nachhaltig« ist – zum Unterschied von »ökologisch« oder »biologisch« – gesetzlich nicht geschützt, garantiert also weder faire Löhne noch ökologische Produktion. Und die Rainforest Alliance ist ein industriefreundlicher Verein, dessen Regeln wesentlich lascher sind als zum Beispiel die des fairen Handels mit dem Fairtrade-Gütesiegel. Vorläufig garantiert nur dieses Label, dass an Schokolade nicht das Blut von KindersklavInnen klebt und Kaffee nicht den Geschmack der Ausbeutung anhaftet.

Was tun?

Kaffee, Schokolade und andere Kakaoprodukte nur mit Fairtrade-Gütesiegel kaufen. Fordert Kraft Foods auf, seine Produkte ebenfalls von Transfair zertifizieren zu lassen: presse@krafteurope.com

Weitere Infos

www.transfair.org
: Homepage des fairen Handels.

www.theobroma-cacao.de
: Hintergrundinfos zur Kakaoindustrie.

www.gmtn.at
: Die österreichische Gewerkschaft Metall-Textil-Nahrung informiert über zahlreiche Aspekte globaler Ausbeutung.

www.is.gd/NbX
: Hier kann der Film »Kindersklaven in Westafrika« für Schulen bestellt werden.

Mattel

»Hohe Umwelt-, Gesundheits- und Sicherheitsstandards«

Produkte, Marken	Spielwaren, z. B. Barbiepuppen, Fisher Price, Big Jim, Masters of the Universe etc.
Homepage	www.mattel.com
Firmendaten	Umsatz (2008): 6 Milliarden Dollar Gewinn (2008): 542 Millionen Dollar Beschäftigte: 30 000 Sitz: El Segundo, Kalifornien (USA)
Vorwürfe	**Extreme Ausbeutung in Herstellungsbetrieben**

Mattel ist der größte Spielwarenproduzent der Welt und Hersteller der berühmten Barbiepuppe. Mit der spindeldürren Blondine hat der Konzern ein Schönheitsideal geschaffen, dessen Auswirkung sich in Generationen von jungen Frauen und Mädchen widerspiegelt, die sich bis zur Magersucht krankhungern.

Hergestellt werden Barbie und Co. in sogenannten Billiglohnländern, vor allem in Südostasien. Der Konzern rühmt sich seiner »globalen Produktionsprinzipien«, die »die Basis unserer Selbstverpflichtung zur kontinuierlichen Durchsetzung und Aufrechterhaltung humaner Arbeits- und Lebensbedingungen in allen firmeneigenen Produktionseinrichtungen und denen von Mattel's Geschäftspartnern weltweit« seien.[1]

Die Wirklichkeit sah bereits Anfang 2002 anders aus: Damals veröffentlichte die US-Menschenrechtsorganisation »The National

Labor Committee« einen Bericht über die Zustände in einer chinesischen Fabrik, die Spielwaren für Konzerne wie Mattel, Disney, McDonald's und Wal-Mart herstellte: ArbeiterInnen hätten dort fünf Monate geschuftet, ohne einen einzigen freien Tag zu haben, 13 bis 16 Stunden täglich. Ihr Stundenlohn habe lediglich 11 Cent betragen.[2] Die Konzerne wiesen die Vorwürfe als falsch zurück.[3]

2007 berichtete dieselbe Organisation über eine andere Fabrik in China mit 5000 Beschäftigten, die ebenfalls für Mattel, McDonald's und Wal-Mart produzierte. Dort hätten illegale Arbeitsverhältnisse geherrscht, mit Arbeitstagen von 14,5 bis 17 Stunden, sechs Tage die Woche. Den ArbeiterInnen habe man 40 Cent pro Stunde bezahlt und sie regelmäßig noch um 20 Prozent ihres Lohns betrogen. Die Beschäftigten hätten zu zwölft in primitiven Zimmern schlafen müssen und seien bestraft worden, wenn sie während der Arbeit sprachen oder sich in der stickig heißen Fabrik verschwitzt von den Arbeitsbänken erhoben.[4] Mattel lehnte zunächst die Verantwortung für die Zustände in der Fabrik ab, versprach aber dann, die Vorfälle von einem Beobachterteam untersuchen zu lassen.[5] Der Konzern veröffentlicht übrigens sogar von sich aus regelmäßig Berichte von Beobachterteams, in denen immer wieder schwere Arbeitsrechtsverletzungen in den Zulieferbetrieben festgestellt werden.[6]

Im Herbst 2007 geriet Mattel auch bei uns in die Schlagzeilen, weil der Konzern millionenfach in China hergestelltes Kinderspielzeug verkauft hatte, das bleihaltige Farben und Magnetteile enthielt. Da diese von Kindern leicht verschluckt werden konnten, stellten sie ein besonderes Gesundheitsrisiko dar. Schlimmer noch, Blei kann Gehirnschäden verursachen, und so musste die Firma etwa 19 Millionen Produkte zurückkaufen, entschuldigte sich öffentlich und gestand ein, dass sie dafür verantwortlich war und nicht die chinesischen Lieferanten.[7]

Was tun?

Spielwaren aus regionaler Herstellung kaufen; Protestadresse: info.de@mattel.com

Weitere Infos

www.nlcnet.org

Das National Labor Committee informiert über globale Ausbeutung.

www.fair-spielt.de

Deutsche Organisation für faire Regeln in der Spielzeugproduktion.

McDonald's

»I'm lovin' it.«

Produkte, Marken	Fastfood-Restaurants
Homepage	www.mcdonalds.com
Firmendaten	Umsatz (2008): 23,5 Milliarden Dollar Gewinn (2008): 4,3 Milliarden Dollar Beschäftigte: 1,4 Millionen Sitz: Oakbrook, Illinois (USA)
Vorwürfe	**Ausbeutung in Zulieferbetrieben und im Verkauf, katastrophale ökologische und soziale Folgen in der Futtermittelproduktion**

Laut McDonald's essen täglich 52 Millionen Menschen in einer der weltweit 30000 Filialen des Konzerns. Die größte Restaurantkette des Planeten ist gleichzeitig der weltgrößte Verbraucher von Rindfleisch. Das Futter für die Rinder und Hühner, die bei McDonald's zu Hamburgern und Chicken McNuggets verarbeitet werden, wird vor allem aus ärmeren Ländern wie Brasilien importiert. Dort wird auf riesigen Monokulturen zum Beispiel Soja als Tierfuttermittel angebaut. Die einheimischen LandarbeiterInnen erhalten von lokalen Großgrundbesitzern meist nur Niedrigstlöhne, manche werden von diesen sogar wie SklavInnen ausgebeutet. Landwirtschaftlich fruchtbare Flächen enthält man der lokalen Lebensmittelproduktion vor, obwohl ein großer Teil der Bevölkerung hungert. Mit einem Hektar Land für pflanzliche Nahrungsmittel könnte man siebenmal mehr

Menschen ernähren als mit der jetzigen Nutzung für die Tierfutterproduktion: Die Kühe der Reichen essen das Brot der Armen.[1] Weil in Brasilien tätige Agrarfirmen für den Soja-Anbau auch den Regenwald abholzen und indigene Lebensräume zerstören, verpflichtete sich McDonald's nach einer Greenpeace-Kampagne im Jahr 2006, keine Gentech-Soja aus neu gewonnenen Flächen im Amazonasgebiet zu importieren, und erhielt dafür sogar Lob von den Umweltschützern.[2] Das Problem von Ausbeutung und Hunger durch Futtermittelimporte ist allerdings bei Weitem noch nicht gelöst.

Im September 2007 warf die Verbraucherorganisation foodwatch dem Konzern vor, für die täglich 100 000 Kilogramm Rindfleisch, die allein in Deutschland zu Burgern verarbeitet werden, gentechnisch veränderte Futtermittel zu verwenden. Der Konzern argumentierte, dass es nicht genügend gentechnikfreies Futter auf dem Markt gebe.[3]

Was in ärmeren Ländern Hunger provoziert, ist bei uns oft die Ursache für Fettleibigkeit, vor allem bei Kindern und Jugendlichen. Big Macs und Erfrischungsgetränke stellen alles andere als eine gesunde Ernährung dar. Doch McDonald's verkauft nicht nur Hamburger, sondern auch sogenannte »Happy Meals« mit Spielzeugfiguren für Kinder. Im Sommer 2000 hatte eine christliche Organisation in Hongkong berichtet, dass für deren Herstellung 160 Kinder im Alter von 12 und 13 Jahren ausgebeutet wurden, mit gefälschten Ausweisen arbeiteten und nur rund 1,50 Euro am Tag verdienten.[4] Als wir im »Schwarzbuch Markenfirmen« darüber berichteten, gaben Konzernvertreter die Missstände zu und versprachen, dass bereits alles getan werde, um für Verbesserungen zu sorgen. 2005 meldeten sich ArbeiterInnen aus Vietnam zu Wort, die für McDonald's Happy-Meal-Figuren produziert hatten. Sie seien »wie Tiere« behandelt worden: Arbeitstage von zwölf Stunden seien die Regel gewesen, nur zweimal am Tag habe man sie zur Toilette gehen lassen. Ein Glas Trinkwasser habe man ihnen einmal am Tag gegönnt.[5] Gegenüber dem Magazin »Forbes« betonte McDonald's, diese Vorwürfe sehr ernst zu nehmen: »Wir haben einen strengen Verhaltenskodex für Lieferanten, der besagt, dass die Beschäftigten mit Würde und Respekt behandelt werden sollten.«[6] 2006 kam es in einer chinesischen Fabrik, die neben McDonald's auch Disney, Mattel und Hasbro belieferte, zu Verhaftungen. Die Polizei nahm ArbeiterInnen fest, weil sie gegen die ungesetzlichen Arbeitsbedingungen protestiert hatten. Sie wollten nicht länger hinnehmen, als Arbeitsmaschinen missbraucht zu werden, und kämpften gegen bis zu 70 Überstunden pro Monat bei umgerechnet nicht mehr als 55 Euro Lohn. Davon kann man auch in China nicht leben, geschweige denn eine Familie ernähren. Auch diesmal zeigten sich die Konzerne besorgt und verwiesen auf ihre strengen Verhaltensregeln für Lieferanten.[7] Das Problem ist aber, dass diese Lieferanten von den Multis finanziell so unter Druck gesetzt werden, dass sie gar nicht anders können, als den Druck an ihre ArbeiterInnen weiterzugeben.

McDonald's beutet seine Beschäftigten auch in Europa aus: 2007 zeigte das ZDF-Magazin Frontal21, wie willkürlich McDonald's MitarbeiterInnen kündigte, Betriebsräte schikanierte und gegen Hygiene- und Sicherheitsauflagen verstieß. Erst ohne Handschuhe die Toiletten putzen und dann zurück an die Friteuse, ohne sich vorher die Hände zu waschen – von solchen Szenen berichtete ein ehemaliger Schichtleiter. Und bestätigte den Albtraum eines jeden Gasts: »Immer wieder habe ich Mitarbeiter erwischt, die in den Burger gespuckt haben. Das war meistens aus Frust auf McDonald's.« Beim Konzern versprach man, den Vorwürfen nachzugehen.[8]

Was tun?
Zu McDonald's gehen ist eigentlich peinlich – informiert auch eure FreundInnen über die Machenschaften des Konzerns. Protestadresse: info@mcdonalds.de

Weitere Infos

www.mcspotlight.org

Umfangreiche Infos, leider etwas veraltet.

www.mcvideogame.com

Hier könnt ihr selbst AusbeuterIn spielen.

www.foodwatch.de

Foodwatch informiert über Gift im Essen und die Machenschaften der Nahrungsmittelindustrie.

www.slowfood.de

Die lustvolle Gegenbewegung zu Fastfood.

Microsoft Corporation

Microsoft

»Nicht nur wirtschaftliche, sondern auch gesellschaftliche Verantwortung übernehmen«

Produkte, Marken	Computer-Betriebssysteme, Software und Zubehör, Spielkonsole Xbox, MP3-Player Zune
Homepage	www.microsoft.com
Firmendaten	Umsatz (2009): 58,4 Milliarden Dollar Gewinn (2008): 14,6 Milliarden Dollar Beschäftigte: 70 000 Sitz: Redmond, Washington (USA)
Vorwürfe	**Monopolisierungsversuche und rücksichtsloser Kampf um Softwarepatente, Inkaufnahme von Menschenrechtsverletzungen in China**

Microsoft-Gründer Bill Gates ist der drittreichste Mann der Welt: Mit fast 60 Milliarden Dollar besitzt er so viel Geld, wie allen Menschen der 50 ärmsten Länder der Welt zusammengenommen pro Jahr zur Verfügung steht. Doch das reicht offenbar nicht. Microsoft hat in vielen Bereichen der Computerindustrie nahezu eine Monopolstellung und versucht, diese noch weiter auszubauen: Das gelingt zum Beispiel durch Softwarepatente, mit denen der Konzern die Alleinrechte für seine »Erfindungen« beansprucht. Dabei geht es oft nicht etwa um das Copyright für komplexe Programme, sondern zum Teil um so triviale Dinge wie den Doppelklick mit der Maus.[1] Durch die Patentierung einzelner Programmierungsschritte will das Unternehmen verhindern, dass frei verfügbare Open-Source-Programme zu einer ernsthaften Konkurrenz werden. Wegen seiner Versuche, Konkurrenten zu schaden, wurde Microsoft von der EU sogar bereits zu einer Strafe von rund 500 Millionen Euro verurteilt.[2] Bill Gates und Microsoft sind außerdem erbitterte Verfechter des sogenannten TRIPS-Abkommens, das »geistiges Eigentum« weltweit schützt.[3] Das Abkommen bewirkt, dass selbst lebensnotwendige Dinge wie Medikamente wegen der hohen Lizenzgebühren für ärmere Menschen oft unbezahlbar werden.

Zugleich ist Bill Gates Gründer einer Stiftung, die mit ihren Geldern Krankheiten wie Aids und Malaria in armen Ländern bekämpfen will. Von vielen wird er aus diesem Grund als Wohltäter gefeiert. Tatsächlich fließen nur die Gewinne aus dem angelegten Stiftungskapital in »gemeinnützige« Projekte, deren tatsächlicher Nutzen fürs Gemeinwohl aber mitunter umstritten ist.[4] Das Kapital selbst hatte man zum Teil in große Konzerne investiert, die viele der Probleme, die die Stiftung lösen will, in Wahrheit verschlimmern, berichtete die »Los Angeles Times« Anfang 2007.[5] Etwa in die Pharmafirmen Abbott und Merck, die Aids-Medikamente so teuer verkaufen, dass sie für viele PatientInnen in ärmeren Regionen der Welt unerschwinglich sind[6]. In Nigeria förderte die Gates-Stiftung mit 167 Millionen Euro ein Impfprogramm gegen Kinderlähmung und Masern. Ungefähr doppelt so viel Geld legte die Stiftung dagegen in Konzerne an, die dort Erdöl abfackeln und damit giftige Substanzen freisetzen, die Menschen und Umwelt gravierende Schäden zufügen, so die »Los Angeles Times«.[7] Dieselben Kinder, die dank der Gates-Stiftung gegen Masern geimpft wurden, erlitten dadurch schwerste Atemwegserkrankungen.[8] Eine Stiftungssprecherin meinte zu diesen Vorwürfen, dass eine ethische Bewertung der Investitionen viel zu komplex sei.[9]

Amnesty International wirft Microsoft, aber auch Google und Yahoo vor, bei der Zensur des Internets durch China mitgewirkt zu haben.[10] Die Firmen hätten sich aus Profitinteressen dem Druck des autoritären Regimes gebeugt und trügen so zur Verletzung der Meinungsfreiheit bei. Auf den Seiten von MSN Space in China könnten keine Weblogs mit Wörtern wie »Demokratie«, »Menschenrechte« oder »Meinungsfreiheit« angelegt werden. 2005 schloss Microsoft auf Wunsch der chinesischen Regierung den Blog eines dortigen Journalisten, der die Zensur im Lande thematisierte.[11] Laut einem Bericht der britischen Zeitung »Guardian« ging Microsoft-Konkurrent Yahoo sogar so weit, die persönlichen Daten eines Journalisten weiterzugeben, der eine kritische E-Mail verschickt hatte. Daraufhin wurde der Mann verhaftet und zu zehn Jahren Gefängnis und Zwangsarbeit verurteilt.[12] Die Konzerne argumentieren, dass dies alles nicht ihre Schuld sei, sie müssten die lokalen Gesetze befolgen.[13] Ist es das, was Bill Gates & Co. unter »freier Marktwirtschaft« verstehen? »Weil Sie, Herr Gates, ein Freund Chinas sind, bin ich ein Freund von Microsoft«, freute sich jedenfalls Präsident Hu Jintao über den Besuch des Microsoft-Gründers im Jahr 2006.[14]

Was tun?

Verwendet wenn möglich freie Software wie Linux-Distributionen, OpenOffice.org, Firefox etc.

Weitere Infos

en.wikipedia.org/wiki/Criticism_of_Microsoft
Wikipedia-Seite über Microsoft-Kritik.

www.is.gd/08Q
Amnesty-Bericht über Microsoft, Yahoo und Google.

www.irrepressible.info
Amnesty-Kampagne gegen Zensur und Repression im Internet.

www.googlefalle.com
Spannendes Buch über Google, die »unkontrollierte Weltmacht im Internet«.

www.fsf.org
Die Free Software Foundation setzt sich für freie Software ein.

Monsanto Company

MONSANTO imagine

»Wachstum für eine bessere Welt«

Produkte, Marken	Süßstoffe, Pflanzenschutzmittel und gentechnisch verändertes Saatgut
Homepage	www.monsanto.com
Firmendaten	Umsatz (2008): 11,4 Milliarden Dollar Gewinn (2008): 2 Milliarden Dollar Beschäftigte: 19 000 Sitz: St. Louis, Missouri (USA)
Vorwürfe	**Versuch der Dominierung landwirtschaftlicher Ressourcen durch Gentechnik und Patente, Knebelverträge mit Bauern, Vertuschung von Risiken der eigenen Produkte, Kinderarbeit bei Lieferanten**

Monsanto verdient sein Geld vor allem mit Gentechnik und Patenten, die dem Konzern das alleinige Recht der Vermarktung von Saatgut und Pflanzenschutzmitteln erlauben. Damit, so behauptet das Unternehmen, könne man die landwirtschaftliche Produktion steigern und den Hunger in der Welt bekämpfen.[1] Kritiker fürchten hingegen, dass die Firma die globale Landwirtschaft unter ihre Kontrolle bringen möchte. Bereits 2001 stammten 90 Prozent der weltweit angebauten Gentech-Pflanzen von Monsanto.[2] Der Konzern kassiert dafür teure Lizenzgebühren, die sich gerade die Hungernden natürlich nicht leisten können. Stellt euch vor, wie das wäre, wenn tatsächlich eine einzige Firma die Macht über die weltweite Produktion von Samen für Nahrungsmittel hätte!

»Um das weltweite Saatgut-Monopol zu erlangen, setzt Monsanto eine geschickte Kombination von Strategien ein, die wie Zahnräder ineinandergreifen«, schreibt Greenpeace in einem Bericht[3]. Konkret heißt das: »Einflussnahme auf Politik und Wissenschaft, Aufkauf konkurrierender Unternehmen, aggressiver Erwerb von Patenten, Kontrolle von Landwirten und Inkaufnahme der Kontamination großer Gebiete mit Gent-Pflanzen.« Letzteres bedeutet, dass sich gentechnisch veränderte Pflanzenteile unkontrolliert verbreiten.[4] Vor allem in Lateinamerika roden lokale Unternehmen für Gentech-Soja-Monokulturen ganze Urwälder und zerstören damit wichtige Ökosysteme und indigene Lebensräume.[5] In Nordamerika ist mehr als die Hälfte des konventionellen Mais- und Soja-Saatguts und fast das gesamte Raps-Saatgut mit von Monsanto patentierten Genen »infiziert«.[6] Mithilfe gentechnischer Veränderungen gelingt es heute zudem, die Keimfähigkeit von Samen zu unterbinden.[7] Monsanto beteuert, dass man jedoch keinesfalls daran denke, solche Technologien kommerziell einzusetzen und so Kleinbauern die Weiterzucht von Lebensmittelsaatgut unmöglich zu machen.[8] Dass solche Ängste nicht aus der Luft gegriffen sind, zeigt ein Blick in die USA, wo das Unternehmen Bauern durch Knebelverträge daran hinderte, Saatgut weiterzuverwenden, wie es seit Tausenden von Jahren üblich ist. Wer die Samen dennoch einsetzte, musste mit hohen Strafen rechnen, berichtet das Online-Magazin »Telepolis«. Monsanto selbst räumte ein, eine kostenfreie Hotline zu unterhalten, unter der bei Verdacht auf Verstöße gegen Patentrechte des Konzerns Hinweise deponiert werden können.[9] Es sei in den letzten zehn Jahren aber nur etwa 120-mal Klage gegen Bauern erhoben worden.[10]

Seit Jahrzehnten vertuscht Monsanto die gefährliche Wirkung seiner Produkte für Mensch und Umwelt. Gemeinsam mit anderen Konzernen bot das Unternehmen ein Herbizid (Unkrautbekämpfungsmittel) an, das unter dem Namen »Agent Orange« traurige

Berühmtheit erlangte. Einsatz fand es unter anderem im Vietnamkrieg in den sechziger Jahren, um Wälder und Lebensmittelfelder der dortigen Bevölkerung zu zerstören. 4,8 Millionen VietnamesInnen leiden seitdem an Missbildungen, Krebs und anderen Krankheiten, die durch Agent Orange verursacht wurden. Noch heute kommen Kinder, deren Eltern mit dem Herbizid besprüht wurden, mit schwersten Behinderungen zur Welt. Eine Klage vietnamesischer Opfer gegen die Hersteller wurde jedoch von einem US-Gericht im Februar 2008 zurückgewiesen, da das Gift auf Veranlassung des US-Militärs produziert worden sei.[11]

In Indien verkaufte Monsanto teures Saatgut für Baumwolle und versprach damit Rekordernten. Als diese ausblieben, verübten zahlreiche verschuldete Bauern Selbstmord. Nach Angaben der indischen Regierung nahmen sich allein 2003 mehr als 17 000 indische Bauern das Leben.[12] Monsanto ist der Meinung, die Selbstmorde hätten nichts mit dem Konzern zu tun, dessen Produkte im Übrigen den Bauern zu Erfolg verholfen hätten.[13]

Im selben Jahr veröffentlichte eine holländische Menschenrechtsorganisation eine Studie, der zufolge Konzerne wie Monsanto, Bayer und Unilever von der Ausbeutung von Kindern bei der Saatgut-Herstellung in Indien profitierten.[14] Monsanto wies die Verantwortung zunächst von sich.[15] 2007 berichtete dieselbe Organisation, dass das Problem nach wie vor bestehe, wenn auch in etwas geringerem Ausmaß.[16] Auch das Wirtschaftsmagazin »Forbes« schrieb 2008 über ausbeuterische Kinderarbeit für Monsanto in Indien.[17] Der Konzern kritisierte den Artikel als »extrem irreführend«[18] und betont, die Kinderarbeit von 20 auf fünf Prozent reduziert zu haben, indem man den Bauern unter anderem einen Bonus zahle, wenn diese auf Kinderarbeit verzichteten.[19] Forbes zitiert allerdings einen Lieferanten mit der Aussage, dass er selbst mit solchen Hilfsgeldern weniger verdiene, als wenn er nach wie vor Kinder beschäftigen würde.

Ende 2006 sendete der WDR einen Bericht, in dem gezeigt wurde, dass Monsanto Abschnitte des Erbguts eines Schweines entschlüsselt habe und weltweit zum Patent anmelden wollte. Damit drohten Schweinezüchter von Monsanto abhängig zu werden.[20] Der Konzern bestreitet dies und weist darauf hin, mittlerweile aus dem Schweinebusiness ausgestiegen zu sein.[21]

Was tun?

Auch in Mitteleuropa versucht Monsanto seine Produkte – gegen den Willen der Bevölkerung – zu verbreiten. Protestiert dagegen bei den politischen Parteien. Wie Menschen gegen Genmais in Deutschland protestieren, ist hier zu sehen: http://is.gd/oli.

Weitere Infos

www.greenpeace.de/themen/gentechnik
  Kritik an Monsanto & Co.

www.freie-saat.de
  Über Monsantos Versuche, Saatgut zu monopolisieren

www.is.gd/Pr5
  Bericht über Kinderarbeit im indischen Baumwoll-Anbau

www.is.gd/PqC, www.is.gd/jPq
  Arte-Doku »Monsanto, mit Gift und Genen«

www.is.gd/jPs
  WDR-Doku »Die arme Sau«

Nestlé

»Good Food, Good Life«

Produkte, Marken	Nahrungs- und Genussmittel der Marken Nescafé, Nesquik, Nespresso, Caro, Mövenpick, Schöller, LC1, Alete, Perrier, Vittel, Buitoni, Herta, Maggi, Thomy, After Eight, KitKat, Lion, Nuts, Smarties u. a.
Homepage	www.nestle.com
Firmendaten	Umsatz (2008): 72,6 Milliarden Euro Gewinn (2008): 12 Milliarden Euro Beschäftigte: 283 000 Sitz: Vevey (Schweiz)
Vorwürfe	**Ausbeutung in der Rohstoffgewinnung, Anwendung geächteter Vermarktungsmethoden von Babynahrung, Trinkwasserprivatisierung**

Nestlé ist der größte Lebensmittelkonzern der Welt. Das Unternehmen bezieht viele seiner Ausgangsprodukte aus Ländern, in deren Landwirtschaft selbst niedrige Menschenrechtsstandards nicht eingehalten werden. Vor allem bei der Gewinnung von Kakao und Kaffee werden Menschen ausgebeutet. An der Elfenbeinküste, wo ein Großteil der Weltkakaoernte angebaut wird, arbeiten Tausende Kinder wie SklavInnen auf den Plantagen. Nestlé rühmt sich seiner Mitgliedschaft bei der Rainforest Alliance, die so etwas wie fairen Handel garantieren soll. Tatsächlich aber ist die Rainforest Alliance ein industriefreundlicher Verein, dessen Regeln wesentlich weniger streng sind als die des echten fairen Handels mit seinem Fairtrade-Gütesiegel. Zurzeit garantiert nur dieses, dass an Schokolade nicht das Blut von Kindersklaven klebt und Kaffee nicht der Geschmack von Ausbeutung anhaftet. Nestlé hat als Marktführer großen Einfluss auf die extrem schwankenden und niedrigen Weltmarktpreise für diese Produkte und ist damit für das Elend der Kleinbauern und LandarbeiterInnen mitverantwortlich.

Seit Jahrzehnten kritisieren Menschenrechtsorganisationen den Konzern für seine Vermarktungsmethoden bei Babynahrung. Vor allem in ärmeren Ländern hat Nestlé immer wieder versucht, durch Werbung und die Abgabe von Gratisproben junge Mütter vom Stillen ihrer Kinder abzubringen. Laut Weltgesundheitsorganisation (WHO) sterben jährlich 1,5 Millionen Kinder, weil sie nicht gestillt werden. Die Verwendung von Milchpulver ist in vielen Regionen gefährlich, weil ärmere Frauen keinen Zugang zu sauberem Trinkwasser haben und häufig infiziertes Wasser zur Milchaufbereitung verwenden müssen. Muttermilch ist nach wie vor die sicherste Ernährung für Babys. Nach internationalen Konsumboykotten (»Nestlé tötet Babys[1]«) und Protesten durch UNO-Organisationen verpflichtete sich der Konzern zu Werbebeschränkungen, die aber immer wieder umgangen werden.[2] So berichtete etwa die britische Zeitung »Guardian« noch im Mai 2007, wie Nestlé-Vertreter in Bangladesch in Geburtenkliniken aggressive Werbung für Muttermilchersatz betrieben hätten. Der Konzern bestreitet, die Regeln der WHO zu missachten.[3]

Nestlé tritt auch massiv für die Privatisierung von Trinkwasser ein, um selbst damit Geschäfte zu machen. Trinkwasser ist die Lebensgrundlage aller Menschen – wird Wasser eine Ware, trifft man damit die Ärmsten dieser Welt. Im Film »We feed the world«[4] äußerte sich dazu der damalige Nestlé-Chef Peter Brabeck wortwörtlich so: »Es geht darum, ob wir die normale Wasserversorgung der Bevölkerung privatisieren oder nicht. Und da gibt es zwei verschiedene

Anschauungen. Die eine Anschauung, extrem, würde ich sagen, wird von einigen, von den NGOs vertreten, die darauf pochen, dass Wasser zu einem öffentlichen Recht erklärt wird. Das heißt, als Mensch sollen Sie einfach das Recht haben, Wasser zu haben. Das ist die eine Extremlösung.« Wenn das Recht auf Wasser eine »Extremlösung« ist, dann sind wir vermutlich alle ExtremistInnen.

In Kolumbien werfen Gewerkschafter dem Konzern seit Jahren vor, abgelaufene und verdorbene Lebensmittel zu verkaufen, Gewerkschaften zu unterdrücken und von der in Kolumbien sehr häufigen Gewalt gegen Gewerkschaftsmitglieder zu profitieren.[5] In einem Dokument der Schweizer Menschenrechtskoalition Multiwatch heißt es: »Was die dominante Position von Nestlé charakterisiert und erklärt, ist auch seine Fähigkeit, aus der extremen politischen Situation des zerrütteten Landes Profit zu schlagen.«[6] Gegenüber der Schweizer Nachrichtenagentur sda meinte ein Konzernsprecher, dass viele der Vorwürfe frei erfunden seien.[7]

Als das Netzwerk Attac für das empfehlenswerte Buch »Nestlé. Anatomie eines Weltkonzern«[8] über die Machenschaften des Konzerns recherchierte, habe die Schweizer Sicherheitsfirma Securitas im Auftrag von Nestlé eine als Globalisierungskritikerin getarnte Agentin in das Redaktionsteam eingeschleust, berichteten zahlreiche Schweizer Medien im Juni und Juli 2008.[9] Der Konzern teilte dem »Spiegel online« mit, er habe angesichts der angekündigten Proteste während des G8-Gipfels im Jahr 2003 die »geeigneten, strikt legalen Maßnahmen« ergriffen.[10] Die vermutete Bespitzelung begann allerdings erst nach dem Gipfeltreffen.

Was tun?

Kauft Kaffee, Schokolade und andere Kakaoprodukte nur mit Fairtrade-Gütesiegel; fordert von Regierungen und Parteien, die Privatisierung von Trinkwasser zu stoppen.

Weitere Infos

schweiz.attac.org/-Nestle-Kampagne-

Nestlé-Kampagne von Attac mit Buchversand.

www.babynahrung.org

Die Aktionsgruppe Babynahrung ruft zum Boykott von Nestlé auf.

www.is.gd/jPS

Bericht über Nestlé in Kolumbien.

www.is.gd/olu

Nestlé-Chef Braback in »We feed the world«.

Nokia

NOKIA
Connecting People

»Erfolg hat ein Geheimnis.
Bei Nokia ist das der Mensch!«

Produkte, Marken	Handys, Set-Top-Boxen, Netzwerkgeräte, Lautsprecher für Automarken wie BMW und Audi
Homepage	www.nokia.com
Firmendaten	Umsatz (2008): 50,7 Milliarden Euro Gewinn (2008): 12 Milliarden Euro Beschäftigte: 128 000 Sitz: Espoo (Finnland)
Vorwürfe	**Ausbeuterische Arbeitsbedingungen in der Handyproduktion**

Nokia ist mit einem weltweiten Marktanteil von fast 40 Prozent der weltgrößte Hersteller von Mobiltelefonen. Nokia schmückt sich mit einem Verhaltenskodex (»Code of Conduct«), der in chinesischen Zulieferbetrieben der Firma allerdings laut Studie einer finnischen Menschenrechtsorganisation vom März 2005 längst nicht immer befolgt und kontrolliert wurde.[1] Die ArbeiterInnen dort durften sich – wie in China üblich – weder gewerkschaftlich organisieren, noch wurde immer der gesetzliche Mindestlohn gezahlt, von einem die Existenz sichernden Lohn ganz zu schweigen: Die Beschäftigten erhielten zwischen 45 und 75 Euro pro Monat. Von diesem Einkommen wurden zusätzlich diverse »Strafzahlungen« abgezogen. Überstunden und regelmäßige Beschimpfungen gehörten zum Arbeitsalltag. Nokia betonte in einer Reaktion, der Konzern würde sich an internationale Standards halten oder die lokalen Gepflogenheiten oft sogar übertreffen, und versprach weitere Verbesserungen.[2]

Ende 2006 berichtete eine holländische Organisation, dass die Beschäftigten eines Nokia-Lieferanten in Thailand ungeschützt mit giftigen bleihaltigen Lötmitteln arbeiten mussten. Zur »Reinigung« des Körpers habe die Firma ihnen jeden Tag einen Liter Milch angeboten, mit dem die Giftstoffe aus dem Körper geschwemmt werden sollten. Bei einem anderen Lieferanten mussten die ArbeiterInnen zwölf Stunden pro Tag arbeiten – auch am Wochenende und an Feiertagen. Überstunden seien nicht bezahlt worden.[3] Nokia beanstandete den Bericht als fehlerhaft, versprach aber, wo nötig, Verbesserungen zu veranlassen.[4]

In Deutschland kam es Anfang 2008 zu lauten Protesten, als Nokia ankündigte, sein Werk in Bochum zu schließen und die Produktion nach Rumänien zu verlagern. Betroffen sind rund 2300 Beschäftigte und bis zu 2000 Stellen bei Zulieferern und Leiharbeitsfirmen. Nokia hatte nach Regierungsangaben seit 1989 insgesamt rund 88 Millionen Euro von Bund und Land – also von den SteuerzahlerInnen – erhalten, weil der Konzern versprochen hatte, viele Arbeitsplätze zu schaffen.[5] Nach einer Umfrage des Magazins »Stern« vom Januar 2008 wollten sich 56 Prozent der Deutschen an einem möglichen Nokia-Boykott beteiligen.[6] Jetzt muss der Konzern zumindest Investitionen in der Region finanzieren. Die Beschäftigten in Rumänien sollen Medienberichten zufolge nur zwischen 170 und 238 Euro im Monat verdienen, das ist sogar weniger als der Durchschnittslohn von 320 Euro.[7] Der rumänische Gewerkschaftsbund spricht im Zusammenhang mit Nokia von »einer neuen Form der Sklaverei«. Das Unternehmen versuche sogar, durch eine Änderung des rumänischen Arbeitsgesetzes eine 60- bis 70-Stunden-Woche für seine Beschäftigten zu legalisieren.[8] Nokia dementierte, man halte sich an arbeitsrechtliche Bestimmungen und Gebräuche im Rahmen der in den jeweiligen Ländern geltenden Gesetze.[9]

Was tun?

Das Jammern der deutschen Regierung über den Verlust der Nokia-Arbeitsplätze ist pure Heuchelei – schließlich hat sie selbst die Grundlagen für den neoliberalen Standortwettbewerb geschaffen. Großkonzerne sichern langfristig keine Arbeitsplätze und tragen nicht angemessen zum Sozialsystem bei. Fördert lieber die Kleinen!

Weitere Infos

www.is.gd/oIG

Studie über Nokia in China.

www.is.gd/jQc

Studie »The high cost of calling« über Nokia in Thailand.

www.gep.de/ezef

Hier kann der ausgezeichnete Film »Eine anständige Firma – Nokia made in China« bestellt werden.

Siemens AG

SIEMENS *»Gesellschaftliche Verantwortung übernehmen«*

Produkte, Marken	Telefone, Osram-Lampen, Turbinen, Schienenfahrzeuge, Automatisierungs-, Antriebs-, Medizin-, Kraftwerks- und Sicherheitstechnik, Bosch Haushaltsgeräte, Fujitsu Siemens Computer etc.
Homepage	www.siemens.com
Firmendaten	Umsatz (2008): 77,3 Milliarden Euro Gewinn (2008): 5,9 Milliarden Euro Beschäftigte: 427 000 Sitz: Berlin und München (Deutschland)
Vorwürfe	**Beteiligung am Bau gefährlicher Atomkraftwerke, Massenvertreibungen und Zerstörung der Lebensgrundlagen zahlreicher Menschen druch Staudammprojekte, Korruption**

Siemens zählt global zu den größten Firmen der Elektrotechnik und Elektronik. Der Konzern ist zudem mit 34 Prozent an der französischen Firma Areva NP beteiligt, die sich stolz als »weltweit führend in der Entwicklung und im Bau von Kernkraftwerken« bezeichnet.[1] Rechnet man die Kraftwerke der Areva-Vorgängerfirmen zusammen, so hat kein Unternehmen auf der Welt mehr Atomkraftwerke gebaut. Die Atomkraft ist, das wissen wir spätestens seit dem katastrophalen Unfall von Tschernobyl mit Hunderttausenden von Opfern, eine der gefährlichsten Technologien unserer Zeit. Seit einigen

Jahren aber versucht die Atomlobby – dazu gehört auch Siemens –, Kernkraft als Lösung des Klimaproblems darzustellen. Das ist aus vielerlei Gründen schlichtweg falsch: Atomkraft ist teuer, kann den Energiebedarf nicht decken, produziert ebenfalls Treibhausgase und verhindert Investitionen in eine nachhaltige Energiewende.[2] Schwerer wiegt, dass Kernkraftwerke nach wie vor lebensbedrohlich sind und radioaktive Abfälle unsere Erde und nachfolgende Generationen für Jahrtausende belasten.

Hinzu kommt, dass Areva selbst in autoritären Ländern wie China[3], Libyen[4] und den Vereinigten Arabischen Emiraten[5] Atomkraftwerke bauen möchte. »Wie will Siemens garantieren, dass Libyen und die Golfstaaten die sogenannte zivile Nutzung der Atomenergie nicht zum Aufbau eines geschlossenen nuklearen Kreislaufes und damit eines Tages für eine militärische Nutzung missbrauchen?«, fragt deshalb der »Dachverband der Kritischen AktionärInnen«.[6]

Siemens ist mit einer Beteiligung von 35 Prozent einer der beiden Eigentümer des Wasserkraft-Unternehmens Voith Siemens[7], das unter anderem Generatoren und Turbinen für zahlreiche Mega-Staudämme in ärmere Länder liefert. Der ökologische Standard dieser Großprojekte wäre in Europa undenkbar. Für das weltgrößte Wasserkraftprojekt, den Drei-Schluchten-Damm in China, an dessen Konstruktion Siemens und Voith Siemens beteiligt waren[8], wurden ganze Städte, Dörfer und wertvolle Ökosysteme zerstört und rund 1,4 Millionen Menschen zwangsweise umgesiedelt. Bis zu 4 Millionen weiteren Menschen – das entspricht der halben Einwohnerzahl Österreichs – droht das gleiche Schicksal.[9] Viele von ihnen verlieren sämtliche Lebensgrundlagen. Angemessene Entschädigungen werden nicht gezahlt. In Indien war Voith Siemens am Bau des Omkareshwar-Dammes beteiligt. 50 000 Menschen nahm man dort die Heimat.[10] Der Konzern behauptet seit jeher, derartige Projekte brächten mehr Nutzen als Schaden.[11] Fragt sich nur, für wen?

Im Juni 2008 verklagte die irakische Regierung Dutzende internationale Großkonzerne wegen angeblicher milliardenschwerer

Schmiergeldzahlungen an das Regime des früheren Diktators Saddam Hussein. Zu den betroffenen Firmen zählten nach Angaben der Finanznachrichten-Agentur Bloomberg auch Siemens und der frühere DaimlerChrysler-Konzern, berichteten zahlreiche deutsche Medien Anfang Juli. Die Klage auf Schadenersatz sei bei einem Bundesgericht in New York eingereicht worden.[12] Siemens wies solche Anschuldigungen bereits im Januar zurück: »Nach unseren bisherigen Erkenntnissen kam es zu keiner Verletzung der Strafgesetze durch Mitarbeiter.«[13]

Noch während der brasilianischen Militärdiktatur (1964–1985) half Siemens bei der Errichtung eines Atomkraftwerks, dessen Nutzung unter anderem auch militärisch motiviert war, das aber erst im Jahr 2000 ans Netz ging.[14] Derartige Großprojekte haben das Land in die Schuldenkrise gestürzt.[15]

Ende 2007 geriet Siemens wegen einer gigantischen Schmiergeldaffäre ins Licht der Öffentlichkeit: Insgesamt seien in den Jahren zuvor bis zu 1,3 Milliarden Euro in dunklen Kanälen verschwunden, die man vermutlich im Ausland als Bestechungsgelder eingesetzt hatte. Neben deutschen Staatsanwaltschaften ermitteln Strafverfolger in der Schweiz, Italien, Griechenland, Ungarn, China, Indonesien, Norwegen, Israel und Russland gegen ehemalige und aktive Manager des Konzerns. Siemens-Chef Peter Löscher hält den Schmiergeldskandal nun für weitgehend aufgeklärt.[16]

Dafür stiegen Ende 2006 die Vorstandsgehälter, die bereits zuvor 47-mal höher waren als das durchschnittliche Einkommen eines Konzernmitarbeiters, um 30 Prozent.[17] Und das, obwohl die ArbeiterInnen ständig von Lohnkürzungen und Entlassungen betroffen sind: Fast 17 000 Jobs will der Konzern in den nächsten Jahren streichen.[18]

Was tun?

Druck auf die deutsche Bundesregierung ausüben, damit diese endlich deutsche Konzerne daran hindert, weltweit Menschenrechte zu verletzen und bei uns die Sozialsysteme auszuhöhlen.

Weitere Infos

www.siemens-boykott.de

Infos der »Ärzte für die Verhütung des Atomkrieges«.

www.kritischeaktionaere.de

Die »Kritischen AktionärInnen« decken Verfehlungen deutscher Konzerne auf.

www.narmada.org

Die »Friends of the River Narmada« kämpfen gegen Siemens-Staudämme.

Anhang

Anmerkungen

Wem gehört die Welt?

1 Die Daten stammen aus: Fortune Magazine, 20.8.07, World Bank, 1.7.07, UNDP Human Development Report, 9.11.06

2 Hier sind die knapp 100 000 Menschen mit einem Vermögen von über 30 Millionen US-Dollar laut World Wealth Report gemeint.

3 »Unsaubere Geschäfte der Gates-Stiftung: Kinder verseucht, aber gegen Masern geimpft«, Süddeutsche Zeitung, 10.1.2007

Die Welt der Konzerne

1 Quelle: Fortune Global 500, Weltbank für 2006

2 Gemessen in Kaufkraftstandard (KKS), der die Unterschiede im Preisniveau der einzelnen Länder ausgleicht; Quelle: http://europa.eu/abc/keyfigures/qualityoflife/index_de.htm

3 Der Standard, 21.9.2006

4 EU-Kommissar Mario Monti rechnete bereits 1998 vor, dass in der EU die durchschnittliche Besteuerung von Arbeit in den vorangegangenen 15 Jahren von 35 auf 42 Prozent angestiegen war (gleichzeitig hatte die Kapitalbesteuerung von 45 auf 35 Prozent abgenommen). In Österreich hat sich der Anteil der Unternehmensgewinnsteuern am Gesamtsteueraufkommen seit 1965 von 27 auf 14 Prozent halbiert. Im selben Zeitraum verdreifachte sich der Anteil der Lohnsteuer am Gesamtsteueraufkommen von 10 auf 30 Prozent.

5 »Die schlimmsten Strippenzieher der EU«, Spiegel online, 16.10.2007

Krieg für unsere Handys

1 Dominic Johnson: »Ein Minister will sich bilden«, die tageszeitung, 21.11.2000

2 Name geändert

3 Sixth report of the Secretary-General on the United Nations Organization Mission in the Democratic Republic of the Congo, 12.2.2001

4 »Bayer weist Vorwürfe entschieden zurück«, Presseinformation, 31.8.2001

5 Nikolaus Förster: »Bayer: Der Teufelskreis«, Financial Times Deutschland, 29.8.2001
6 »Final report of the Panel of Experts of the Illegal Exploitation of Natural Resources and Other Forms of Wealth of the Democratic Republic of the Congo«, UN-Sicherheitsrat, 16.10.2002

Geiz ist nicht geil

1 Ikea-Katalog 2001, S. 19
2 Interview mit dem Autor vom 11.12.2000
3 »Die Sklaven der Moderne«, Stern 43/1999
4 Play Fair 2008: Bericht über die Arbeitsbedingungen bei der Herstellung von Produkten mit dem olympischen Logo

Prost Mahlzeit

1 Interview mit dem Autor vom 26.3.1997
2 Siehe auch www.greenpeace.de/themen/gentechnik/welternaehrung
3 »Cocoa Industry Fails to Deliver on July 1, 2008 Child Labor Commitments«, ILRF 30.6.2008
4 »Child cocoa workers still ›exploited‹«, BBC, 2.4.2007
5 »Millionen-Entschädigung für impotente Bananenarbeiter«, Spiegel online, 21.12.2007 und »Nemagón: un pesticida devastador«, BBC Mundo, 20.7.2007, www.nicanet.org, www.nemagon.info
6 »Tödliche BAYER-Pestizide im Bananenanbau«, Coordination gegen BAYER-Gefahren, 7/2000

Kranke Geschäfte

1 Christian Felber: »Die Apotheke der Armen«, Die Presse, 24.8.2007
2 »Pfizer Faces Criminal Charges in Nigeria«, Washington Post, 30.5.2007 und »Tödliche Tests in Nigeria«, Spiegel online, 30.8.2001
3 »Pfizer wegen Versuchen an Kindern verklagt«, Die Welt 5.6.2008
4 Markus Grill: Kranke Geschäfte. Wie die Pharmaindustrie uns manipuliert. Reinbek bei Hamburg, 2007

Uns gehört die Welt

1 »Wo Europa im Sumpf endet«, Die Zeit, 21.7.2005

Wir machen uns die Welt, wie sie uns gefällt!

1 www.jugendkongress-muenchen.de
2 www.adbusters.org, Beispiele aus Deutschland z. B. unter www.greenpeace-magazin.de/index.php?id=ka
3 www.konsumensch.net
4 www.thevacuumcleaner.co.uk
5 Siehe auch den Kino-Spot unter www.is.gd/008

Anmerkungen Firmenporträts

Adidas

1 Newsletter der Clean Clothes Campaign, 13, November 2000
2 Über den Fall wird auch im Stern-Artikel »Internationale Härte« berichtet, Heft 8/ 2006
3 »The Life of Football Factory Workers in Thailand«, Thai Labour Campaign, 30.6.2006
4 Stellungnahme der Adidas Gruppe zum Bericht »The Life of Football Factory Workers in Thailand«, 30.6.2006
5 »Die Hürden überwinden. Schritte zur Verbesserung von Löhnen und Arbeitsbedingungen in der globalen Sportartikelindustrie«, Play Fair, 2008
6 www.net-tribune.de/article/210408-118.php
7 »Adidas einer der Gewinner der Fußball-EM«, Oberösterreichische Nachrichten, 17.6.2008
8 »Nike/Adidas: Kampf um den EM-Titel«, Focus-Money, 25.6.2008

Aldi

1 Aldi veröffentlicht keine Finanzdaten; Angaben geschätzt laut »Hart aber unherzlich«, profil vom 26.5.2008
2 »Die Inventur«, ManagerMagazin, 7.3.2006
3 »Ein Phantom wird 85«, ManagerMagazin vom 13.3.2007
4 Ebd.
5 »All die Textilschnäppchen – nur recht und billig?«, Südwind-Institut Mai 2007
6 http://handel.bawue.verdi.de/einzelhandel/betriebe/aldi, Stand Juni 2008; »Moral zum Discount-Tarif«, Süddeutsche Zeitung, 6.4.2008
7 »Hart aber unherzlich«, profil, 26.5.2008

Apple

1 Fortune Global 500
2 http://money.cnn.com/2007/11/21/news/newsmakers/power_jobs.fortune/index.htm
3 www.forbes.com/lists/2007/12/lead_07ceos_Steven-P-Jobs_HEDB.html
4 Welcome to iPod City, Daily Mirror, 14.6.2006
5 www.greenpeace.org/raw/content/usa/missed-call-the-iphone-s-haza.pdf
6 www.greenpeace.org/raw/content/international/press/reports/guide-greener-electronics-8-edition.pdf
7 www.apple.com/hotnews/agreenerapple, Stand Juni 2008

Bayer

1 lt. Aktionärsbrief 1. Quartal 2008
2 »Bayer weist Vorwürfe entschieden zurück«, Süddeutsche Zeitung, 6.6.2003
3 »Die Giftfracht made in Germany«, Stichwort Bayer 04/2005; www.corporatewatch.org.uk/?lid=200, www.foeeurope.org/corporates/locked/study2.htm u.a.
4 www.bayercropscience.com, Stand Juni 2008
5 »Die schmutzigen Portfolios der Pestizid-Industrie«, Greenpeace, 16.6.2008
6 »Child Labour and Trans-National Seed Companies in Hybrid Cotton Seed Production in Andhra Pradesh«, India Committee of the Netherlands, 24.4.2003
7 »Kinderarbeit und kein Ende«, Magazin Stichwort Bayer, 3/2007
8 »Blutiger Streit um genmanipuliertes Saatgut«, die tageszeitung, 28.10.2007
9 »Kohlenmonoxid vergiftet Stimmung«, die tageszeitung, 4.8.2007
10 www.pipeline.bayer.de
11 »Bayer zieht Herzmittel endgültig zurück«, Die Welt online 16.5.2008 und Stichwort Bayer, Ausgabe 4/2007

British American Tobacco Plc

1 »Benebelt und belämmert«, Südwind Magazin 9/2004
2 »Hooked On Tobacco«, Christian Aid/DESER 2002 und »Behind the mask. The real face of corporate social responsibility«, Christian Aid 2004; »British American Tobacco (BAT): zweitgrößter Tabakkonzern der Welt«; www.unfairtobacco.org/index.php?id=38
3 Ebd.
4 »Tabak-Lobbyverband löst sich auf«, Spiegel online, 29.6.2007
5 »German Tobacco Industry's Successful Efforts to Maintain Scientific and Political Respectability to Prevent Regulation of Secondhand Smoke«, Deutsches Krebsforschungszentrum u.a., April 2006
6 Ebd.
7 »Nigeria takes on tobacco giants«, BBC, 14.1.2008

Chiquita Brands International

1 »Ecuador: Harmful Child Labour and Anti-Union Bias on Banana Plantations«, Human Rights Watch, 25.4.2002
2 »Bananenmulti Chiquita: Unter falscher Flagge?«, Spiegel, 14.8.2006
3 »Biosiegel von der ›Rainforst Alliance‹ trotz Chemikalien«, 3sat Magazin nano, 20.12.2006
4 »Milliardenschwere Sammelklage gegen Chiquita«, Focus, 14.11.2007 und www.heise.de/tp/r4/artikel/25/25493/1.html
5 Ebd.
6 »Milliarden-Klage gegen Chiquita«, Kurier, 15.11.2007

The Coca-Cola Company

1 lt. Financial Overview 2007, Coca-Cola
2 www.stopcorporateabuse.org
3 »Sieben Morde bei Coca Cola«, Telepolis, 7.12.2001, »Profitable Konzerngewalt in Kolumbien«, Telepolis, 9.4.2006, »Studenten meutern gegen ›Killer-Coke‹«, Spiegel online, 6.1.2006; »Coke sued over death squad claims«, BBC, 20.1.2001, »Zynische Realität«, Süddeutsche Zeitung, 11.1.2006
4 »Profitable Konzerngewalt in Kolumbien«, Telepolis, 9.4.2006
5 www.thecoca-colacompany.com/presscenter/viewpointscolombian.html
6 »Indien: Indigene Völker kämpfen gegen Coca-Cola«, Labour Net, 9.5.2002; »Coke adds life? In India, impoverished farmers are fighting to stop drinks giant ›destroying livelihoods‹«, Independent, 25.7.2003
7 »El Salvador: Kinderarbeit auf Zuckerplantagen«, Human Rights Watch, 10.6.2004

Daimler AG

1 Aktionärsstruktur siehe www.eads.com/1024/de/investor/Stock_information/Shareholding_structure.html, Stand 30.6.2008: Das Unternehmen Daimler, das bis 2007 22,5 % der Anteile an EADS gehalten hatte, behielt nach dem Verkauf von 7,5 % seiner Aktien an ein deutsches Investorenkonsortium das alte Stimmrecht (zugeschnitten auf 22,5 % der Anteile) bei. Damit bleibt Daimler einer der beiden einflussreichen Aktionäre bei der EADS. Siehe auch: »Daimler-Chrysler gibt EADS-Paket ab«, Tagesspiegel, 10.2.2007
2 www.dfg-vk.de/thematisches/wir_kaufen_keinen_mercedes/2008/236
3 Pressemitteilung der Kritischen Aktionäre vom 11.10.2007
4 »USA setzen Streumunition im Irak ein«, 1.4.2003
5 »100 Staaten einigen sich auf Streubomben-Verbot«, www.tagesschau.de/ausland/streubomben10.html
6 »›CNN‹: Höchstes US-Gericht gestattet Klage von Apartheid-Opfern«, dpa, 12.5.2008
7 »Daimler hält Klage für unbegründet«, Berliner Morgenpost, 14.5.2008

8 Pressemitteilung der Kritischen Aktionäre vom 2.4.2007
9 »Preis für Kampagnen zur Desinformation«, Telepolis, 5.12.2007

Deutsche Bank AG

1 »Korruptionswächter kritisieren Deutsche Bank«, Die Welt, 29.12.2006
2 »Nijasows Geld liegt in Frankfurt«, die tageszeitung, 22.12.2006
3 Siehe Fußnote 1
4 »›CNN‹: Höchstes US-Gericht gestattet Klage von Apartheid-Opfern«, dpa, 12.5.2008
5 www.kritischeaktionaere.de/deutsche_bank.html
6 »Kritik an menschenverachtenden Spekulationen mit Agrarrohstoffen«, Bericht des Dachverbands der Kritischen Aktionäre von der Hauptversammlung der Deutschen Bank am 29.05.2008
7 http://www.dws.de/DE/showpage.aspx?pageID=79, Stand Juni 2008
8 www.foeeurope.org/agrofuels/financers_report_May08.pdf

The Walt Disney Company

1 corporate.disney.go.com/investors/fact_books/2007/book.html
2 »In Chinese Factories, Lost Fingers and Low Pay«, New York Times, 5.1.2008
3 »Disney violates Chinese labour laws: report«, AFP, 12.9.2007
4 »Problematische Arbeitsbedingungen in chinesischen Spielzeugfabriken«, Südwind, 6.12.2007

ExxonMobil Corporation

1 »Wie Exxon die Welt verdunkelt«, Financial Times Deutschland, 11.1.2007
2 www.worstlobby.eu/2006/showinfo.php?id=3&lang=ger
3 www.exxonmobil.de/unternehmen/service/interview_stuewer.html
4 »Indonesia: What did Mobil know?«, Business Week, 28.12.1998; »Time for Transparency«, Global Witness, April 2004; »Mithilfe bei Folter«, taz, 23.6.2001; www.corporatewatch.org.uk/?lid=295; »Afrikanischer Präsident kauft 35 Millionen Dollar Luxusvilla«, Spiegel online, 9.11.2006
5 Quellen: www.erdoel-tschad.de, »Contracting out of Human Rights: The Chad-Cameroon pipeline project«, Amnesty International, 7.9.2005; »Esso zerstört Afrikas Natur für den Bau der Tschad / Kamerun Pipeline«, Greenpeace, 12/2004; »Tschad und Sudan«, Telepolis, 1.5.2006; »Der Tschad – die neue Tankstelle Zentralafrikas«, www.swr.de/swr2/programm/extra/afrika/laender/printlaendertschad_babila5.html
6 »Öl im Tschad: Ein fragwürdiger Segen«, Le monde diplomatique 16.9.2005
7 www.exxonmobil.de/unternehmen/energie/reserven/tschad/index.html, Stand Juni 2006
8 »Ölkonzerne im Irak: Fördern – und fordern«, Süddeutsche Zeitung, 19.6.2008
9 »New Yorks unsichtbare Ölpest«, Der Spiegel, 4.2.2007
10 »Mega-Ölpest mitten in New York«, Die Welt, 7.8.2007

Hennes & Mauritz AB

1 »H&Ms Verhaltenskodex in Kambodscha« lt. Konzernhomepage, Stand Juni 2008
2 »Die Hürden überwinden: Schritte zur Verbesserung von Löhnen und Arbeitsbedingungen in der globalen Sportbekleidungsindustrie«, Play Fair 2008, www.playfair2008.org/docs/Die_Hurden_uberwinden.pdf
3 »Baumwolle gepflückt von Kinderhand«, Stern.de, 30.11.2007
4 »Liebesentzug für H&M-Betriebsräte«, Spiegel online, 28.2.2008

Kraft Foods Inc.

1 www.kraftfoods.de/kraft/page?siteid=kraft-prd&locale=dede1&PagecRef=2283&Mid=2283, Stand Juni 2008
2 »Child cocoa workers still ›exploited‹«, BBC, 2.4.2007; »Schokolade: Rohstoff des Leidens«, Süddeutsche Zeitung, 23.12.2005
3 »Cocoa Industry Fails to Deliver on July 1, 2008 Child Labor Commitments«, International Labour Rights Forum, 30.6.2008
4 www.kraftfoods.de/kraft/downloads/dede1/Kakaobroschuere_web.pdf, Stand Juni 2008
5 »Kakao ist keine Schokolade«, Der Standard, 18.12.2006

Mattel

1 www.mattel.de/cr.php?sub=global, Stand Juni 2008
2 »Toys of Misery. A report on the toy industry in China«, National Labor Committee, Januar 2002
3 www.theglobalreport.org/issues/161/labor.html
4 »Toys of Misery 2007. Santa's Helpers Suffer Constant Abuse. While Making Barbie, Thomas & Friends, and Other Toys for Wal-Mart at the Xin Yi Factory in China«, National Labor Committee, November 2007
5 »Blumner: Third-World children slave so Barbie can accessorize«, Salt Lake Tribune, 11.2.2007, www.laborrights.org/files/india_saltlaketribune_110207.pdf; www.democracynow.org/2007/10/30/gap_mattel_speedo_wal_mart_products
6 www.mattel.com/about_us/Corp_Responsibility/cr_mimco.asp
7 »Mattel startet dritte Rückrufaktion von Spielzeugen«, Der Standard, 22.10.2007

McDonald's

1 Siehe z.B. »Eating Up The Amazon«, Greenpeace International, 6.4.2006, »McDonald's & Co verfüttern den Regenwald«, die tageszeitung, 15.4.2006
2 »Victory as fast food giant pledges to help protect the Amazon«, Greenpeace International, 25.7.2006
3 »Burgerbewegung: Gegen Gentechnik bei McDonald's«, foodwatch, 5.9.2007; »McDonald's macht auf bio«, die tageszeitung, 29.2.2008

4 »McDonald's Toys: Do they manufacture fun or more exploitation?«, Hong Kong Christian Industrial Committee, 27.8.2000
5 »Happy Meals, Unhappy Workers«, CorpWatch, 6.3.2006
6 »The Not Exactly Happy Meal«, Forbes, 13.5.2005
7 »An unhappy toy story: Unrest in China«, International Herald Tribune, 29.7.2006
8 »Schmutz und Schikane: Schwere Vorwürfe gegen McDonald's«, ZDF Frontal21, 3.4.2007

Microsoft Corporation

1 »Microsoft lässt Doppelklick patentieren«, netzeitung.de, 7.6.2004
2 »EU-Gericht lässt Microsoft mit Beschwerde abblitzen«, Spiegel online, 17.9.2007
3 Siehe z.B. www.dw-world.de/dw/article/0,,2058046,00.html?maca=de-rss-de-all-1119-rdf
4 »Unintended victims of Gates Foundation generosity«, Los Angeles Times, 16.12.2007; »Gates-Stiftung hilft Medienkonzern«, 21.8.2006
5 »Dark cloud over good works of Gates Foundation«, Los Angeles Times, 7.1.2007
6 Ebd. und »Tödliches Copyright«, Telepolis, 5.8.2007
7 »Dark clouds over good works of Gates Foundation«, Los Angeles Times, 7.1.2007
8 »Coverage of the Gates Foundation«, www.latimes.com/news/la-na-gatesx-7jan07-sg,0,3151382.storygallery; »Unsaubere Geschäfte der Gates-Stiftung: Kinder verseucht, aber gegen Masern geimpft«, Süddeutsche Zeitung, 10.1.2007
9 »Wirbel um Stiftung: Gates tut Gutes mit schlecht gemachtem Geld«, Spiegel online, 13.1.2007
10 »Undermining freedom of expression in China: The role of Yahoo!, Microsoft and Google«, Amnesty International, Juli 2006, http://irrepressible.info/static/pdf/FOE-in-china-2006-lores.pdf; »Amnesty wirft Suchmaschinen Zensur vor«, focus online, 20.7.2006
11 Ebd.; www.focus.de/digital/internet/suchmaschinen_aid_112273.html
12 »China: Menschenrechtsverteidiger in Haft auf Grund von Yahoo's Datenweitergabe«, www.amnesty.at/gewerkschafterInnen/china/google.htm, Juli 2006; »Amnesty will Blogger befreien«, Spiegel online, 27.10.2006
13 »Today, our chance to fight a new hi-tech tyranny«, The Guardian, 28.5.2006
14 »Gates' gute Geschäfte«, ManagerMagazin, 19.4.2006

Monsanto Company

1 www.monsanto.de/Service/broschueren/Kompendium.pdf, Stand Juni 2008
2 »Monsanto: Ein Gentechnik-Gigant kontrolliert die Landwirtschaft«, Green-

peace, April 2005; www.greenpeace.de/fileadmin/gpd/user_upload/themen/gentechnik/greenpeace_monsantoreport.pdf

3 Ebd.

4 Siehe z.B. »Der Streit um die grüne Gentechnik geht weiter«, Telepolis, 8.4.2008

5 »Eating up the Amazon«, Greenpeace, 2006; www.greenpeace.at/3394.html

6 »Monsanto: Ein Gentechnik-Gigant kontrolliert die Landwirtschaft«, Greenpeace, April 2005

7 www.global2000.at/files/hg-gen-terminator.pdf

8 http://monsanto.mediaroom.com/index.php?s=59&item=136, Stand Juni 2008

9 »Haltet den Dieb?«, Telepolis, 26.4.2005

10 http://monsanto.mediaroom.com/index.php?s=59&item=165, Stand Juni 2008

11 »US-Gericht weist Klage vietnamesischer Agent-Orange-Opfer zurück«, Spiegel online, 26.2.2008

12 »On India's Farms, a Plague of Suicide«, New York Times, 19.9.2006

13 http://monsanto.mediaroom.com/index.php?s=59&item=135, Stand Juni 2008

14 www.indianet.nl/cotseed.html

15 »Kinderarbeit für Wucherzinsen«, die tageszeitung, 31.7.2003

16 Seeds of change, 8.9.2007, siehe www.indianet.nl/pdf/seedsofchangefinal.pdf

17 »Child Labor«, Forbes.com, 25.2.2008

17 »Executive Responds To Child Labor Story«, Forbes.com, 22.2.2008

19 www.monsanto.com/responsibility/our_pledge/stronger_society/child_labor.asp, Stand Juni 2008

20 Arme Sau – Das Geschäft mit dem Erbgut. WDR, 9.10.2006

21 http://monsanto.mediaroom.com/index.php?s=59&item=168, Stand Juni 2008

Nestlé

1 Es handelt sich um den Namen einer Studie aus dem Jahr 1974 der Arbeitsgruppe Dritte Welt Bern. Nestlé klagte gegen sie wegen Ehrverletzung.

2 www.babymilkaction.org/resources/boycott/nestlefree.html; »Breaking the Rules, Stretching the Rules 2007«, International Baby Food Action Network, 27.11.2007

3 »Milking it«, Guardian, 15.5.2007; www.nestle.com/Resource.axd?Id=BBB18D23-E029-4981-922A-E58C70970CE1, Stand Juni 2008

4 Erwin Wagenhofer: »We feed the World«, Allegrofilm 2005

5 »Up-Date zum Fall Nestlé Kolumbien (April 2006 bis August 07)«, Multi Watch, www.humanrights.ch/home/upload/pdf/071018_ASK_nestle.pdf; »Kolumbien – Kann man Nestlé glauben?« WoZ, 15.1.2004, Seite 2–3, Nestlé-Dossier www.humanrights.ch/home/upload/pdf/040227_rimml_nestle.pdf; www.ila-bonn.de/artikel/268nestle.htm

6 zitiert nach »Profitable Konzerngewalt in Kolumbien«, Telepolis 9.4.2006; siehe auch »Kolumbien: Es braucht viel Mut«, WoZ, 15.2.2007

7 www.humanrights.ch/home/de/Schweiz/Politik/Aussenwirtschaftspolitik/TNC/idart_3683-content.html
8 Rotpunktverlag 2005
9 »Securitas: un privé qui vous surveille«, Temps présent, Westschweizer Fernsehen TSR, 12.6.2008; »Dubiose Drahtzieher«, Sonntagsblick, 22.6.2008; »Jetzt spricht die Spionin«, Sonntagsblick, 13.7.2008; »Wie die Securitas um sich greift«, Beobachter, 14/2008
10 »Nestlé soll Attac bespitzelt haben«, Spiegel online, 13.6.2008; »Attacke auf Attac«, Spiegel online, 9.7.2008

Nokia

1 »Day and Night at the Factory«, FinnWatch u.a., März 2005, www.vientiluotto.net/en_kiina-raportti.pdf
2 Ebd.
3 »Studie über Handy-Sweatshops«, ORF Futurezone, 28.11.2006; http://somo.nl/html/paginas/pdf/High_Cost_of_Calling_nov_2006_EN.pdf
4 »Investigation into SOMO claims of poor working conditions at two Nokia suppliers«, Nokia, 16.4.2007 www.nokia.com/NOKIA_COM_1/Corporate_Responsibility/Sidebars_new_concept/Nokia_comments_on_the_SOMO_report/somo_finalrep.pdf, 16.4.2007
5 »Millionen-Paket für Bochum: Nokia kauft sich frei«, netzeitung, 3.7.2008
6 »Nokia trotzt Dauerkritik, Demos und Boykott«, netzeitung, 23.1.2008
7 »7,2 Milliarden Gewinn, 2300 verlieren Job: Nokia schafft ›Silicon Valley‹ in Rumänien«, Kurier, 17.1.2008
8 »Gewerkschaft wirft Nokia in Rumänien ›Sklaverei‹ vor«, Die Welt, 20.2.2008
9 »Rumänien: Gewerkschaft wirft Nokia ›Sklaverei‹ vor«, Die Presse, 20.2.2008

Siemens

1 www.areva-np.com, Stand Juni 2008
2 Siehe z.B. www.global2000.at/pages/atom_klimaschutz.htm
3 www.areva-np.com/scripts/info/publigen/content/templates/show.asp?P=1541&L=DE, Stand Juni 2008
4 »Areva schickt Ingenieure nach Libyen«, Handelsblatt, 31.7.2008; »Frankreich gibt Waffengeschäft mit Libyen zu«, Die Presse, 3.8.2007; »Bundesregierung kritisiert Sarkozys Atom-Abkommen mit Gaddafi«, Spiegel online, 26.7.2007
5 »Total und Areva wollen Atomreaktoren in Nahen Osten liefern«, dpa, 9.7.2008; »Frankreich forciert Geschäft mit Atomkraft«, Handelsblatt, 10.7.2008
6 Pressemitteilung der Kritischen Aktionäre vom 23.1.2008
7 www.powergeneration.siemens.de/press/press-releases/renewable-energy/, Stand Juni 2006
8 Broschüre »Everything. Facts, Figures & References« von Siemens,

www.energy.siemens.com/cms/00000011/de/ueberuns/Documents/brochure_e_1384148.pdf

9 »Bis zu vier Millionen Chinesen sollen Wohnungen verlieren«, ARD Tagesschau, 12.10.2007

10 Dachverband der Kritischen Aktionärinnen und Aktionäre anlässlich der Siemens-Hauptversammlung 2008

11 Siehe z.B. »Größe allein ist weder gut noch schlecht«, Die Zeit, 46/1997; http://a1.siemens.com/innovation/de/publikationen/zeitschriften_pictures_of_the_future/pof_herbst_2006/nachhaltige_stadtentwicklung/chongqing.htm

12 »Irak verklagt Daimler und Siemens«, Tagesspiegel, 1.7.2008; »Iraks Regierung verklagt Daimler und Siemens«, Welt online, 1.7.2008

13 »Siemens: Verdächtige Zahlungen an Saddam«, Reuters, 3.1.2007

14 »Atommacht Brasilien«, Die Zeit 9.1.1987; »Atomkraft aus der Mottenkiste«, Die Zeit, 06/2000; »Drei Milliarden Euro für einen 25 Jahre alten Atommeiler«, Berliner Zeitung, 19.6.2007

15 »Sorglos rundum«, Die Zeit, 12.3.1993; »Kein gutes Geschäft. Die Schattenseiten der KfW-Export- und Projektfinanzierungen«, urgewald Mai 2004

16 »Der Sumpf ist tiefer als angenommen«, ARD tagesschau, 8.11.2007

17 »Siemens erhöht Vorstandsgehälter um 30 Prozent«, Spiegel online, 16.9.2006

18 »Stellenabbau bei Siemens«, n-tv, 8.7.2008

Register

Zum Weiterlesen

Amann, Marc: go. stop. act!. Trotzdem-Verlag 2004
Anschober, Rudi/Ramsauer, Petra: Die Klimarevolution. So retten wir die Welt. Deuticke 2007
Attac: ABC der Globalisierung. Von »Ästhetik des Widerstands« bis »Ziviler Ungehorsam«. VSA 2005
Attac: Konzern, Kritik, Kampagne! Ideen und Praxis für soziale Bewegungen. VSA 2006
Blissett, Luther: Handbuch der Kommunikationsguerilla. Assoziation a 2001
Brand, Ulrich u.a.: ABC der Alternativen. VSA 2007
Busse, Tanja: Die Einkaufsrevolution. Konsumenten entdecken ihre Macht. Heyne Verlag 2008
Felber, Christian: 50 Vorschläge für eine gerechtere Welt. Gegen Konzernmacht und Kapitalismus. Deuticke 2006
Felber, Christian: Neue Werte für die Wirtschaft. Eine Alternative zu Kommunismus und Kapitalismus. Deuticke 2008
Le Monde diplomatique: Atlas der Globalisierung. taz 2007
Milborn, Corinna: Gestürmte Festung Europa. Mauern. Ghettos. Terror. Styria 2006
Notes from nowhere: Wir sind überall. weltweit. unwiderstehlich. antikapitalistisch. Edition Nautilus 2007
Seifert, Thomas/Werner, Klaus: Schwarzbuch Öl, Ullstein 2008
Stiglitz, Joseph E.: Die Chancen der Globalisierung. Pantheon 2008
Werner, Klaus/Weiss, Hans: Das neue Schwarzbuch Markenfirmen. Ullstein 2006
Ziegler, Jean: Das Imperium der Schande. Der Kampf gegen Armut und Unterdrückung. Pantheon 2007
Ziegler, Jean: Wie kommt der Hunger in die Welt? Ein Gespräch mit meinem Sohn. Cbt 2002

Empehlenswerte Filme

Darwins Alptraum
Hubert Saupers Doku über die Ausbeutung Afrikas am Beispiel des Viktoriasees raubt einem den Atem.

Eine unbequeme Wahrheit
Al Gores famoser Film über den Klimawandel.

Fast Food Nation
Hier verdirbt uns Richard Linklater den Appetit auf Hamburger.

Roger & Me, Sicko u. a.
Michael Moores Kritik an Kapitalismus, Privatisierungswahn und dem American Way of Life macht Spaß.

Supersize Me
Morgan Spurlock hat sich einen Monat lang bei McDonald's ernährt, und es ist ihm nicht gut bekommen.

The Corporation
Betrachtet man Konzerne als Personen, dann treffen auf sie alle Kriterien für schwerste psychische Störungen zu.

Wal Mart – Der hohe Preis der Niedrigpreise
Kritisches Porträt des weltgrößten Konzerns.

We feed the world
Erwin Wagenhofers ausgezeichnete Doku über die globalisierte Nahrungsmittelproduktion.

Workingman's Death
Michael Glawoggers spannende Reportage über die globale Arbeitswelt.

Bildnachweis

ullstein bild / Christof Stache   S. 14
Klaus Werner-Lobo   S. 16, 64, 109, 162
2006 SASI Group (University Sheffield) und
Mark Newman (University of Michigan)   S. 21
Österreichisches Ökologie-Institut   S. 25
wikimedia   S. 29, 118
Quelle: Statistisches Bundesamt, Schäfer/ WSI 2007   S. 40
Hans-Böckler-Stiftung
Michael Zumstein   S. 58, 59
ullstein bild / Reuters   S. 69
Clean Clothes Kampagne / Michaela Königshofer   S. 86
Clean Clothes   S. 87
Lisa Bolyos   S. 112
Martin Langer / Greenpeace   S. 119
Bildstelle / Uwe Moser   S. 133
ullstein bild / Bonn Sequenz   S. 141
UNHCR / A. Di Loeto, Juli 2007   S. 157
Dachverband der Kritischen Aktionärinnen und
Aktionäre e.V.   S. 177
ullstein bild / Still Pictures   S. 183

Textnachweise

Bertolt Brecht, Alfabet © Bertolt-Brecht-Erben   S. 13
Bertold Brecht, Die Dreigroschenoper ©Bertolt-Brecht-Erben   S. 98

Danke!

Dieses Buch ist Luisa Lobo, Nico, meinen Eltern und allen meinen Freundinnen und Freunden gewidmet. Sie bedeuten mir das Wichtigste im Leben: Zu lieben und geliebt zu werden.

Für ihre tatkräftige Mithilfe möchte ich mich vor allem bei Jana Forsthuber und Christian Felber bedanken, sowie bei Helge Fahrnberger, Corinna Milborn, Kenaya Quiñonez, Agnes und Katharina Schlager, Thomas Seifert, Philipp Sonderegger und Hans Weiss; weiters bei Martina Schmidt und Bettina Wörgötter vom Deuticke Verlag sowie den Mitarbeiterinnen und Mitarbeitern des Hanser Verlages, allen voran Julia Malik und Katja Desaga.

Und nicht zuletzt bei allen Menschen auf der Welt, die ihre Träume leben. Ihr gebt mir das Gefühl, nicht allein zu sein.

dtv
Reihe Hanser
»Für alle, die nicht nur mitreden, sondern auch wissen wollen, worüber sie reden.« Augsburger Allgemeine
Gerhard Staguhn
Warum die Menschen keinen Frieden halten
Eine Geschichte des Krieges
Reihe Hanser
dtv
dtv
Gerhard Staguhn
Gott und die Götter
Reihe Hanser
Die Geschichte der großen Religionen
Gerhard Staguhn
Warum die Menschen keinen Frieden halten
ISBN 978-3-423-62337-7
Gott und die Götter
Mit zahlreichen farbigen Abbildungen
ISBN 978-3-423-62259-2
www.dtv-dasjungebuch.de

BY AIR MAIL
par avion
Royal Mail
dtv
Reihe Hanser
Jenny Valentines Romane greifen mitten ins Herz
Jenny Valentine
WER IST VIOLET PARK
ROMAN
Reihe Hanser
Ich traf Violet, nachdem sie gestorben war, aber das hielt mich nicht davon ab, sie kennenzulernen.
dtv
dtv premium
Jenny Valentine
Kaputte Suppe
BY AIR MAIL
PAR AVION
Roman
»Kaum zu überbieten an Charme, Originalität und Chuzpe.« FAZ
Wer ist Violet Park?
ISBN 978-3-423-62392-6
Kaputte Suppe (April 2010)
ISBN 978-3-423-24778-8
Übersetzt von Klaus Fritz
www.reihehanser.de